Jan. 2006

with love,

Fiona

x

COLLECTION FOLIO

Philippe Sollers

Mystérieux Mozart

Gallimard

Philippe Sollers est né à Bordeaux. Il fonde, en 1960, la revue et la collection « Tel quel » ; puis, en 1983, la revue et la collection « L'Infini ». Il a notamment publié les romans et les essais suivants : *Paradis, Femmes, Portrait du Joueur, La Fête à Venise, Le Secret, La Guerre du Goût, Le Cavalier du Louvre, Casanova l'admirable, Studio, Passion fixe, Éloge de l'infini, Mystérieux Mozart, L'Étoile des amants.*

« J'ai la tête et les mains si pleines du troisième acte qu'il ne serait pas étonnant que je me transforme moi-même en troisième acte. »

MOZART.

« Je devins un opéra fabuleux »

RIMBAUD.

I

LE CORPS

C'était un matin d'été, un jour de grande chaleur. Je devais prendre un taxi pour traverser Paris. Le chauffeur, un Asiatique souriant, Mercedes climatisée noire, me dit : « La musique ne vous dérange pas ? — En principe, non. Qu'est-ce que vous avez ? » Il me cite deux chanteurs de variétés, une chanteuse, et puis, surprise, Bach et Mozart. « Quoi de Mozart ? — Le *Requiem.* — Vraiment ? — Ça ne vous plaît pas ? — Si, si. Quelle interprétation ? — L'Orchestre philharmonique de Vienne Vous connaissez ? — Un peu. Allez-y, merci. »

Il envoie la musique. « Pas trop fort ? — Vous pouvez mettre plus fort. »

L'enregistrement de Karl Böhm, 1971, Hambourg.

La ville commence à défiler, à droite et à gauche. Platanes, foule, platanes, corps plus ou moins dénudés, embouteillages, pollution ambiante, accablement du soleil plombé. Le chauffeur a entendu parler de la mort de Mozart, à trente-cinq ans, laissant son *Requiem* inachevé. La dernière hypothèse sur cette mort prématurée qui a fait couler beaucoup d'encre vient de tomber des États-Unis, elle a fait la une des journaux, et a été formulée par un certain docteur Jan Hirschmann, de Seattle. Wolfgang Amadeus Mozart serait mort de trichinose, maladie courante dans la Vienne de l'époque, due à l'ingestion de viande de porc rongée de vers et pas assez cuite. La preuve ? Cette lettre de Wolfgang à sa « très chère et excellente petite femme », Constance, les 7 et 8 octobre 1791, soit deux mois avant sa disparition. Elle est en cure à Baden, près de Vienne, *La Flûte enchantée* est un grand succès populaire : « À 5 h et demie, j'ai fait ma promenade favorite [...] Et soudain que vis-je ? — qu'humai-je ? — Don Primus avec ses *carbonades* ! — *che gusto* ! — maintenant je mange à ta santé — il sonne tout juste 11 heures — peut-être dors-tu déjà ? — chut ! chut ! chut ! — je ne veux pas te réveiller ! — »

Carbonades est en français dans le texte.

L'appétit de Mozart s'exprime en français et en italien.

Empoisonné par une grillade de porc ? Pas d'autre assassin de lui que lui-même et sa faim malsaine ? D'un point de vue strictement religieux, ce serait conforme. Cela me fait penser à une lettre de Sade, en prison, à sa femme qu'il appelle (parce que, dit-il, il a envie de manger de cette viande dont il est privé) « porc frais de mes pensées ». Chères et excellentes petites femmes ! Chut, il ne faut pas les réveiller.

Requiem, donc, le chant interrompu du cygne à l'agonie. Que de mystères autour de cette dernière composition fantastique, le visiteur gris inconnu, l'ombre criminelle de Salieri, la jalousie meurtrière contre un génie en train de dépasser les bornes… On ne détruira pas la légende, même si la réalité des faits est établie depuis longtemps. L'assassinat de l'innocent est une donnée incontournable de l'imaginaire humain. Wolfgang doit être christique, et d'ailleurs il l'est. Pas comme prévu, mais quand même. On peut être assuré que Jésus, s'il a existé, ne mangeait pas de porc. Mozart, si. Et déjà ce détail, qui n'en est pas un, nous gêne.

« *Requiem aeternam dona eis Domine, et lux perpetua luceat eis…* » Dans mon taxi frais qui ressemble de plus en plus à un cercueil ambulant, je vois tout à coup les avenues et les passants basculer dans le vide. Donne-leur le repos éternel, Seigneur, et que la lumière perpétuelle brille pour eux. Oui, ça les changera de la bousculade et de la transpiration générale. Comme la mort semble désirable dans sa grandeur, maintenant, ainsi que le Jugement dernier, jour de colère splendide où le monde sera réduit en cendres selon les oracles de David et de la Sibylle… Quelle terreur magnifique nous saisira lorsque la créature ressuscitera, quand la trompette répandant la stupeur parmi les sépulcres rassemblera tout le monde devant le trône… Quand la mort elle-même et la nature seront dans l'effroi… « *Ad te omnis caro veniet* » … « À toi viendra toute chair » …

Le taxi passe devant les Invalides au dôme d'or éblouissant envahi de touristes.

— Trente-cinq ans, c'est jeune pour mourir, dit le chauffeur.

— On était plus mûr à l'époque. Regardez sous Napoléon, on était général à vingt-cinq ans.

— Finalement, monsieur, quand je parcours Paris, je pense : la France c'est quoi ? Louis XIV, Napoléon, de Gaulle, Mitterrand ?

— Vous voulez dire *en descendant* ?

— Ah, ah !

« Le livre écrit sera apporté, qui contient tout ce sur quoi le monde sera jugé. Tout ce qui est caché sera connu, rien ne demeurera impuni. Malheureux que je suis, que dirai-je alors ? Quel protecteur invoquerai-je quand le Juste lui-même sera dans l'inquiétude ? »

— Ce n'est pas trop fort ?

— Non, non, laissez.

J'attends le grand cri du chœur : « *Rex ! Rex tremendae majestatis !* », le Roi à la majesté terrible, présent soudain, par-delà les cimetières, cendres, les charniers… Mozart, si sourcilleux sur le choix de ses livrets et des mots qui vont résonner en musique, en a trouvé un qui vaut toutes les messes. C'est une commande, bien sûr (cinquante ducats cash), et il avait toujours un pressant besoin d'argent. Mais pourquoi les auteurs de notices prennent-ils le soin de nous prévenir qu'il n'y a là aucun sentiment « religieux » ? Le musicien ne pense pas ce qu'il dit ? Il n'entre pas à fond dans les phrases qu'il chante ? « Mozart n'éprouvait que peu d'intérêt pour le religieux. Il n'était ni un compositeur religieux ni un musicien d'église. Il était un compositeur universel auquel l'Église offrait l'occasion de s'exprimer avec une rémunération… »

— Vous avez l'air de connaître ça par cœur, grogne le chauffeur qui en a visiblement assez d'entendre hurler en latin.

— Vous pouvez m'arrêter, merci.

Je descends dans l'air étouffant, je marche vers mon rendez-vous, j'appelle sur mon portable pour prévenir d'un léger retard, je tombe sur un allégro de Mozart en boucle, un concerto pour violon. À New York, je m'en souviens, dans l'ascenseur de l'hôtel, c'était la 40e symphonie en *sol mineur*. Pour réserver un taxi, la *Petite Musique de nuit*. Et ainsi de suite. Mozart est partout, c'est une industrie permanente, il partage avec Vivaldi le privilège commercial d'être la musique classique d'attente et de fond, autrement dit la musak. Nous allons répondre à votre appel, l'entreprise se porte bien, vous êtes sur la bonne voie, gaie, légère, facile, vous êtes un consommateur élu des quatre saisons et du divin petit garçon. Prenez nos bonbons et nos chocolats sonores, gondoles, festivals, bijoux, parfums, lingerie fine, printemps et Noël sur la terre. La Terre est un grand magasin tournant, avec des bribes de Mozart à tous les étages. On change souvent les autres musiques mais *pas lui*. On ne diffuse pas le *Requiem*, bien sûr, et pas davantage l'air du catalogue de *Don Giovanni*, nos clients athées, nos clientes féministes pourraient se plaindre. Il n'est pas question non plus de cantate maçonnique, nous visons le grand public pas seulement les frères ou les sœurs de la société parallèle. Le petit Mozart, le très jeune Mozart a tout pour vous plaire. C'est une valse, une viennoiserie, un calmant auditif. Une pincée de « goût » dans l'immense machine kitsch mondiale. Un peu de sucre dans l'oreille ? Des dragées ? Un collier pour maman ?

« Ah ! vous dirai-je, maman » est un tube de Mozart. On chuchote qu'il l'aurait composé alors qu'il n'était qu'une ébauche d'embryon.

Les Japonais, paraît-il, ont même été jusqu'à inventer un soutien-gorge « Nuit de noces » qui, en étant dégrafé, égrène un brin de Mozart. À peine mariée, la jeune Japonaise est déjà enceinte d'un futur génie très rentable. Les boîtes à musique pour berceaux ne se comptent plus. Bracelets, broches, diamants, rivières de diamants, joyaux en tout genre, tout ce qui est souple, fluide, coulant, brillant, peut être traité de « Mozart ». N'importe quelle virtuosité aussi. On peut être le Mozart de la finance, des services secrets, de l'ordinateur, de la planche à voile, de la Kalachnikov, de la plongée sous-marine, de l'acrobatie aérienne, du saut à la perche, du tennis, de la boxe, du catch, des échecs. Mozart est le don personnifié, le cadeau idéal, la gratuité sans effort. Il n'a jamais travaillé, ça lui venait tout seul, c'était inné. Il pouvait tout faire, il peut donc tout faire vendre. On passe ainsi d'une jalousie mortelle à un cliché commercial en passant par une culpabilité séculaire. C'était l'enfant divin, nous l'avons tous abandonné et laissé mourir dans la misère, il n'a pas pu grandir à cause de nous, d'ailleurs il n'a jamais réussi à grandir, il est resté baby for ever, baby éblouissant justifiant tous les instincts pédophiles inconscients. Dieu nous l'a donné, Dieu nous l'a enlevé, nous ne le méritions pas, mais il nous transporte. Nous sommes tous un peu ses parents, ses oncles, ses tantes, ses sœurs, ses frères, ses cousins, ses neveux, ses nièces. Le petit Mozart gazouille dans sa crèche magique. Frère Mozart, priez pour nous. Devine qui j'ai rencontré à la messe, en loge, à l'opéra, à la radio, au cinéma, à la télé ? Mozart. Pas très grand, un assez gros nez, nerveux, profond, électrique, il était pâle, il frissonnait, il avait l'air soucieux, sa femme n'est pas gentille avec lui, il a des dettes, un redressement fiscal. À moins qu'il ait mangé quelque chose de pas net, un steak à prions, de la tête de veau contaminée, une côte de porc pourrie à la Salieri, une carbonade. Il a été à la mode il y a dix ans, mais franchement ses dernières productions sont trop compliquées, l'audimat a baissé, les parts de marché ont fondu, on ne peut pas le passer en prime time. Trop de notes, trop de dissonances, des sujets saugrenus. Enfin, j'espère qu'il sera bien soigné, qu'il a la sécurité sociale. Le sida ? Avec les saltimbanques, allez savoir.

Mozart, le vrai Mozart, quelle serait aujourd'hui sa fortune s'il touchait à chaque instant des droits d'auteur ? J'ai fini par poser la question à un spécialiste qui m'a répondu en riant : « De quoi s'acheter l'Autriche tout entière. »

« Requiem aeternam, lux perpetua » ...

Dans un supermagasin de Shanghai, grand rayon flambant neuf de musique classique. Une jeune et jolie vendeuse. En anglais.

— Vous avez des compacts de Mozart ?

— Bien sûr, monsieur.
— Le *Requiem* ?
— Quelle version ?
— Celle de Karl Böhm.
— Avec le Philharmonique de Vienne ?
— S'il vous plaît.
— Autre chose, monsieur ?
— Oui, la *Petite cantate maçonnique* K. 619.
Elle consulte son catalogue.
— Je ne l'ai pas en ce moment, monsieur, mais je peux vous la commander si vous restez un certain temps.
— *Don Giovanni*, alors.
— Dans quelle version, monsieur ?
— Celle de Carlo Maria Giulini.
— Avec Joan Sutherland et Elisabeth Schwarzkopf ?
— Et Eberhard Wächter et Gottlob Frick.
— Voici.
— Vous aimez Mozart ?
— Quelle question, monsieur.

Il est 5 h 30 du matin, tout est calme. J'écoute au bord de l'eau la 33e symphonie dirigée par Neville Marriner.

Contrairement à ce qu'auront pensé le XIXe siècle et une grande partie du XXe, Mozart est une sphère dont la circonférence est partout et le centre nulle part.

Tout de même, dites-vous, il est né, il est

mort, il a beaucoup voyagé, joué, composé, des concerts de sa musique ont lieu en ce moment aux quatre coins de la planète, des piles de disques sont là sur ma droite, une grande étagère de livres sur lui n'attendent que d'être utilisés, j'ai sous les yeux sa *Correspondance* complète en sept volumes. Il apparaît partout dans le spectacle. Son rire saccadé est célèbre, ses fantaisies, ses caprices, ses dettes, son billard, sa solitude, son besoin éperdu d'amour, sa révolte, sa passion de l'indépendance, ses défis, sa virtuosité, sa mémoire d'éléphant, sa capacité infernale de travail. Demain ou après-demain, à la radio, à la même heure ou plus tard, ce seront une sonate, un quatuor, un quintette, un concerto pour piano, un air d'opéra ou de messe. Ça n'arrête pas. Ici Salzbourg, Vienne, Berlin, Rome, Londres, Paris, Madrid, Lisbonne, Aix-en-Provence, Varsovie, Prague. Vivre en musique, c'est respirer dans les nombres, Pascal ou Mozart, faites votre choix. De cette algèbre incessante et mouvante surgit une géométrie variable. Mozart est sans aucun doute le plus grand dramaturge ayant pris une forme humaine. Il y a bien Shakespeare, mais nous ne savons rien de Shakespeare, alors que nous avons mille témoignages au sujet de Mozart. Pas de portrait vraiment fiable, cependant, pas de masque mortuaire (sa femme l'a, comme par hasard, brisé), pas de tombeau, mais des pages et des pages d'une petite écriture d'alouette, partitions avec leurs cinq lignes traversées d'une pluie de notes, clés, croches, doubles-croches, violons, sopranos, ténors, plus vite, plus vite. L'encre est à peine sèche, qu'il faut déjà aller soulever l'orchestre et les voix. Il est étrange de se dire qu'après Mozart tout s'est brusquement *ralenti* dans le bruit, la fureur, la lourdeur ou le tintamarre. Il y a eu une accélération de l'histoire, soit, mais sur fond de stupeur, de torpeur. De nos jours, la vitesse est partout sauf dans les esprits. Du temps de Wolfgang, c'est le contraire. On voyage en diligence, les préjugés barrent l'horizon, c'est encore l'immense province, la noblesse, à quelques exceptions près, n'entend rien à ce qui va venir, mais le bouillonnement sensuel et neuronal est là, l'intelligence fuse à travers les doigts et les souffles. L'humanoïde actuel est un montage électronique à tête molle. La pointe du XVIIIe siècle, au contraire, est un oiseau spirituel à animalité de soie et d'acier.

L'action dramatique et la liberté avant tout. Le 2 janvier 1781, Mozart est à Munich en train de monter son opéra *Idoménée.* Il a vingt-cinq ans. Il écrit à son père : « J'ai la tête et les mains si pleines du troisième acte qu'il ne serait pas étonnant que je me transforme moi-même en troisième acte. » Le 26 septembre de la même année, à propos de *L'Enlèvement au sérail* : « Maintenant, je me trouve comme un lièvre dans du poivre. »

Wolfgang, à Vienne, vient de déménager, son père, Léopold, s'inquiète, depuis Salzbourg, des potins qui circulent sur la vie déréglée de son fils. Il s'attire cette réponse : « Tenez-vous-en, désormais, à ce principe : ne vous *adressez* pas à d'autres personnes, car, par Dieu ! je ne rends compte à qui que ce soit, d'aucune manière, de mes faits et gestes, fût-ce à l'empereur. »

Salzbourg, hors saison, est une bénédiction. On arrive sur la Bavière et ses lacs bleus (bonjour, en passant, à la folie de Louis II), on plonge sur les montagnes, on est bientôt face au mur rocheux qui protège la ville, sa rivière, sa blancheur de sel, et voici l'abreuvoir aux chevaux peints colorés, place Karajan. Du haut du mont aux Moines, vue sur toutes les églises. La nature, en retrait, est immédiatement ouverte, pentes, prairies, bois et sous-bois, clairières, horizons neigeux, fraîcheur douce. Il n'y a personne, je me couche dans l'herbe, j'ai envie de dormir, mais le chauffeur, un ancien corniste local, m'attend pour aller à l'abbaye de Maria Plain, lieu de pèlerinage marial. Il suffit de fredonner quelques notes à côté de lui, et tout va plus vite. L'Autriche est un château de musique, avec vallonnements, villages, vignes, fleuves, jardins. Le soleil est vif, le bleu pur, le blanc et l'or dominent. C'est la répétition glorieuse du catholicisme et de la Contre-Réforme qui, ici, éclatent à chaque instant. Un petit catholique de génie va devenir peu à peu, on n'y a pas assez réfléchi, le franc-maçon le plus inspiré des siècles. Pourquoi ? Comment ? Pour l'instant, je respire cette fin d'après-midi près de l'église en pleine campagne. J'entre, la messe aura lieu dans un quart d'heure, quelques vieilles femmes arrivent en clopinant, je monte jusqu'à l'orgue, je joue quelques notes. Personne ne dit rien ni ne m'en empêche. On entre et on sort comme on veut.

Do mi fa sol ré si do, les piliers en ont vu d'autres, comme toutes les abbayes de la région. La Vierge Marie, la Trinité, les saints, les parvis, les façades, les clochers bulbés, les orgues, les cordes, les bois, les cuivres irradient la substance humaine pour un concert permanent. Il s'élève déjà, en silence, dans l'architecture. Les Alpes sont d'accord et la nuit aussi.

Marie, donc, c'est Maria, et nous remarquerons en passant que les prénoms de Maria et d'Anna (mère de la Vierge) sont étrangement nombreux dans la famille Mozart. La mère s'appelle Anna Maria (mais signe souvent ses lettres Maria Anna), la sœur de Wolfgang, Nannerl, se prénomme Maria Anna, de même que la très spéciale petite cousine (« la Bäsle ») et la mère de celle-ci. Une mère, une sœur, une cousine, une tante dans le même registre ou la même tonalité, cela fait beaucoup pour un enfant porté sur les sons, dont le père est d'ailleurs un musicien plus qu'honorable. Il est fatal qu'il se soit demandé s'il n'avait pas été engendré ou réengendré par l'oreille. La naissance et la mort biologiques confrontées à la mort et à la naissance symboliques, c'est la trame et le fond de l'aventure de Mozart.

Maria : déesse du Ciel ou Reine de la Nuit ? Ou les deux ?

Lorsque sa sœur se marie, à l'âge déjà problématique de trente-trois ans, avec un bon bourgeois de quinze ans son aîné et déjà deux fois veuf avec cinq enfants, Wolfgang lui adresse une bien curieuse lettre. Il est déjà marié, lui, il sait de quoi il parle. Ce message ironique et philosophique est daté de Vienne, le 18 août 1784 :

Il est grand temps que j'écrive, si je veux que ma lettre te trouve encore vestale ! [...] Accepte, tiré du compartiment poétique de ma cervelle, le petit avertissement que voici :

Tu vas apprendre, dans le mariage, bien des choses,
Qui étaient pour toi une demi-énigme.
Tu vas bientôt savoir, par expérience,
Comment Ève, jadis, a dû s'y prendre
Pour mettre ensuite Caïn au monde.
Cependant, sœur, ces devoirs du mariage
Tu les rempliras volontiers de bon cœur ;

Car, crois-moi, ils ne sont pas pénibles.
Mais chaque chose a deux faces :
Si le mariage apporte beaucoup de joies,
Il apporte aussi des soucis,
Aussi si ton mari te fait grise mine
Sans que tu croies le mériter,
Un jour de méchante humeur,
Pense : ce n'est là que boutade d'homme !
Et dis : mon maître, que ta volonté se fasse
Le jour, mais la mienne, la nuit !

Ton frère bien sincère, W.A. Mozart.

L'acte de reproduction (sexuel ou pas, mais il est toujours sexuel) est une action des ténèbres. Voilà comment Mme Mozart mère s'y est prise elle-même pour enfanter ses sept enfants. Elle a eu raison d'insister puisque Wolfgang est le septième. Mais tout de même, quel travail ! Avec l'approbation de Dieu, bien sûr, et ce n'est pas Léopold qui dirait le contraire. Est-ce pour cela que sa création musicale, malgré ses mérites, reste à un niveau si moyen ? Mozart ne le dit pas, mais il le pense.

L'Autriche est une continuation de l'Italie et de Rome. C'est plus au nord, à l'ouest et à l'est que des questions relatives à Dieu se sont déjà posées et se posent. Ici, on est encore dans l'évidence du Midi de la chrétienté, dans ce que Nietzsche, à propos de Mozart et pour l'opposer à Wagner, appellera « la foi dans le Sud ». Musique ou philosophie ? Musique. En latin, en italien, en allemand. Trois langues, trois corps différents, d'un pays à l'autre.

Le baroque est un retournement permanent. La forteresse blanche de Salzbourg le défend. Montagne transformée en mur gigantesque, roche grise travaillée et nettoyée avec ses maisons collées à la paroi, crête de forêt luxuriante « épaisse et vive », comme le paradis terrestre de Dante. Roc, feuillages, maisons, monastères dans les bois, chemins et détours qui semblent ne mener nulle part, interruptions, merles dans l'herbe, lisières. La symphonie fait un saut, s'arrête, repart, rien n'est obligatoire, on s'échappe. Il y a des percées, des trouées. Voici un château au bord d'un lac sous la lune, salon vénitien, vaste bibliothèque, et puis, à quelques kilomètres, de nouveau l'abrupt, l'à-pic. N'importe quelle symphonie de Haydn vous fait écouter ça jusqu'au vertige. Le quintette avec clarinette ou le concerto pour clarinette de Mozart aussi. La clarinette, plus que la flûte, est l'instrument magique de cette nature-là. Elle résume les hêtres, les bouleaux, les sapins, les séquoias, les ifs, les pins, les marronniers, les chênes, les tilleuls, les acacias, les érables. La clarinette est la racine enchantée, le grand remède contre l'angoisse, la mélancolie, la nausée.

Quoi encore ? La maison natale du génie, les portraits de l'époque du génie, le pianoforte du génie (quelques notes en hommage au génie), le violon de l'enfant-génie. Des marionnettes, un théâtre de verdure, un cimetière tranquille avec magnolia et pâquerettes où sont enterrés, non ce n'est pas possible, mais si, le père du génie et la femme du génie (la mère du génie est quelque part dans le sous-sol de Paris où elle est morte en 1778 en voyage avec son fils, elle a été enterrée à l'église Saint-Eustache ; quant au génie lui-même, ses restes sont introuvables puisqu'il a été jeté dans une tombe communautaire en 1791). Léopold et Constance sont donc mariés dans la décomposition en plein Salzbourg. Léopold a disparu en 1787 (l'année de *Don Giovanni*), Constance en 1842. Elle a droit à une inscription beaucoup plus visible que son ex-beau-père. Remariée après la mort de Wolfgang, on lit donc : Constanzia von Nissen veuve Mozart. Les noms les plus gros, en capitales, sont NISSEN et MOZART. Nissen a pris la place de Mozart (il a d'ailleurs assez vite commencé une biographie de l'ancien mari de sa femme). Comme tout est simple, dès qu'on sait lire. N'empêche : il y a là une injustice flagrante à l'égard de Léopold.

Vous voulez des manuscrits autographes ? En voici, en voilà, à 500 000 francs la page (76 225 euros). Une note de Léopold émerveillé, en français : « Morceau appris par Wolfgang, en 1761, entre 9 et 10 h du soir. » (Wolfgangerl a cinq ans.) Une sonate de quatorze pages ? Neuf millions de francs. Disparition dans les coffres à humidité réglée.

Un Konzert ? Il y en a un, ce soir, là-haut, dans la forteresse qu'on atteint par funiculaire. Les instrumentistes amateurs sont sympathiques, deux sont japonais, l'un au violon, l'autre au violoncelle. Ils ne sont pas fameux, remplacés bientôt par un pianiste poussif qui massacre une fantaisie pour clavier sans que cela dérange le moins du monde une centaine de touristes texans. Peu importe, les terrasses s'ouvrent sur le vent frais et le soleil rouge. J'irai demain, tôt, à la messe basse de l'église des Franciscains.

Johannes Chrysostomus Wolfgang Theophilus, plus connu sous le nom de Wolfgang Amadeus, septième enfant de Léopold Mozart et d'Anna Maria Pertl, est donc né dans ce paysage le 27 janvier 1756, à 8 heures du soir. C'est le dernier-né du couple, cinq autres enfants sont morts en bas âge. Il a une sœur plus âgée de cinq ans, Maria Anna, qui montre déjà des dons exceptionnels pour la musique, qualité que son père est prêt à exploiter comme phénomène. Le premier-né, mort à six mois, s'appelait Johannes Joachim Léopold. Ensuite, des filles. Et puis un garçon, celui-là, comme un coup de foudre.

En voiture, vers Dürnstein, on va de colline en colline, et voici Saint-Gilles, maison de la mère de Mozart, cytises en fleur, grand lac calme, et de là, en hors-bord, jusqu'à l'île rocheuse de Saint-Wolfgang. Ce saint du Xe siècle est justement célèbre pour avoir fait travailler le diable lui-même à la construction de son monastère-église, avant de l'exorciser sous forme de loup. Le diable au travail, pendant qu'on se roule les pouces, voilà la technique de Wolfgang, préférable à la tentation de saint Antoine. Cela vaut bien une demi-heure sur l'eau, des marches à monter, un pèlerinage vers un retable à la beauté étincelante. Anna Maria a dû prier souvent saint Wolfgang dans le secret de son cœur et de sa grossesse finale. Elle a glissé ce prénom dans la litanie de ceux d'un garçon enfin retrouvé. À la recherche du fils perdu, il fallait un miracle. Il a eu lieu.

Wolfgang Amadeus : le diable et Dieu dans le

même berceau, c'est quand même du grand art. Les mères ont leurs raisons que la raison ignore. Le diable y travaille, et Dieu bénit parfois le boulot à l'envers. On ne s'étonnera jamais assez de la froideur de Wolfgang devant la mort de sa mère, à Paris, en 1778. Détresse surmontée ? Sans doute, et il suffit, pour s'en convaincre, d'écouter la sonate pour piano n° 8 en *la mineur* K. 310, chef-d'œuvre d'énergie et d'héroïsme. *Allegro maestoso, Andante cantabile con espressione, Presto…* Où trouve-t-il, dans sa solitude d'alors, près d'Anna Maria agonisante, la force d'écrire cette merveille ? Mystère.

Il fait très chaud. On passe de montagne en tunnel, avec des parenthèses de lacs suspendus remplis de voiliers. Maintenant ce que je vais raconter est vrai, j'ai un témoin. À l'abbaye des Bénédictins de Lambach, personne. « Le père abbé voulait vous voir, mais il a dû s'absenter. Il a laissé ça pour vous », dit la concierge. On est dans une cuisine, j'ouvre un dossier fourre-tout sur l'histoire du lieu (fresques romanes, présence de Mozart à l'orgue à l'âge de seize ans), et puis, soudain, stupeur : une partition originale, comme ça, entre deux liasses de papiers, une petite symphonie pas encore répertoriée, les notes qui volent. Les portes étaient ouvertes, je voyais la voiture à l'ombre, dans la cour, la concierge ne se serait rendu compte de rien. Il y a des occasions pour se découvrir honnête et moral. C'est une faiblesse, j'en suis bien conscient.

Quel rêve, ces abbayes d'Autriche ! Il faut visiter celle de Melk, bien entendu, mais, là, c'est l'horreur touristique, les cars de viande soumise, les groupes qu'on balade, ahuris, dans une débauche d'or, de stuc, et l'écrasement des formes. Ils entrent, on les assoit comme dans un grand bordel très au-dessus de leurs moyens, ils n'osent plus bouger, ils écoutent vaguement les guides, c'est fini, levez-vous, partez, *raus !* aux suivants. La muséification globale n'empêche pas une ironie flottante du paysage et des sculptures macabres. On pourrait même jouer aux esclaves volontaires un peu de Mozart. Ils aimeraient, ils applaudiraient.

Plutôt les petites routes vers le Danube puissant et sombre. À Grein, un théâtre de 1791 avec des figures peintes en trompe l'œil ; des mâts de cocagne un peu partout ; des noyers, des pruniers, des vignes en espalier, vin de roche. Des bacs et des péniches sur l'eau rapide. Le temps devient dramatique à Spitz, la pointe ; on change brusquement de dimensions, *Sturm*, tempête, *Drang*, élan. En arrivant à Dürnstein, au bord tournant du fleuve, l'orage éclate, la pluie semble sortir du soleil dans un ciel blanc.

Je suis dans une chambre à trois fenêtres avec une table ronde, le Danube coule de droite à gauche, il est maintenant vert et jaune. Je repense au bateau vers Saint-Wolfgang construit sur un immense bloc de marbre. La géologie et la minéralogie sont intéressantes. Ignaz von Born, âme de la franc-maçonnerie autrichienne du temps de Mozart, était minéralogiste et spécialiste de l'exploitation des mines. On lui doit une nouvelle manière d'amalgamer, ce qui signifiait du même coup un certain ménagement des travailleurs et l'économie du bois. Il a été nommé chevalier d'Empire par Joseph II. Son portrait est dans la « maison de Figaro » de Mozart, à Vienne. On remarque immédiatement que ce visage sévère et noble, important pour la composition de la *Flûte*, a disparu en 1791, quelques mois avant le compositeur qui, lui aussi, a trouvé une nouvelle façon d'« amalgamer ». La science de la nature peut être *aussi* musicale. Intime.

C'est le 24 avril 1785 qu'a été interprétée pour la première fois la cantate *Die Maurerfreude* (La joie du maçon) pour ténor et chœur d'hommes, avec, comme accompagnement instrumental, deux violons, un alto, une basse, deux hautbois, une clarinette et deux cors. Il s'agissait d'honorer von Born, vénérable maître de la loge de « La Vraie Concorde », hommage rendu par une autre loge viennoise, « À l'Espérance couronnée en Orient ». Le père de Mozart, devenu franc-maçon après son fils (tout un symbole), assiste à la séance. *Die Maurerfreude* sera aussi donnée en l'honneur de Wolfgang pour sa dernière visite, en août 1791, à la loge pragoise « À la Vérité et l'Unité ». Le texte est du poète Franz Petran, mais la musique, évidemment, dit mille fois plus :

Voir comment la Nature révèle peu à peu son visage
à l'œil qui cherche sans ciller,
Voir comment elle lui remplit l'esprit de haute sagesse
et le cœur de vertu —
voilà une vraie et chaleureuse
joie maçonnique pour l'œil du maçon.

Il s'agit de chanter et de se réjouir, de sorte que la jubilation résonne et « pénètre jusque dans les salles les plus intimes du temple, jusqu'aux nuages ». La nature est un temple où de vivants piliers prouvent que les couleurs, les métaux, les parfums et les sons se répondent.

Des balises rouges et vertes, en forme de fusées, sont posées sur l'eau et permettent de mesurer la violence du courant. Le voyage déploie le temps, le délie, le dévoile. Il y a toujours un moment d'arrêt significatif, attention, message, on tend l'oreille comme un animal. Au flair, à l'intuition, on descend de diligence ou de voiture, là, sur le bas-côté, près d'un pont, dans un coude. À droite ou à gauche, plus loin, ici même. Il y a des fleuves horizontaux (le Danube), d'autres verticaux (le Rhin). Pour l'instant, des fenêtres de ma chambre, en attendant d'aller dîner dehors si la pluie le permet, je regarde une horizontale liquide en action, la boue transformée en or du Danube. Danube ou Rhin, on pourrait appeler ça le match Mozart-Wagner. Les méandres mouvants ou les barrages, la campagne imprévisible ou la centrale électrique, la Comtesse ou la Walkyrie, *Don Giovanni* ou *Parsifal, Cosi fan tutte* ou *Tristan et Isolde*, Salzbourg ou Bayreuth. Hitler, à Berchtesgaden, voulait faire l'aigle en surplombant Salzbourg. Il n'aimait pas Vienne. Les hystériques se méfient de Vienne : c'est là qu'elles ont fini par être démasquées par un expert en hypnose, le premier réveillé du grand sommeil sexuel. Freud, hélas, n'aimait pas la musique, et Lénine non plus. Mais pourquoi donc Daniel Barenboim, admirable interprète de Mozart, a-t-il tenu à embêter les Israéliens, à Jérusalem, avec Wagner ? Pourquoi ne pas leur avoir offert du Mozart, et encore du Mozart ?

Pour m'amuser, j'allume les bougies bleues sur la table ronde de ma chambre. L'orage est toujours là, sur Dürnstein, où Richard Cœur de

Lion, retour des croisades, a été enfermé, en attendant sa rançon, dans une tour. Son serviteur troubadour l'a retrouvé en chantant, l'autre lui répondait depuis sa cellule. La musique traverse les murs et le temps. Une église bleue et blanche se dresse là, on ira tourner autour, après le dîner et l'alcool, en descendant par des ruelles caillouteuses. Le grand fleuve, maintenant, est silencieux et noir.

Au petit matin, dans la brume, l'église hyperbaroque de 1733 est encore plus fantastique. Terrasse à balustrade donnant sur l'eau, Vierge couronnée d'étoiles transpercée par une épée, Mater Dolorosa en pleine extase. Quand les Jésuites y vont, c'est à fond. Le voici donc, porté par des anges de pierre, ce cœur absolu, sacré cœur d'or flamboyant, comme un volcan en activité sur horizon de montagnes. Le bleu, le blanc, l'or : je me pince, mais oui, il y a eu des humains pour faire *ça*.

Ici la *Messe du couronnement*, de Wolfgang Amadeus Mozart, en *ut majeur*, datée du 23 mars 1779 (donc après le voyage à Paris et la mort de sa mère). Le début du solo de soprano de l'*Agnus Dei* ressemble à s'y méprendre à l'*aria* de la Comtesse, « *Dove sono i bei momenti* » des *Noces de Figaro*. Rapprochement douteux ? À ce propos, Jean et Brigitte Massin, dans leur *Mozart*, écrivent très justement : « L'expressivité musicale, faut-il le rappeler, ne se nourrit pas des concepts abstraits de la philosophie, ni des précisions anecdotiques de l'histoire, mais d'états d'âme, de *Stimmungen.* La *Stimmung* d'une femme qui pleure sa jeunesse révolue et son actuelle misère peut se trouver assez parente de la *Stimmung* d'un chrétien qui médite sur le Christ en croix et sur le péché, donc recevoir une expression musicale voisine, sans qu'il y ait lieu de crier au sacrilège ou de se réjouir d'une profanation ; tout se passe selon les données les plus élémentaires qui président à la création artistique. Autant vaudrait s'étonner qu'un peintre retrouve, pour une scène d'inspiration amoureuse, les gestes éplorés des personnages féminins d'une crucifixion. Autant vaudrait s'étonner encore que la révolte beethovenienne contre le Destin d'un individu retrouve spontanément les rythmes d'une offensive révolutionnaire. »

Mozart croit à la puissance dramatique de sa musique, c'est tout. On n'a, de toute façon, que le Dieu de son drame.

À Vienne, j'habite à côté de l'Opéra. Je viens de comparer en ville la statue de Goethe assis dans un fauteuil comme un gros bourgeois d'Ingres en train de présider un conseil d'administration, et celle de Mozart, dans le parc, en mince play-boy ou plutôt en folle illuminée régnant sur des valses. Dix-neuvième, dix-neuvième, que de contre-sens *voulus* ont été commis en ton nom. Mozart en vedette techno ou disc-jockey de charme sorti du Danube bleu, l'aménagement des légendes suit son cours normalisateur. Il pleut doucement. Mais oui, je veux bien revoir l'immeuble des Chevaliers teutoniques où a eu lieu la crise finale entre Wolfgang et le prince-archevêque Colloredo, une histoire de coup de pied dont on parle et parlera encore, et surtout la maison du Figaro tranquille, celle du bonheur et du succès avant les soucis, les grandes œuvres et la mort. C'est lumineux et confortable, on peut y respirer et écrire. Musée, mais pas trop. Sous vitrine, l'édition originale de *La Folle Journée ou le Mariage de Figaro* de Beaumarchais, 1785, première représentation à Paris le mardi 27 avril 1784. Ces Français ont de l'esprit et une littérature, mais pas de musique ; on va leur montrer jusqu'où ils pourraient aller s'ils savaient, grâce à l'italien, s'enflammer sans crime. Une fois de plus, la musique fait éclater l'espace, prenez des écouteurs, là, sur place, et entendez ce qu'il y avait dans la tête de Mozart quand il rentrait chez lui pour dîner. Il a vécu ici, oui, mais cet ici n'appartient pas au film qu'on pourrait tourner sur sa vie. Nous sommes des figurants, nous, et la vérité est dans les partitions, leur papier dégage un temps d'une autre nature que le nôtre.

Même sensation devant les tableaux du musée de Vienne. Rembrandt, Vermeer, Rubens (l'extraordinaire *Fête de Vénus* 1636-1637), Breughel, Cranach, Dürer, Vélasquez, Véronèse (*Judith et Holopherne*), Titien (*Nymphe et Satyre*), Tintoret (*Suzanne au bain et les vieillards*), Raphaël, Andrea del Sarto... Autoportraits, nus, violence, Tour de Babel, paradis, Vierge à l'enfant, infants, infantes, rois, fauteuils, petits chiens, jardins, vases, fleurs, poignards, gorges, colliers, perles, peaux... Là encore, la musique traverse tout, l'œil écoute, Mozart s'introduit dans chaque toile, et ce serait pareil avec Cézanne, Manet, Picasso... On peut aussi l'entendre dans la grande bibliothèque, avec ses globes terrestres, ses éditions rares, Copernic, Luther, Voltaire (*Eléments de la philosophie de Newton*, Amsterdam, 1738). Une pensée spéciale pour Pierre-Daniel Huet et son *Traité de la situation du Paradis terrestre*, Amsterdam, 1701), et pour le manuscrit de *La Création* de Haydn, Vienne 1800, signé à droite, avec ses portées et un seul mot de commencement : *chaos*.

Le vrai nom du divin Haydn pour Mozart ? *Papa*.

Au fond, les églises baroques, avec leurs orgues, leurs balcons, leurs loges, leurs cierges et leurs tabernacles, sont à la fois des salons et des boudoirs pour tous et des théâtres. Elles approuvent le XVIIIe siècle comme s'il se situait au milieu des Temps. Mozart est leur enfant du milieu du Temps. Elles ont l'air d'avoir été construites pour célébrer sa naissance.

Ici, la broderie incroyable de l'*Incarnatus est* du *Credo* de la *Grande messe en ut mineur,* de 1782-1783, écrite comme un vœu à l'occasion de son mariage avec Constance. Peu importe que cette messe soit inachevée, ou plutôt si : elle s'interrompt pratiquement après ce morceau sublime. Il est étrange qu'il puisse ne pas être entendu (Jean et Brigitte Massin, par exemple, sont emportés là par une nervosité « jacobine », dont on voit mal, avec le temps, la nécessité). « *Et incarnatus est de Spiritu Sancto ex Maria Virgine, et homo factus est.* » On n'a rien écrit de plus ravissant et profond sur le mystère de l'Incarnation. Wolfgang se marie, il bascule du côté du père procréateur possible, rien de contradictoire avec son affiliation fervente ultérieure à la franc-maçonnerie dans laquelle, lui plus jeune, il recevra deux ans plus tard ses deux pères, l'un biologique, Léopold, l'autre symbolique, Joseph Haydn. Ici, il nous parle directement, comme aucun musicien d'avant (Bach, Haendel) ou d'après (Beethoven), de son propre engendrement par l'esprit et le souffle, dans un corps humain porté par une voix de soprano (la version de Ferenc Fricsay parue en 1960, avec Maria Stader, est la référence fondamentale, surtout si on se souvient que Fricsay retrouvait alors Berlin, où, le 6 novembre 1948, en plein blocus et sous la menace d'une nouvelle guerre mondiale, il avait fait ses débuts éclatants). Mozart renaît littéralement, dans un défi mélodique fugué prodigieux, hors de la culture de mort qui va bientôt occuper le terrain européen et mondial. Parler de Mozart comme si Staline et Hitler (pour ne citer qu'eux) n'avaient pas existé est d'un aveuglement stupéfiant. Berlin-Ouest, Berlin-Est, le Mur, sont déjà de vieux souvenirs, mais qu'on pense seulement au Goulag, à la Shoah, à la Pologne. Il faut ressentir cet *Incarnatus* sur fond de tortures et de charniers. Et ne pas l'oublier sur fond de publicité.

La vie humaine est unique et infiniment précieuse. Une voix de femme la célèbre, en module toutes les finesses et les articulations, squelette, organes, peau, regard, ouïe, toucher, parfum, saveur. Elle est soutenue et enlevée par les bassons et les clarinettes. Elle flotte sur les eaux, elle tisse et trame sa voix, elle roucoule, elle jouit, elle crie, elle *troue* la nappe génétique. « *Et homo factus est...* » Mozart n'en finit pas de s'enchanter de ce *factus est. Factus* est le vrai fœtus, une merveille. Quelqu'un a enfin réussi à le vocaliser.

Je revois Elisabeth Schwarzkopf, lors d'un de ses cours de chant, faisant répéter ce passage à une débutante. « Mais enfin, mademoiselle, reprenez, essayez d'éprouver que vous exprimez un très grand mystère. » Sadique Schwarzkopf. Et puis, quatre ou cinq fois : « Mais non mademoiselle, plus souple, plus détendu, plus *gelassen* ; comprenez-vous ? Reprenez. » Et puis résignation. Bon, passable.

L'orage s'est éloigné, on pourra dîner tranquillement dehors avec orchestre : deux hautbois, deux clarinettes, deux cors de basset, deux bassons, quatre cors et une contrebasse. Treize musiciens. Ils commencent la sérénade n° 10, en *si bémol majeur*, dite *Gran Partita.* Elle sera suivie de la sérénade n° 12, en *ut mineur, Nacht Musique*, pour deux hautbois, deux clarinettes et deux cors. Nous sommes encore dans les années 1780, et il ne s'agit plus de divertissements pour cours, jardins, tables ou tavernes. Mozart a peut-être écrit la première à l'occasion de son mariage avec Constance, le 4 août 1782. La seconde prouve, et c'est plus important, que son écriture canonique vient de sa découverte et de son étude de Bach. L'empereur Joseph II et le public viennois ne s'attendaient pas à une telle tension dramatique pour accompagner le plein air, les plats, les gâteaux, les glaces et les bavardages. Aujourd'hui, c'est pareil : tout le monde parle et personne n'écoute. Les interprètes restent impeccables, même pas méprisants, précis, intériorisés et immunisés. Les musiciens sont des saints, on ne le dira jamais assez aux familles.

Ces sérénades sont importantes : elles *résument* la nature dans ses profondeurs. Courbes, échos, vallons, buissons, lacets, arbres, plaines, églises, châteaux, chaumières, ciels, rivières, lacs, campagne, montagnes. La clarinette, le haut-bois, le cor. L'aigu, le grave, l'enroulé, le doux, le réveil, la chasse, le mélodieux, le lit, la barque, la berceuse, la danse. On est très réveillé, on se présente, on s'incline, on se détourne, on se défile, on se tait, on s'endort, on se souvient du lointain, on se réveille un peu pour mieux se rendormir, la nuit *porte* le jour, il suffit de regarder un tronc de pin pour le comprendre. C'est la grande poésie grave et légère, les rochers bougent, le gravier pense, les feuillages ont une mémoire ancienne, la poésie est un fleuve accidenté, mais majestueux et fertile.

« À droite l'aube d'été éveille les feuilles et les vapeurs et les bruits de ce coin du parc, et les talus de gauche tiennent dans leur ombre violette les mille rapides ornières de la route humide. Défilé de féeries. En effet : des chars chargés d'animaux de bois doré, de mâts et de toiles bariolées, au grand galop de vingt chevaux de cirque tachetés, et les enfants et les hommes sur leurs bêtes les plus étonnantes ; — vingt véhicules, bossés, pavoisés et fleuris comme des carrosses anciens ou de contes, pleins d'enfants attifés pour une pastorale suburbaine. — Même des cercueils sous leur dais de nuit dressant les panaches d'ébène, filant au trot des grandes juments bleues et noires. »

Voilà une *Illumination* de Rimbaud, et c'est du Mozart. « Je suis un inventeur bien autrement méritant que tous ceux qui m'ont précédé ; un musicien même, qui ai trouvé quelque chose comme la clé de l'amour. »

Rimbaud est mort en 1891, à trente-sept ans. Mozart en 1791, à trente-cinq ans.

« Au bois il y a un oiseau, son chant vous arrête et vous fait rougir.
Il y a une horloge qui ne sonne pas.
Il y a une fondrière avec un nid de bêtes blanches.
Il y a une cathédrale qui descend et un lac qui monte.
Il y a une petite voiture abandonnée dans le taillis, ou qui descend le sentier en courant, enrubannée.
Il y a une troupe de petits comédiens en costumes, aperçus sur la route à travers la lisière du bois.
Il y a enfin, quand l'on a faim et soif, quelqu'un qui vous chasse. »

Je viens d'appeler Rimbaud comme témoin, mais ce pourrait être aussi bien le Shakespeare du *Songe d'une nuit d'été :*

« *La Fée.* — Par la colline, par la vallée, à travers les buissons, à travers les ronces, par les parcs, par les haies, à travers l'eau, à travers le feu, j'erre en tous lieux, plus rapide que la sphère de la lune. Je sers la reine des fées, et j'humecte les cercles qu'elle trace sur le gazon. Les primevères les plus hautes sont ses gardes. Vous voyez des taches sur leurs robes d'or : ce sont les rubis, les bijoux de la fée, taches de rousseur d'où s'exhale leur senteur. Il faut maintenant que j'aille chercher des gouttes de rosée, pour en suspendre une perle à l'oreille de notre reine et tous ses elfes viendront ici tout à l'heure. »

Sans oublier Henry Purcell, mort à trente-six ans, et *The Fairy Queen.*

Lourdeur et superficialité s'opposent à profondeur et légèreté. Il s'agit d'une loi peu comprise par le sens commun, mais humainement vérifiable. Rien de plus trompeur, parfois, qu'un génie dans ses apparences. Un bœuf le prend pour un papillon, une vache pour un moustique, un gendarme pour un Fregoli, une coquette pour un naïf, un concurrent pour un météore, un banquier pour un saltimbanque, un curé de province pour un médiatique, un prince-archevêque pour un domestique, un touriste pour un touriste. Pendant ce temps-là, une méditation intense plane sur le paysage, et qu'importent le bruit, la bouffe, les conversations, les cris, l'agitation culturelle, bientôt ce sera le noir.

Tout est bétonné vers le haut ? Pas moyen de sortir ? Plus le moindre Dieu, la plus mince chance de transcendance ? Tout s'ouvre au contraire vers le bas, infernalité, massification, kitsch, bouillie, falsification, publicité, fabrication de cadavres ? Sans doute, sans doute. Continuez comme vous voulez, la *Gran Partita* vous bénit.

C'est le moment de passer à une petite débauche. Soft story.

Mon balcon donne directement sur la longue voûte verte de l'Opéra de Vienne. Il fait chaud. Une amie, au téléphone, depuis Naples, me dit : « Être nue sur un lit frais dans une ville chaude, avec une coupe de champagne à la main, voilà comment je conçois la vie. »

Moi aussi.

De nouveau tonnerre et éclairs. Je m'endors en oubliant de fermer la porte-fenêtre. Au réveil, je m'aperçois que la pluie est entrée par rafales dans la chambre. Pieds nus et moquette trempée, un air de gaieté.

Le théâtre de Schikaneder était une sorte de village réduit dans la ville. Un hôtel, un restaurant, la salle de spectacle, une troupe et une contre-société effervescente autour de ce personnage étonnant, premier acteur à jouer Shakespeare, en particulier le rôle d'Hamlet. La dernière habitation réelle de Mozart, pour la réalisation de la *Flûte* (qu'il vaut mieux, finalement, appeler *magique* qu'*enchantée*), a été cet endroit de remue-ménage et de fête. Il n'est pas mort là, mais en pensée, si, pendant qu'on jouait son opéra. To be or not to be ? To be. Et puis il faut quand même disparaître, quelle histoire.

Disparaître est le mot, puisqu'il n'y a pas de tombeau de Mozart, pas plus que de Don Giovanni qui plonge en enfer sous la scène comme Œdipe dans son bois à Colone, ou le Christ dans son sépulcre vide. Le cimetière où il a été conduit pour une tombe communautaire est assez loin de Vienne, en banlieue. Comble d'ironie historique, il s'appelle Saint-Marx.

Commencer avec saint Wolfgang et terminer avec saint Marx, c'est être aimé d'un dieu subtil qui ne craint pas les évidences massives. Je marche donc maintenant dans cet enclos désaffecté qui ressemble à un grand parc sans repères. Rien, de l'herbe, des buissons, des arbres, quelques bancs, un type soucieux qui cherche on ne sait quoi dans la nature. J'allume une cigarette, j'appelle sur mon portable l'ami qui doit me rejoindre en voiture, je continue à monter lentement dans ce jardin des morts. Les restes de Wolfgang doivent être là quelque part, dans cette forêt où on l'a basculé, il y a plus de deux siècles, par un matin brumeux de décembre. Voici enfin, dans un tournant, son évocation locale sous forme d'un petit monument plutôt gracieux, entouré de gravier, d'un tertre herbeux et de fleurs. Une colonne brisée, bien sûr, et, appuyé contre son socle, un petit ange accablé, tête dans la main droite, main gauche tenant un flambeau renversé. Inscription : WOLFGANG AMADEUS MOZART 1756-1791. Un rosier grimpant entoure la colonne. Trois roses rouges sur le bord, à gauche. C'est tout. C'est bien. Mozart *n'est pas là.* Mais où, alors ? Peut-être à dix, cinquante ou cent mètres. On a arrangé ça au nez, à l'à-peu-près, pour qu'il y ait malgré tout un signe, un symbole. *Maurerische Trauermusik,* en *ut* mineur. Dernier accord dans la trouée des feuillages. « *Requiem aeternam, lux perpetua.* » Grand calme vert, Orphée à l'écart.

Photo. Il ne reste plus qu'à filer vers l'aéroport. Air France est en grève, va pour Austrian Airlines. J'ai besoin d'imaginer que l'avion pour Paris survole Saint-Marx.

Ce qui m'est venu étrangement à l'esprit, là, penché en avant sur ce faux tombeau, c'est le souvenir d'un autre fossoyé communautaire, mort pendant le siège de Paris en 1870, juste avant la Commune. Il s'appelait Isidore Ducasse, il venait de Montevideo. Il est plus connu sous le nom de Lautréamont.

Voici une de ses dernières paroles : « En son

nom personnel, malgré elle, il le faut, je viens renier avec une volonté indomptable et une ténacité de fer, le passé hideux de l'humanité pleurarde. »

J'avais en effet envie de pleurer, et j'avais honte. Les sanglots (quel beau mot, *sanglots*, mêlant le sang et l'eau) viennent naturellement de la grande musique, et cela n'a rien à voir avec les sanglots longs des violons de l'automne berçant le cœur d'une langueur monotone. Au contraire : « Avec ma voix et ma solennité des grands jours, je te rappelle dans mes foyers déserts, glorieux espoir. »

Et aussi : « L'homme est le vainqueur des chimères, la nouveauté de demain, *la régularité dont gémit le chaos*, le sujet de la conciliation » (c'est moi qui souligne).

Et aussi : « On estime les grands desseins quand on se sent capable de grands succès. »

Et encore : « Dans la nouvelle science, chaque chose vient à son tour, telle est son excellence. »

Et enfin : « Je ne connais pas d'autre grâce que celle d'être né. Un esprit impartial la trouve complète. »

Le romantisme s'est vite défendu de la percée inouïe de Mozart, soit en le présentant comme un précurseur dépassé de Beethoven et de Wagner, soit, mais cela revient au même, en l'enrubannant et en le pathétisant. En réalité, tout le monde avait compris que la pénétration mozartienne dans la jouissance féminine musicale mettait en cause l'ancienne répartition des sexes et le sens de la vie comme de la mort. Beethoven n'aimait pas *Don Giovanni*, et pour cause (y a-t-il un opéra plus ennuyeux que *Fidelio* ?). Mais qui aime vraiment *Don Giovanni* ? Je dis bien aimer, pas admirer. Le révolutionnaire est donc Mozart ? Oui.

Le petit livre d'Eduard Mörike, un poète allemand du XIXe siècle souvent mis en musique par Hugo Wolf, est révélateur. Il s'intitule *Le Voyage de Mozart à Prague*. C'est un condensé des préjugés, d'ailleurs plutôt positifs, de l'époque. Récit de nostalgie, récit d'idéalisation.

Nous sommes en 1787, l'année de *Don Giovanni* dont la première représentation, sous la direction du compositeur, doit avoir lieu en octobre à Prague, ville qui, beaucoup mieux que Vienne, a ménagé à Mozart des succès et des démonstrations de vive amitié. Wolfgang et Constance partent dans une voiture jaune et rouge, avec, sur les portières, des bouquets de fleurs et de minces bandes dorées. On est tout de suite dans un conte de fées.

Mörike habille les deux voyageurs. Pour lui, gilet brodé de couleur bleu passé, redingote brune à boutons rouge-or, culotte de soie noire, escarpins garnis de boucles dorées. Pour elle, ensemble de voyage à rayures vertes et blanches. Il les fait parler sur un ton convenu et naïf, rousseauiste, des merveilles de la nature. Ah, si on pouvait vivre à la campagne au milieu des prairies, des fleurs et des champignons, si on était capable de redevenir des enfants innocents ! Mais voilà : Mozart est un drôle de type, il a des désirs multiples, il aime sortir, traîner dans les auberges, se déguiser, danser, observer les humains sur le vif. Certes, il va sur le motif pour nourrir sa création, mais quand même il exagère. « Qu'il s'agît de goûter les plaisirs ou de créer, Mozart ignorait mesure ou terme. Une partie de la nuit était consacrée à la composition. Au réveil, en restant encore un bon moment au lit, il achevait avec soin le travail de la nuit. »

Après quoi, il donne des leçons de piano pour gagner sa vie.

Le lecteur a déjà compris que le ménage Mozart souffre de cet emploi du temps ondulant. Le musicien est insouciant, dépensier, prodigue, il tient mal son budget, il rêve, il ne comprend pas les cabales dirigées contre lui, il est normal qu'il perde peu à peu la faveur du public, il devrait se comporter avec plus de réserve et de prudence. Comme tous les bons bourgeois de son temps, Mörike est sincèrement peiné de voir Mozart aussi peu préoccupé de son avenir. Ce musicien n'en fait qu'à sa tête, il ne semble pas influençable, sa femme pleure souvent, elle voudrait, comme on la comprend, le modérer et l'équilibrer, enfin peut-être que ce nouvel opéra, au sujet pourtant scabreux, aura du succès.

Ils roulent, ils s'arrêtent dans une auberge. Wolfgang va se promener seul, il entre par hasard dans le parc d'un château, se retrouve dans une clairière bordée d'orangers. Il cueille distraitement une orange, un jardinier survient et surprend l'étrange voleur, c'est un petit scandale vite réglé, les propriétaires sont gentils, ils aiment la musique, et il s'agit quand même de Mozart. Il faut maintenant au scénario une jeune fille qui chante. La voici : elle s'appelle Eugénie, elle va représenter la fiancée innocente et hypersensible, elle interprète Susanna dans la scène du jardin des *Noces de Figaro.*

Mozart est troublé, et on passe à table. Le dîner est évidemment délicieux, Wolfgang raconte un souvenir de ses treize ans lorsqu'il était à Naples. Il a assisté à un spectacle marin enchanteur, un air populaire l'a inspiré pour le duo de Zerlina et de Masetto dans son nouvel opéra. On va ainsi d'anecdote en anecdote, toutes plus aimables les unes que les autres, mais le lecteur est impatient d'entendre un extrait de *Don Giovanni*, puisque Mozart, à ce moment-là, est en train de le composer.

Ici, il faut citer Mörike : « Nous aimerions que le lecteur puisse ressentir au moins cette impression particulière que nous éprouvons lorsque notre oreille perçoit en passant devant une fenêtre un simple accord de musique qui nous électrise et nous arrête de saisissement. Quelque chose comme cette douce angoisse qui nous prend quand nous sommes assis au théâtre, pendant que l'orchestre accorde ses instruments et que le rideau est encore baissé. N'en est-il pas ainsi quand, avant que ne commence la présentation d'un chef-d'œuvre tragique comme *Macbeth* et *Œdipe* par exemple, on sent planer le frisson d'une beauté éternelle ? »

Mozart est donc au piano et chante « un peu au hasard, dit Mörike, ou quand cela lui paraît nécessaire ». Constance chante aussi. On est dans l'invraisemblable absolu, mais le lecteur a déjà compris qu'Eugénie, dédaignant son fiancé, va pousser un cri d'admiration. Ce qui compte, c'est l'émotion de la chaste Eugénie devant le génie.

Mozart, maintenant, va terrifier son auditoire avec le finale et l'apparition du Commandeur. Mörike parle à sa place : « Quand Don Juan, dans son entêtement monstrueux, s'oppose à l'ordre éternel des choses et se bat, déconcerté, contre les puissances infernales, et qu'il se raidit, se tord, et finalement succombe, encore maître de lui et conscient de ses derniers gestes, qui ne sentirait dans son cœur et dans ses reins un frisson suprême de peur et de volupté ? C'est un sentiment que ressent le spectateur devant le déchaînement merveilleux d'une force de nature sauvage, devant l'incendie d'un beau navire. Malgré notre volonté, nous prenons part à ces événements et subissons, en serrant les dents, la peine que nous causent ces destructions. »

Voilà un morceau d'anthologie. On ne sait pas très bien quel est « l'ordre éternel des choses », mais ce « frisson suprême de peur et de volupté » devant le « déchaînement d'une force de nature sauvage » et « l'incendie d'un beau navire » sont au cœur renversé du sujet. Mozart, du seul fait d'avoir imaginé cette scène, est un élégant violeur. Il sera puni.

La comtesse, la mère d'Eugénie, a « la poitrine oppressée ». Il est temps que ce Mozart s'en aille. Son opéra est épatant, soit, on offre même un carrosse au compositeur pour qu'il poursuive sa route, on lui souhaite le plus grand succès, mais enfin l'avenir est avant tout le mariage sérieux d'Eugénie.

Or Eugénie, jeune fille délicate et sensible, a de mauvais pressentiments. Elle pense que Mozart est sur une pente dangereuse : « Elle avait acquis la certitude, une certitude absolue, que cet homme serait rapidement et irrésistiblement dévoré par sa propre ardeur, et qu'il ne saurait être qu'une apparition passagère sur cette planète, incapable en vérité d'absorber toute l'abondance qu'il déversait à la manière d'un torrent. »

Du coup, en repensant à *Don Giovanni*, elle ne dort pas de la nuit.

Le lendemain, c'est encore mieux : « Elle s'arrêta, émue, devant le piano. Tout lui parut comme un rêve : avoir vu, il y a quelques heures seulement, cet homme assis à cette place ! Pensivement, elle regarda un long moment le clavier que le Maître avait touché en dernier. En silence elle ferma le couvercle et en retira la clé avec le désir jaloux qu'aucune main ne puisse l'ouvrir désormais. »

L'amour romantique est un cercueil pour piano. Il *faut* que Mozart meure. La preuve, c'est qu'Eugénie, pour qui « le moindre hasard prend l'aspect d'un signe du destin » (on l'aurait juré), retrouve soudain un feuillet ancien, la copie d'une vieille romance populaire tchèque. Elle lit le texte et elle pleure (déjà !) :

Un petit sapin vert
quelque part dans un bois,
Un rosier de même, perdu
dans je ne sais quel jardin ;
Sais-tu mon âme
qu'ils ont été choisis
pour prendre racine sur ta tombe
et y grandir.
Deux poulains noirs
broutent l'herbe de la prairie
Ils reviennent à la ville
en gambadant gaiement
Ils iront au pas
à tes funérailles
Peut-être, peut-être bien avant
que les fers de leurs sabots,
que je vois étinceler
ne soient tombés.

Eugénie est voyante : elle discerne le bois, le jardin, le rosier, les chevaux qui emportent Mozart vers Saint-Marx. Elle va se marier, avoir des enfants, jouer de moins en moins au piano, se souvenir vaguement de cette soirée bizarre. Mais contrairement à Constance, inconstante et remariée après la mort du Maître, c'est elle, et tout le XIXe siècle, qui est la vraie veuve du mystérieux visiteur.

Qu'est-ce que le romantisme ? Le devenir-Eugénie (ou l'eugénisme) de la sensation. L'héroïsme de Mozart se voit d'abord admirablement *forcé* par Beethoven (ou enjolivé par Schubert), et puis tout retombe jusqu'à la sombre nuit wagnérienne. La Révolution laisse place à la Terreur, puis à l'Empire, puis à la Restauration, puis aux soubresauts de la Révolte, puis encore à l'Empire, puis à la Bourgeoisie triomphante, puis aux Guerres mondiales et à la Catastrophe absolue. La lente montée d'une normalisation puritaine passe du refoulement à la pornographie publicitaire. La révolution a-t-elle eu lieu ? Oui et non. Son projet d'émancipation globale devient « table rase », c'est-à-dire un désert de calcul et non pas l'illumination de tout le passé en fonction de l'avenir. Encore une fois, le « milieu du Temps » est négligé au profit d'un lendemain qui chante en aplatissant les voix et les différences. Mozart aura l'air « Ancien Régime », alors qu'il n'a même pas été compris dans son heure sidérale. Le voici maintenant comme un produit culturel parmi d'autres. À l'année prochaine au Festival.

Il y a, bien sûr, une autre Eugénie, celle de *La Philosophie dans le boudoir,* de Sade. « La mère en prescrira la lecture à sa fille », annonce froidement le marquis en sachant qu'il vient de toucher la limite de l'impossible. On n'enlève pas comme ça une fille à sa mère, mais n'est-ce pas là le sujet de *La Flûte enchantée* ?

Nous avons, une amie et moi, réalisé autrefois une émission nocturne de radio en faisant alterner musique de Mozart et textes de Sade. Le scandale a été immédiat. Comment pouvait-on mettre côte à côte le divin et le diabolique ? C'était pourtant très beau, et aussi gênant pour les dévots du Bien que pour ceux du Mal. Ils se ressemblent. Ce qui ne veut pas dire que Sade et Mozart appartiennent au même monde, mais qu'ils dérangent également ceux qui s'arrangent d'un monde immonde, dans l'ordure ou dans le sirop.

Il est passionnant, à plus d'un titre, que Heidegger, en 1956, dans *Le Principe de raison* (chapitre 9, « De la *physis* à la raison pure »), s'interrompe un moment pour parler de Mozart. Regardons bien cette date, 1956, en pleine

« guerre froide ». Le livre indispensable de Jean et Brigitte Massin date, lui, de 1958 (réédité en 1990), et a souvent tendance à faire de Mozart un pur et simple précurseur de la Révolution française (comme s'il ne s'était rien passé sur terre après la Révolution française). Les années cinquante du XXe siècle : qui voudrait revenir à cette époque simplificatrice et violente ? Quoi qu'il en soit, voici ce que dit brusquement Heidegger :

« Nous fêtons aujourd'hui le deux centième anniversaire de la naissance de Mozart. Il ne m'appartient pas de parler de son œuvre et de sa vie, de l'influence qu'elles ont exercée l'une sur l'autre. Donnons plutôt la parole à Mozart lui-même et demandons-lui de nous guider en ce moment sur notre chemin. »

« Mozart écrit dans une lettre (ici, Heidegger fait erreur, il s'agit d'un propos rapporté, mais très vraisemblable) :

« En voyage, par exemple, en voiture, ou après un bon repas, en promenade, ou la nuit quand je ne peux pas dormir, c'est alors que les idées me viennent le mieux, qu'elles jaillissent en abondance. Celles qui me plaisent, je les garde en tête et sans doute je les fredonne à part moi, à en croire du moins les autres personnes. Lorsque j'ai tout cela bien en tête, le reste vient vite, une chose après l'autre, je vois où tel fragment pourrait être utilisé pour faire une composition du tout, suivant les règles du contrepoint, les timbres des divers instruments, etc. Mon âme alors s'échauffe, du moins quand je ne suis pas dérangé ; l'idée grandit, je la développe, tout devient de plus en plus clair, et le morceau est vraiment presque achevé dans ma tête, même s'il est long, de sorte que je peux ensuite, d'un seul regard, le voir en esprit comme un beau tableau ou une belle sculpture ; je veux dire qu'en imagination je n'entends nullement les parties les unes après les autres dans l'ordre où elles devront se suivre, je les entends toutes ensemble à la fois. Instants délicieux ! Découverte et mise en œuvre, tout se passe en moi comme dans un beau songe, très lucide. Mais le plus beau, c'est d'entendre ainsi tout à la fois. »

Heidegger commente ainsi :

« Si vous vous rappelez certaines remarques que nous avons faites, vous comprendrez pourquoi je cite ce passage. Entendre, c'est voir. "Voir" le tout "d'un seul regard" et "entendre ainsi tout à la fois" sont un seul et même acte.

« L'unité inapparente de cette saisie par le regard et par l'ouïe détermine l'essence de la pensée, laquelle nous a été confiée, à nous autres hommes, les êtres pensants.

« Interpréter ce passage de Mozart par la seule psychologie, n'y voir qu'un document utilisable pour une analyse de la création artistique, ce serait le penser superficiellement, le comprendre de travers. Ce passage nous prouve que Mozart a été l'un de ceux qui ont le mieux entendu parmi tous ceux qui entendent : il l'"a été", c'est-à-dire qu'il l'est essentiellement, qu'il l'est donc encore.

« Mais qu'est-ce que l'essence, le cœur de Mozart ? Angelus Silesius, que nous avons déjà écouté, peut nous le faire entendre à sa façon par le moyen d'une pensée très ancienne. Dans le *Pèlerin chérubinique* (V[e] livre) nous lisons (distique 366) :

Un cœur calme en son fond, calme devant Dieu comme celui-ci le veut,
Dieu le touche volontiers, car ce cœur est Son luth.

« Ces vers sont intitulés *Le Luth de Dieu.*
C'est Mozart. »

Il serait trop facile, ici, de faire observer que Mozart n'a jamais joué du luth, mais beaucoup de la scène et de ses tourbillons de voix féminines. Gardons un cœur calme au milieu des tempêtes, oui, mais pourquoi pas un corps tout entier, en voiture, après un bon repas, en promenade, la nuit, qu'il fasse beau, qu'il pleuve ou qu'il neige ? L'important, nous y sommes, est de n'être pas « dérangé », ce qui constitue un exploit par rapport aux autres et surtout à soi-même. « Les idées jaillissent en abondance » : elles jaillissent d'autant mieux que l'on est *absorbé.* L'âme, alors, « s'échauffe » et, paradoxalement, « tout devient de plus en plus clair ». Heidegger le pointe justement : *entendre c'est voir.* Constatation qui paraîtra de plus en plus folle dans un monde d'idolâtrie de l'image, où l'on ne voit que par miroitements saccadés en n'entendant rien puisque, la plupart du temps, rien ne se dit.

Mozart précise bien : « comme un beau tableau ou une belle sculpture ». La musique est devenue espace, le temps se représente, dans un songe très lucide, comme une peinture en mouvement, un corps de beauté, le morceau est vu d'un seul regard, même s'il est long, les parties sont entendues « toutes à la fois », et ces instants sont *délicieux.* Entendre un concerto, une symphonie ou un opéra en les voyant simultanément dans tous leurs détails, est une expérience divine.

Norbert Elias a écrit un petit livre inachevé à propos de Mozart : *Sociologie d'un génie.* Il analyse le parcours de Mozart dans les conditions matérielles de son époque (comment devenir un artiste indépendant quand tout était réglé par l'Église ou les Cours ; il faudrait dire aujourd'hui : par les cours de la Bourse et les marchés financiers). Il reste à imaginer un autre traité : *Physiologie d'un génie,* ou plutôt *Biologie d'un génie.* Ou encore : *Génétique d'un génie.* Mais cela nous ramènerait de toute façon à la pensée, au cœur, à l'esprit.

Cela dit, Heidegger touche l'énigme. « Mozart a été l'un de ceux qui ont le mieux entendu parmi tous ceux qui entendent : il l'"a été", c'est-à-dire qu'il l'est essentiellement, qu'il l'est encore. »

Passer est autre qu'avoir été. Avoir réellement été, c'est être.

On peut être et avoir été.

C'est rare.

Mozart est donc là, sans cesse, pour qui sait l'entendre.

Pour preuve, ce dernier mouvement de la 39e symphonie en *mi bémol majeur*, à l'instant même, avec son incroyable gaieté. Nous sommes le 26 juin 1788. Leonard Bernstein conduit l'Orchestre philharmonique de Vienne. L'enregistrement date de 1984. Toutes ces dates sont *aujourd'hui*.

Heidegger avait-il, lui aussi, entendu trop de Wagner ? S'est-il souvenu, en 1956, après la guerre et la Shoah, de la prédiction de Nietzsche ? Probable.

« L'esprit de Mozart, le génie gai, enthousiaste, tendre et amoureux qui, par bonheur, n'était pas allemand, et dont le sérieux était un sérieux bienveillant et doré et nullement le sérieux d'un bon bourgeois allemand… Pour ne rien dire du sérieux du "convive de pierre". Mais vous croyez que *toute* musique est musique du "convive de pierre", — que toute musique doit sortir des murs et étrangler l'auditeur jusque dans ses entrailles ? »

Et aussi : « la masse, les impubères, les blasés, les malades, les idiots, les *wagnériens*… ».

Mozart, en somme, pourrait parler ainsi :

Je ne suis ni monarchiste, ni jacobin, ni républicain, ni démocrate, ni anarchiste, ni socialiste, ni communiste, ni fasciste, ni nazi, ni raciste, ni antiraciste, ni mondialiste, ni antimondialiste. Je ne suis ni classique, ni moderne, ni postmoderne, ni marxiste, ni freudien, ni surréaliste, ni existentialiste. À la rigueur, vous pouvez me présenter comme singulier universel, c'est-à-dire catholique dans un sens très particulier, ou encore comme franc-maçon d'une façon très personnelle, c'est-à-dire universel singulier. Vous voyez là une contradiction ? Pas moi. En vérité, je suis ce que j'ai été : ma musique. Je serai ce que je serai : ma musique. Je suis uniquement ce que je suis : cette musique.

On ne connaît que depuis 1991 les témoignages sur l'exécution du *Requiem* (l'*Introït* et la fugue du *Kyrie*) lors d'un service à la mémoire de Mozart en l'église Saint-Michel de Vienne, dix jours après sa mort. Cela dissipe quelques malentendus.

Sa dernière œuvre importante est pourtant datée du 15 novembre 1791, trois semaines avant sa disparition. Il s'agit de la *Petite cantate maçonnique* K. 623, pour deux ténors, basse, deux violons, altos, basse, flûte, deux haut-bois, deux cors. Les premiers mots : « Que le gai son des instruments. »

D'après Constance, la santé de Wolfgang s'était suffisamment améliorée pour qu'il puisse non seulement composer cette cantate, mais se rendre à la loge « À l'Espérance nouvellement couronnée » pour en diriger la première exécution.

Que le gai son des instruments
proclame à voix haute notre joie,
que le cœur de chaque frère perçoive
l'écho de ces murs.

Nous entendons aussi : « Nous consacrons ce lieu à la sainteté de notre travail, qui doit déchiffrer le grand secret. » Nous entendons encore que, dans ce lieu, pour le cœur de tout frère, « ce qu'il fut, ce qu'il est et ce qu'il sera est parfaitement clair ». Là, donc, « la bienfaisance règne dans son éclat silencieux, comme sont bannies à jamais l'envie, l'avarice et la calomnie » (est-ce possible ?). On peut donc recevoir « dignement la vraie lumière de l'Est ».

Nous devons maintenir ces trois données : Mozart sait qu'il écrit son propre *Requiem*, qu'il va le laisser inachevé et il en est désolé. Il compose en même temps une cantate de joie. Il s'intéresse enfin passionnément, jusque dans ses derniers moments, aux représentations en cours de la *Flûte* : « Il gardait sa montre à la main, la suivait des yeux, et disait, après que le temps de l'ouverture fut écoulé : "Maintenant, c'est le premier acte." Ou bien : "Maintenant, c'est le moment : À toi, grande Reine de la Nuit !" »

Ou bien : « La veille de sa mort, il disait encore à sa femme : "Je voudrais bien entendre encore une fois ma *Flûte enchantée*." Et il fredonna d'une voix presque imperceptible : "*Der Vogelfänger bin ich, ja* ! (C'est moi qui suis l'oiseleur !)" Feu M. le Kapellmeister Roser, qui était à son chevet, se leva, se mit au piano et chanta le lied ; et Mozart en manifesta une joie visible. »

Enfant, Mozart s'est souvent entendu appeler « Wolfgangerl ».

Tout cela *à la fois*.

Il y a eu une fois, à Salzbourg, au milieu du XVIIIe siècle, un homme stupéfait et émerveillé de ce qui lui arrivait. Un « miracle », dira-t-il, content d'avoir pu persuader un « voltairien » d'en avoir vu au moins un dans sa vie.

Léopold Mozart est un très bon musicien. Il a composé des sonates d'église, des symphonies, des sérénades, des concertos, des trios, des divertissements, douze oratorios, des pantomimes, de la musique militaire avec trompettes, timbales, tambours et fifres ajoutés aux instruments habituels, une « course de traîneaux » pour cinq carillons, de la musique de nuit, quelques centaines de menuets, de danses d'opéra et autres morceaux de ce genre. Tout cela est pratiquement oublié.

L'année de la naissance de son septième enfant, en 1756, il publie un livre qui sera célèbre, un *Essai d'une méthode approfondie du violon.*

Quand nous voyons l'enfant-miracle au clavier,

l'homme qui joue du violon, derrière lui, c'est son père. Vingt-huit ans plus tard, le 24 avril 1784, Wolfgang écrira de Vienne à Léopold : « Nous avons actuellement la célèbre Strinasacchi, une très bonne violoniste, elle a beaucoup de goût et de sentiment dans son jeu. J'écris en ce moment une sonate que nous jouerons ensemble jeudi, à son concert. »

C'est l'admirable sonate n° 10. Elle a été donnée par Mozart et son Italienne le 27, devant l'empereur. Le compositeur, fait notable, a retardé jusqu'au dernier moment la transcription de sa sonate, et a seulement recopié la partie de violon pour jouer le piano de mémoire.

Comme ça.

Qu'est-ce qu'un don ? Personne n'en sait rien, mais tout le monde a son idée, la plus simple étant celle d'une intervention directe de Dieu dans la vie humaine. De nos jours, nul doute que si un os de Mozart était retrouvé, il y aurait un malin pour proposer d'y déceler le gène du génie, comme cela s'est produit récemment à l'occasion de la découverte de quelques cendres de Dante dans une enveloppe oubliée au fond d'une armoire. Va-t-on trouver le chromosome de la poésie ? De la musique ? Des mathématiques ? Pourra-t-il être cultivé et injecté au moment des inséminations du futur ? Les femmes qui ont cessé d'enfanter après deux ou trois enfants n'ont-elles pas laissé passer la chance d'avoir un Mozart ? La baisse de la mortalité infantile n'est-elle pas un moins au lieu d'être un plus ? Troublantes questions, mais comme Dieu ne répond plus depuis longtemps, faisons confiance à la Science.

Dans le cas de la famille Mozart, Dieu occupe une place importante. On est strict sur la question, et Léopold y veille, d'autant plus que le prince est archevêque et que l'emploi est là, pas dans l'université ou dans les laboratoires. Dieu protège-t-il le génie ? Ça arrive.

Cependant, pour Wolfgang, tout va vite. Certes, il est précédé par sa sœur, de cinq ans son aînée, Marianne, mais il y a don et don. Marianne sera un phénomène de précocité dans l'interprétation, mais Wolfgang un prodige dans la création. À six ans, des allégros, des menuets. D'ailleurs : « Il s'attachait si exclusivement à tout ce qu'on lui donnait à lire et à apprendre qu'il mettait tout le reste de côté, même la musique. Par exemple lorsqu'il apprit à compter, il couvrit tout de chiffres tracés à la craie : tables, chaises, murs, parquet même. »

Les chiffres, les sons : pénétration atomique des choses.

Les voyages pour exhiber les deux enfants commencent. Léopold a son idée : montrer sa progéniture, sortir de sa province, y augmenter sa réputation et son rang, gagner de l'argent, et sans doute vivre un jour grâce à ce fils promis à une grande carrière. Ce dernier est charmant avec lui, l'embrasse tous les soirs sur le bout du nez, le remercie de s'occuper de tout, lui fait les plus belles promesses. Wolfgang, pourtant, est de santé fragile, il a beau stupéfier la noblesse, on perd parfois des ducats. N'importe, il a eu du succès à Vienne, il a épaté la famille impériale, l'impératrice l'a embrassé, d'autres tournées s'annoncent. Léopold peut écrire de Francfort en août 1763 : « Tout le monde a été émerveillé. Que Dieu, dans sa haute bienveillance, continue à nous donner la santé et d'autres villes encore seront dans l'émerveillement. Wolfgang est d'une gaieté extraordinaire, mais un peu diable aussi. »

Il sait tout faire, « Wolferl », déchiffrer, jouer, improviser, se mettre à l'orgue et maîtriser aussitôt le pédalier à la grande surprise des moines, reconnaître les notes si on recouvre le clavier d'une étoffe, juger immédiatement si quelqu'un est faux et râcle du violon au lieu de le faire sonner. C'est un dieu, c'est un diable. Au cours d'un de ses concerts, à Francfort, un jeune garçon est dans la salle. À l'âge de quatre-vingts ans, il se souvient de l'événement. Il s'appelle Goethe : « J'ai vu Mozart, enfant de sept ans, quand il donna un concert, au cours d'un voyage. Moi-même j'avais alors quatorze ans environ et je me souviens parfaitement de ce petit bonhomme avec sa perruque et son épée. »

Toute la famille Mozart est bientôt à Bruxelles. La prochaine étape est Paris.

C'est le premier séjour de Mozart à Paris. Il y en aura un autre en 1778, négatif celui-là. Mais pour l'instant, place à l'effet raconté par Grimm dont la *Correspondance littéraire, philosophique et critique* donne le ton dans toutes les Cours d'Europe : « C'est peu pour cet enfant d'exécuter avec la plus grande précision les morceaux les plus difficiles avec des mains qui peuvent à peine atteindre la sixte : ce qui est incroyable c'est de le voir jouer de tête pendant une heure de suite, et là s'abandonner à l'inspiration de son génie et à une foule d'idées ravissantes qu'il sait encore faire succéder les unes aux autres avec goût et sans confusion. [...] Je ne désespère pas que cet enfant ne me fasse tourner la tête, si je l'entends encore souvent ; il me fait concevoir qu'il est difficile de se garantir de la folie en voyant des prodiges. Je ne suis plus étonné que saint Paul ait eu la tête perdue après son étrange vision. »

On ne voit pas très bien ce que saint Paul vient faire dans cette scène, mais la référence est intéressante pour l'époque, et c'est l'amant de Mme d'Épinay et l'homme de l'*Encyclopédie* qui la formule. C'est de l'humour, bien sûr, un humour inquiet. Mais Grimm fait la loi (Rousseau en a su quelque chose). Quatorze ans après, il n'aura que peu d'intérêt pour un Mozart de vingt-deux ans qui a eu le tort de grandir, formule des opinions critiques sans se gêner, et semble aller à contresens de l'Histoire. En 1764, cependant, un mot de Grimm suffit pour ouvrir les portes. Voici Versailles, la reine parle allemand avec ce petit garçon déluré qui lui embrasse les mains. Louis XV ne comprend rien à la conversation, sa femme bourre Wolfgang de bonbons.

La musique, en France, a toujours été (et reste) un problème. Léopold apprécie les chœurs, mais juge que « tout ce qui était pour des voix seules, et qui devait ressembler à un air, était vide, glacé et misérable, c'est-à-dire bien français ». Que s'est-il passé ? Ça pense, ça bavarde, ça a de l'esprit, ça polémique, ça persifle, ça remue beaucoup, ça galante, ça sarcasme, ça calcule et ça géométrise, mais ça ne chante pas, en tout cas pas de façon convaincante pour voix seules. L'Italie, théâtre et musique, n'éclaire pas l'Hexagone. La grande aventure musicale, et ce qu'elle suppose de liberté intime, a lieu ailleurs. Gesualdo, Purcell, Monteverdi, Vivaldi, Bach, Haendel, Haydn, Mozart, Beethoven, Schubert, Brahms, Wagner ne sont pas français, et il est peut-être temps de se demander pourquoi. Bavarder, au moment où Mozart est là (en 1778), sur le fait de savoir s'il faut préférer Piccinni ou Gluck n'est pas raisonnable. Mozart a dû, certes, surmonter des obstacles incessants à Vienne. Mais il est sûr qu'il n'aurait pu composer aucun de ses opéras à Paris, pas plus que les messes de Salzbourg et leurs explosions de joie.

La langue française, si naturellement douée pour parler de littérature ou de peinture, a quelque chose qui ne passe pas en musique, sauf de façon figée, maniérée, retardée. Révolution d'un côté, Terreur de l'autre.

L'anecdote suivante donne peut-être un début d'explication : « La première fois que Wolfgang a joué devant la marquise de Pompadour, le petit garçon, spontanément et comme il le faisait toujours, s'apprêtait à l'embrasser. Celle-ci eut un geste pour l'en empêcher, et Wolfgang froissé dit alors : “Qui est-elle pour refuser de m'embrasser ? L'Impératrice m'a bien embrassé, elle !” »

Léopold trouve que la Pompadour a dans le visage et les yeux quelque chose d'une impératrice romaine. « Elle est pleine d'orgueil et c'est elle qui régente tout ici. » On imagine une interview de Pompadour dans l'autre monde : « Vous croyez vraiment que j'aurais dû embrasser ce gamin ? »

« Dieu accomplit tous les jours de nouveaux prodiges dans cet enfant », dit encore Léopold. On veut bien le croire, puisque Wolfgang écrit maintenant des sonates. Les premières sont dédiées à « Madame Victoire de France », c'est-à-dire à la fille de Louis XV, les autres à la comtesse de Tessé. Cela ne veut pas dire qu'il s'agit d'amusements furtifs, et on peut faire confiance à ce témoignage de Léopold écrivant plus tard à son fils : « Quand tu t'occupais de musique, ton visage exprimait un tel sérieux, que maintes fois et en divers pays j'ai vu des gens s'inquiéter de ta santé et se demander si ton talent précoce ne devait pas l'ébranler. »

Le corps sonore devance le corps biologique. Cet enfant a une intelligence et des passions que la physiologie et la raison ne connaissent pas. Il crée en dehors des normes du développement libidinal. Mme de Pompadour, rompue au contrôle de la sexualité royale, pressent ce dérèglement. Ce petit mâle virtuose a des capacités de jouissance ingouvernables. En un sens, la marquise est déjà « moderne » : elle préfère le pouvoir à l'amour. Donc la philosophie politique à la musique.

Tout autre est la situation musicale en Autriche. Comme l'écrit Robbins Landon : « Au moment où Mozart arriva à Vienne en 1781, tout bourgeois qui se respectait savait chanter, jouer du piano ou d'un autre instrument, et était souvent d'un niveau quasi professionnel. En cela, ces femmes et ces hommes furent certainement influencés par la cour des Habsbourg, où tous les archiducs et les archiduchesses étaient des musiciens accomplis et brillants : l'empereur Joseph II, qui devait engager Mozart comme

Kammermusikus (musicien de la chambre), savait déchiffrer une partition d'orchestre, et son frère, Léopold II, était capable de diriger un orchestre du clavecin (c'est pour son couronnement que Mozart compose *La Clémence de Titus* en 1791). La musique était une force vive de la société autrichienne, des plus hauts rangs aux plus bas. »

On se souvient aussi que Frédéric II, un soir, fait taire tout le monde autour de sa table, se lève, et dit : « Messieurs, le vieux Bach est arrivé. »

Normal.

La grande musique et l'extrême lucidité passionnée sont évidemment à l'opposé de la communication incessante, du bruit techno et de la drogue. Mais cette opposition elle-même est révélatrice. Le corps humain a besoin, depuis toujours, de se précipiter sur l'information, le bruit qui court, la rumeur, le potin, le scandale, et, si cela ne suffit pas, d'aller jusqu'à la manifestation violente ou le tintamarre assourdissant sur fond de speed. Cocaïne, ecstasy, LSD, héroïne de plus en plus sniffée, sont désormais des ingrédients du spectacle. La mafia l'a compris depuis longtemps : casser et planer sont des objectifs permanents de la fête. Même plus besoin de danser ou de baiser, on s'assoit et on prend le produit. Allez vous faire foutre avec votre Mozart, il est inaudible.

Écoutons un preneur d'héro d'aujourd'hui : « C'est la même sensation qu'après un orgasme. Tu ne ressens plus aucune douleur… Au-delà de la sensation physique, ce que j'ai aimé c'est l'impression que ça t'enlève toute humanité. Tu n'as plus d'envies ni de désirs. Rien ne t'énerve. Tu es raide, les pupilles en tête d'épingle, mais tu peux tenir une discussion. Un travail rébarbatif ? Tu le fais, quinze heures d'affilée s'il le faut. Tu n'as pas faim, pas soif, pas envie de sexe. Juste de petits câlins. Tu ne peux pas bander. Regarder un album photo ou écouter un disque ne me procurait plus aucune émotion… Pour arrêter, tu ne dors pas pendant une semaine, la douleur est indescriptible. Ensuite, c'est la dépression nerveuse. Les deux mois suivants, tu as deux jours où ça va, et puis tu retombes. J'ai perdu cinq kilos. C'était difficile de manger, digérer, j'avais une chiasse de folie. Aujourd'hui même une petite madeleine me dégoûte. Je ne suis pas encore en pleine forme. »

L'héroïne, on le sait, est un relaxant qui favorise la descente des stimulants. Le circuit est bouclé, et il l'est le plus souvent *en musique.* Le diagnostic de Lautréamont, dans *Poésies,* est vérifié : « La mouche ne raisonne pas bien à présent. Un homme bourdonne à ses oreilles. »

Mais Rimbaud, déjà : « La musique savante manque à notre désir. »

Mozart ? Vous avez dit Mozart ?

Mozart a huit ans, il est en Angleterre. Il est très bien reçu par le roi et la reine, se lie d'amitié avec un des fils de Bach, Jean-Chrétien, lui-même excellent musicien. Léopold, qui observe son fils, note le 28 mai 1764 : « Il a toujours maintenant un opéra en tête. » Ce qui veut dire : il ne pense qu'à maîtriser les personnages et les situations. Il joue, il se perfectionne, il écoute les grands oratorios de Haendel, il étonne tout le monde, comme d'habitude.

Un magistrat anglais, Daines Barrington, est soupçonneux. N'y a-t-il pas une supercherie dans cette mise en scène ? Il écrit à Salzbourg pour se faire communiquer la date du baptême de Wolfgang, décide d'examiner lui-même le petit monstre et envoie son rapport à la Société royale de Londres. C'est un document impressionnant.

Barrington commence par observer les capacités immédiates de déchiffrage de Mozart. On lui donne une partition manuscrite inconnue, et « à peine a-t-il mis la musique sur le pupitre qu'il attaque le prélude comme un maître, fidèle à l'intention du compositeur tant dans la mesure que dans le style ». Vision globale en détail. Il est chez n'importe quel autre comme chez lui.

Ensuite : « Sa voix a le timbre faible d'un enfant, mais il chante d'une manière magistrale et inégalable. Son père, qui a pris la voix grave, détonne une ou deux fois dans sa partie, bien qu'elle ne soit pas plus difficile que la voix haute. L'enfant montre alors un peu de mécontentement, indique du doigt les fautes et remet son père sur la voie. [...] Lorsqu'il a fini cet exercice, il s'applaudit lui-même pour sa réussite et demande avec vivacité si je n'ai rien apporté d'autre comme musique. »

Une improvisation, maintenant ? Mais comment donc. Prenez le mot *affetto*, par exemple, le petit prodige vous invente aussitôt un air. Vous lui demandez de la fureur ? Qu'à cela ne tienne : « L'enfant jette encore un regard circulaire et très rusé, et commence une espèce de récitatif, prélude à un air de fureur. Parvenu à la moitié de l'air, il s'excite tellement qu'il frappe le clavier comme un possédé, et de temps en temps se soulève de sa chaise. Il a choisi comme motif d'improvisation le mot *perfido*. »

Le père remis à sa place un peu maladroite, l'accompagnateur et surveillant-exploiteur, comme le policier-inquisiteur, traités de

« perfides » dans la perfide Albion, voilà un petit opéra du plus bel effet. N'oublions pas cette notation merveilleuse : « le regard circulaire et rusé ». Tout le paradoxe du comédien s'illustre dans cette scène qui fait voler en éclats le mythe de l'innocence enfantine. La musique d'abord, les sentiments et l'authenticité après.

Barrington s'incline : « Il a un très grand sens de la modulation, une grande maîtrise des doigtés, et passe d'un ton à un autre avec un extraordinaire naturel. Il peut jouer longtemps pendant qu'un drap cache le clavier. [...] Pourtant, son aspect est tout à fait celui d'un enfant, et tous ses actes sont ceux d'un enfant de son âge. Par exemple, à un moment où il prélude devant moi, un chat qu'il aime bien arrive ; il abandonne le clavecin, et il faut un bon moment avant qu'il n'y revienne. Quelquefois, à cheval sur un bâton, il caracole à travers la chambre. »

Les adultes sont de grands enfants empotés, ils jouent des rôles sans même plus savoir que ce sont des emplois. Femmes, maris, amants, princes, valets, secrétaires, notaires, comtesses, princesses, soubrettes, académiciens, commandeurs, médecins, paysans, rois, reines, pères, mères, barbons, sœurs, frères, ils et elles ont tous et toutes leurs postures, leurs gestes, leurs arrière-pensées, leurs pulsions, leurs *airs.* L'opéra le prouvera, qui vivra verra. D'ailleurs, regardez ce bambin qui caracole sur son bâton : nous sommes chez Shakespeare, c'est une *sorcière.*

Cela dit, les enfants restent des enfants, ils sont fragiles. Nannerl, peut-être jalouse des succès de Wolferl, tombe malade, ce qui nous vaut cette remarque de Léopold (précieux papa, un des plus grands mémorialistes de tous les temps) : « Ma femme et moi persuadions la petite de la vanité de ce monde et du bonheur de mourir jeune pour un enfant. [...] Dans son délire, elle s'exprimait tantôt en anglais, tantôt en français, tantôt en allemand, et de telle sorte que malgré notre tristesse nous étions pourtant obligés de rire. »

Wolferl aussi est malade : fièvre cérébrale, coma pendant huit jours. Il se met à parler sans arrêt sans qu'on puisse deviner de quoi. Il s'en sort, heureusement pour les finances du voyage. Mais il n'a plus « que la peau sur les os ».

De retour à Paris, il a quand même encore de quoi étonner Grimm : « Nous l'avons vu soutenir des assauts pendant une heure et demie de suite avec des musiciens qui suaient à grosses gouttes et avaient toute la peine du monde à se tirer d'affaire avec un enfant qui quittait le combat sans être fatigué. »

Sur le chemin du retour à Salzbourg, voici Genève. Mais, malgré les recommandations de Mme d'Épinay et de Damilaville, Voltaire ne verra pas Mozart : « Votre petit Mazart (*sic*), madame, a pris, je crois, assez mal son temps pour apporter l'harmonie dans le temple de la Discorde. Vous savez que je demeure à deux lieues de Genève : je ne sors jamais ; j'étais malade quand ce phénomène a brillé sur le noir horizon de Genève. Enfin, il est parti, à mon très grand regret, sans que je l'aie vu. »

Voltaire a manqué la comète. Aurait-il pu faire un effort ? L'Histoire ne le dit pas. Ce qu'elle enregistre, en tout cas, c'est ce jugement expéditif et injurieux d'un Mozart fanatique catholique, et bien peu chrétien, à la mort de Voltaire en 1778 (à sa décharge, il faut rappeler que sa mère vient de mourir sous ses yeux au même moment à Paris, et qu'il a à se plaindre des dérobades de Grimm, et en général des Français de cette époque) : « Voltaire, ce mécréant et fieffé coquin, est crevé, pour ainsi dire comme un chien — comme une bête. Voilà sa récompense ! »

Ces lignes dans une lettre à son père pour le préparer à la mort de sa femme. Maman est morte, après tout c'est la volonté de Dieu, et si Voltaire est « crevé », c'est la volonté de Dieu. Ce qui compte plus que tout, là-dedans, c'est ma musique, et Paris n'a pas l'intention de la favoriser. L'Opéra est aussi celui de la cruauté.

« Ce qui me fait le plus de peine ici, c'est que ces dadais de Français s'imaginent que j'ai encore sept ans parce qu'ils m'ont connu à cet âge-là. On me traite ici exactement comme un débutant — excepté les musiciens qui, eux, pensent autrement. »

Attention, une révolution se prépare (lettre du 31 juillet 1778) : « Lorsqu'il m'arrive de penser que cela va marcher pour mon opéra, alors je me sens tout à fait comme du feu dans le corps et je tressaille des mains et des pieds, tant j'éprouve ardemment le désir d'apprendre toujours plus aux Français à connaître, à estimer et à craindre les Allemands. »

C'est en effet de Mozart, quelques années plus tard, que les Français apprendront, en musique et en italien, ce que le mot de Figaro veut réellement dire.

II

L'ÂME

C'est à Vérone, en 1770 (il a quatorze ans), que Wolfgang obtient son second prénom, *Amadeus*, transcription italienne de Gottlieb. « Wolfgang en Allemagne, Amadeo en Italie », écrit-il, en signant pour rire « de Mozartini ».

L'amour se révèle en italien. Aimant Dieu, aimée de Dieu, aimantée par Dieu, choisissant les amants de Dieu, la musique est une réalité magnétique. L'âme de Dieu est mathématique, contrapuntique, harmonique et mélodique. Le diable, envieux et furieux, fait beaucoup de bruit autour pour empêcher qu'on l'entende. Dieu est amour (et humour), mais nous passons notre temps à l'alourdir, à le déformer et à l'oublier. Conséquence : peu de vraie musique. Ne dites pas que vous aimez Mozart, le « divin Mozart », si vous n'aimez pas l'âme de Dieu, son amour subtil, variable, complexe, joyeux, terrible ou doux, c'est-à-dire, simplement, la musique.

La campagne d'Italie de Wolfgang Amadeo, accompagné de Léopold, est une promenade de rêve. Vérone, Mantoue, Modène, Bologne (rencontre avec le plus grand théoricien du temps, le padre Martini), Florence, Rome, Naples, Rome. Mozart commence-t-il à se lasser d'être un phénomène ? Son ironie cache mal son énervement. De Rome, cette lettre : « Je suis, Dieu en soit loué et remercié, en bonne santé, je baise les mains de maman, et aussi le nez, le cou, la bouche et le visage de ma sœur et, ô que ma plume est méchante, le cul aussi s'il est propre. »

Apparaît ici la question, qui semble gêner tout le monde, de la fréquence du mot *cul* dans certaines lettres de jeunesse de Mozart. L'expression noble est « scatologie ». Une fois rappelé que le langage de l'époque tolérait ce genre de plaisanterie (hygiène très relative, promiscuité, pruderie plus sexuelle que digestive), on remarque que cette inspiration particulièrement ludique de Wolfgang s'adresse surtout à sa petite cousine d'Augsbourg, « la Bäsle ».

Pour l'instant, grâce à l'intervention d'un cardinal, Wolfgang est « chevalier de l'Éperon d'or », une décoration pontificale de Clément XIV. Cela ne semble lui faire ni chaud ni froid, il lit les *Mille et Une Nuits* en italien, il est surtout l'auteur de son premier opéra important, *Mithridate.* Quand sera-t-il clair qu'il n'est pas là pour s'exhiber ou servir de musicien d'église ou de cour, mais pour composer ?

« Je suis plus heureux lorsque j'ai à composer. C'est mon unique joie et ma *Passion.* »

« Passion » est écrit ici en français.

Ou encore : « Je ne peux pas écrire un poème : je ne suis pas poète. Je ne peux pas disposer mes phrases d'une façon tellement artiste qu'elles diffusent tour à tour de l'ombre ou de la lumière : je ne suis pas peintre. De la même manière, je ne peux pas exprimer par des gestes et des *pantomimes,* mes pensées et mes sentiments : je ne suis pas danseur. Mais je le peux grâce aux sons, je suis musicien (*Musikus*). »

Justement : poète, peintre, danseur, et bien d'autres identités encore, sont ouvertes et rendues possibles par la musique. Elle existe *d'abord.* Le son précède les volumes, les gestes, l'ombre, la lumière, les surfaces. Elle les porte en creux, elle les moule, elle les enfante. Elle est à la fois philosophique, scientifique et politique. Elle ne s'oppose à rien, elle prend tout. « La musique, parfois, me prend comme une mer », dit Baudelaire, et ce n'est pas par hasard s'il la retrouve au fond des expériences de drogue, comme dans *Le Poème du haschisch* : « Les sons se revêtent de couleurs, et les couleurs contiennent une musique. [...] Les notes musicales deviennent des nombres, et si votre esprit est doué de quelque aptitude mathématique, la mélodie, l'harmonie écoutée, tout en gardant son caractère voluptueux et sensuel, se transforme en une vaste opération mathématique, où les nombres engendrent les nombres et dont vous suivez les phases et la génération avec une agilité égale à celle de l'exécutant. »

(L'idéal, ici, est d'écouter, de ce point de vue, le concerto pour clarinette, une des dernières œuvres de Mozart, où le mouvement lent devient une bénédiction sans bornes.)

Encore Baudelaire : « La musique vous parle de vous-même et vous raconte le poème de votre vie : elle s'incorpore à vous, et vous vous fondez en elle. Elle parle de votre passion, non pas de manière vague et indéfinie, mais d'une manière circonstanciée, positive, chaque mouvement du rythme marquant un mouvement connu de votre âme, chaque note se transformant en mot, et le poème entier entrant dans votre cerveau comme un dictionnaire doué de vie. »

(J'insiste sur « chaque note se transforme en mot », car la réciproque est tout le problème de l'opéra, et Mozart est indubitablement celui qui y apporte une révolution complète. Par ailleurs, le génie défini par Baudelaire comme « l'enfance retrouvée à volonté » joue à plein dans le cas de Mozart.)

Ce que l'hallucination fugitive, et bientôt dépressive par affaiblissement de la volonté, apporte par multiplication de la personnalité dans tous ses replis, la *composition* le réalise (d'où le mot profond de Claudel : « Le Mal ne compose pas »). Mozart est ce cas observable de composition devenue vivante, et c'est pourquoi sa biographie et son œuvre, si intimement liées, comportent une même révélation historique. En Italie, voici l'épisode fameux du *Miserere* d'Allegri. On l'entendait, dans une atmosphère dramatique à Saint-Pierre de Rome, mais il était interdit par l'autorité ecclésiastique, sous peine de sanctions, de copier ce morceau sublime et d'en sortir et publier la partition. Bien entendu, Mozart, à quatorze ans, le retient par cœur et le note ensuite de mémoire. Tantôt il a besoin d'un clavier pour écrire (« Je pars sur l'heure louer un clavier car aussi longtemps qu'il ne s'en trouvera pas un dans cette chambre, je ne saurais y vivre alors que j'ai tant à composer et pas une minute à perdre »), tantôt il s'en passe dans un premier temps, comme le rapporte Niemtschek : « Mozart n'a jamais touché le piano pour écrire. Lorsqu'il recevait un livret en vue d'une composition vocale, il allait et venait, l'esprit concentré sur le texte, jusqu'à ce que son imagination s'embrase. Il travaillait alors ses idées au piano : et c'est après seulement qu'il s'asseyait à une table pour écrire. »

(Pour ce qui est des poètes préoccupés pardessus tout de rejoindre la musique : Hölderlin et son épinette dans sa tour de Tübingen, Lautréamont et Rimbaud avec leurs étranges affaires de pianos. Qu'est-ce qu'un être humain devenu clavier ? Et qui serait capable de le *dire* ?)

J'aime particulièrement ce : « Il allait et venait, jusqu'à ce que son imagination s'embrase. » Mozart, on l'a compris, est le contraire d'un « assis ». Quand on pense réellement on compose, et quand on compose, on compose tout le temps. Les assis ne l'entendent pas de cette oreille, ils croient avoir des droits sur leurs serviteurs, leurs employés, leurs élèves. Ils réclament de la discipline et de l'ordre, ils ont à leur solde les religieux et les professeurs. Le cul de plomb, dira Nietzsche, est le vrai péché contre le Saint-Esprit. Ce n'est pas le péché de Mozart, c'est le moins que l'on puisse dire.

Il écrit en marchant, en observant, en écoutant, en chantonnant, en mangeant, en dormant, en se réveillant. Il rêve, il plane, il se pose, il lève la tête. Son énergie tranchante n'est jamais lourde, elle fouette, elle délie, elle relie. Les récitatifs de Mozart sont des merveilles. Il s'est transformé très tôt en clavier, il lui en faut un, de temps en temps, sous les doigts. Clavier tempéré ou brûlant, selon les minutes, les enchaînements. La musique n'est pas seulement par excellence l'art du temps, mais du temps dans le temps. Temps et Être. On a envie d'inventer ici le verbe *temper*, le contraire de temporiser (à moins d'entendre ce mot comme vaporiser). Si j'écoute au petit matin, à l'instant même, le quatuor pour piano en *sol mineur* K. 478 ou celui en *mi bémol majeur* K. 493, c'est-à-dire ces quasi-quintettes fabuleux, c'est tout de suite l'allégresse ouverte, l'alerte, l'acuité aux quatre coins du paysage, *plus* la conscience impérative du sujet qui sait comment se jouer de lui-même et de l'autre. Impossible de ne pas penser ici aux lettres de Rimbaud de mai 1871, celles dites « du voyant » : « C'est faux de dire : Je pense : on devrait dire : On me pense. — Pardon du jeu de mots.

« Je est un autre. Tant pis pour le bois qui se trouve violon et nargue aux inconscients, qui ergotent sur ce qu'ils ignorent tout à fait ! »

Et deux jours plus tard, à un autre correspondant : « Car Je est un autre. Si le cuivre s'éveille clairon, il n'y a rien de sa faute. Cela m'est évident : j'assiste à l'éclosion de ma pensée : je la regarde, je l'écoute : je lance un coup d'archet : la symphonie fait son remuement dans les profondeurs, ou vient d'un bond sur la scène. »

Ces déclarations sont célèbres et commentées depuis longtemps, mais il suffit de trois minutes de Mozart pour qu'elles deviennent transparentes.

Ces deux quatuors, donc, qu'on appelle quatuors pour piano, datent de 1785, grande année d'intériorisation et de création. Ils sont contemporains des *Noces de Figaro,* et suivent les six quatuors à cordes dédiés avec humilité à son « meilleur ami », Joseph Haydn.

Écoutez les cordes faire leur remuement dans les profondeurs ; voyez le piano venir d'un bond sur la scène.

Rimbaud, encore : « Si les vieux imbéciles n'avaient pas trouvé du Moi que la signification fausse, nous n'aurions pas à balayer ces millions de squelettes qui, depuis un temps infini, ont accumulé les produits de leur intelligence borgnesse en s'en clamant les auteurs. »

D'un seul coup de balai, quelques notes, entre l'oreille et l'œil, plus de squelettes. Je n'est pas Moi. La pensée chantée sera désormais comprise du chanteur. Le temps d'un langage universel est venu (et Rimbaud ajoute : « Il faut être académicien — plus mort qu'un fossile — pour parfaire un dictionnaire, de quelque langue que ce soit »).

Sol mineur, mi bémol majeur: deux tonalités essentielles chez Mozart, fièvre et sérénité, force et sagesse.

Toute la gamme : A B C D E F G : *la si ut ré mi fa sol.*

On peut aussi voir la couleur des voyelles : A noir, E blanc, I rouge, U vert, O bleu.

Je est un jeu de notes et de mots. *Sol mineur* : G-moll, God ou Gott, en mineur.

« Cette langue sera de l'âme pour l'âme, résumant tout, parfums, sons, couleurs, de la pensée accrochant la pensée et tirant. »

Rimbaud et Mozart parlent de la même *chose.*

Des jeux de mots, on en trouve en grand nombre dans la correspondance de Mozart. La « petite cousine d'Augsbourg » occupe ici une place spéciale. Cette Maria Anna Thekla, qui a deux ans de moins que Wolfgang, est une « coquine ». Ensemble, ils se moquent de tout le monde. La cousine c'est presque la sœur (même prénom), mais sans concurrence instrumentale, c'est aussi la fille du frère du père, possibilité d'inceste à peine distancié.

« Notre petite cousine est belle, raisonnable, gentille, habile et gaie ; et cela vient de ce qu'elle s'est mêlée au monde, elle a même été quelque temps à Munich. C'est vrai, nous allons bien ensemble, car elle est aussi un peu coquine. Nous nous moquons des gens ensemble, c'est très amusant. »

Nous sommes ici à l'automne 1777, Wolfgang a démissionné de son emploi borné chez le prince-archevêque Colloredo de Salzbourg, il passe par Augsbourg (un trou musical), il est sur la route de Mannheim (tout le contraire, excellent orchestre).

Voici déjà les jeux de mots scatologiques dans cette même lettre à son père. Les Mozart, de toute façon s'écrivent des choses bizarres. Ainsi Anna Maria, la mère, à Léopold, le père : « *Adio ben mio,* porte-toi bien, étire ton cul jusqu'à la bouche, je te souhaite bonne nuit, pète au lit que ça craque, il est une heure passée, tu peux toi-même faire la rime. »

La rime allemande avec *oas* (dialecte pour *eins* : une heure) serait *schoas* (dialecte pour *scheissen* : chier).

Le traducteur de la *Correspondance* de Mozart croit bon de nous prévenir :

« Les lettres de Mozart à sa "petite cousine" ne sont pas obscènes au sens pornographique du terme, mais plutôt sur le plan scatologique. Il semble toutefois que l'on ait utilisé jusqu'à cette époque un langage beaucoup plus cru et direct pour parler de certaines parties "délicates" du corps et de leurs fonctions, et que ce n'est qu'au début du XIXe siècle qu'on a pris l'habitude de les entourer d'un silence pudique. »

J'approuverais plutôt le XIXe siècle sur ce point. Mais voici, à mon avis, le plus important : « En dehors de ces "plaisanteries", les lettres de Mozart à sa "petite cousine" se caractérisent par divers jeux de mots intraduisibles, des rimes entre divers mots dépourvus de relations, même dans la langue originale, des répétitions de mêmes formules, des interversions de mots dans une phrase, des appositions de synonymes, des mots écrits à l'envers, etc. »

Dans la lettre de Wolfgang à Léopold, donc, pour lui décrire un concert où assistait la noblesse d'Augsbourg : « Il y avait là la duchesse Crotte-au-cul, la comtesse Pisse-bien, la princesse Sent-la-merde et les princes Gros-ventre-de-queue-de-cochon. »

Mais ce n'est rien en comparaison du déchaînement des lettres de Mannheim à la petite cousine, ou plutôt à la « très chère petite cousine lapine ». Ce qu'il faut voir, surtout, c'est la volonté de Mozart de briser ici la convention de la communication, le trait obsessionnel paternel, le carcan de l'obligation sociale. Le traducteur nous dit froidement qu'il tombe sur « des formations rimées sans aucun sens, dont nous avons renoncé par la suite à donner une traduction littérale ou un équivalent ». Mais cette « absence de sens » est intéressante au plus haut point, et je pense qu'il n'est pas nécessaire de faire au lecteur ou à la lectrice un dessin : « J'ai bien reçu aujourd'hui entre mes griffes la lettre de mon papa haha [...] Vous écrivez par ailleurs, vous exprimez même, vous découvrez, vous laissez entendre, vous me faites savoir, vous déclarez, vous m'indiquez, vous m'annoncez, vous me donnez la nouvelle, vous dévoilez clairement, vous demandez, vous convoitez, vous souhaitez, vous voulez, vous aimeriez, vous exigez que je vous envoie mon portrait. *Eh bien,* je vous l'enverrai certainement. *Oui, par ma la foi,* je te chie sur le nez, et ça te coule sur le menton. *Appropos,* avez-vous aussi le spuni cuni fait ? — Quoi ? — Est-ce que vous m'aimez toujours un peu ? — Je le crois ! Tant mieux, mieux tant ! Oui, c'est ainsi en ce monde, l'un possède la bourse et l'autre l'argent. Lequel préférez-vous ? — Moi, n'est-ce pas ? — Je le crois ! Maintenant c'est encore pire. *Appropos.* Ne voulez-vous pas retourner bientôt chez M. *Gold*-schmid ? »

La plupart des mots soulignés sont *en français* dans la lettre, ce qui a beaucoup de sens. Quand Mozart écrit : « Vous m'écrivez que vous tiendrez la promesse que vous m'avez faite avant mon départ d'Augsbourg, et ce, très bientôt ; voilà qui me fera sûrement plaisir », il fait un jeu de mots et écrit *Verbrechen,* crime, au lieu de *Versprechen,* promesse. Voilà qui a encore plus de sens. À propos de l'expression « spuni cuni fait », le traducteur nous dit « on ne sait de quoi il s'agit ». Rien de plus vrai. D'ailleurs, si on le savait, il ne s'agirait pas de la même chose.

Tout de même, avec un peu d'oreille, on peut se rappeler que la cousine (Bäsle) est presque un lièvre (Häsle) et que le lapin, en latin, s'appelle *cuniculus.* De là à *cunnilingus* qui se trouve dans le dictionnaire (« excitation buccale des organes génitaux féminins »), il n'y a qu'un pas que nous nous garderons de franchir, fût-ce en écriture cunéiforme, non sans nous étonner au passage qu'il s'agisse, pour le dictionnaire, uniquement des organes génitaux féminins.

Les biographes de Mozart se demandent gravement si la petite cousine a été la « maîtresse » de Wolfgang. On ne sait trop ce qu'ils introduisent dans le mot « maîtresse ». Ce qui est sûr, c'est que Wolfgang est un chaud lapin, comme il le dira plus tard à son père pour justifier son mariage avec Constance, histoire de mettre un peu d'ordre dans son existence de tous les jours : « La nature parle en moi aussi fort que chez tout autre, et peut-être plus fort que chez bien des rustres grands et forts. »

La nature n'est pas là pour parler fort, mais pour chanter juste.

Toujours à la cousine (même lettre du 5 novembre 1777) : « Ah ! mon cul me brûle comme du feu ! Que signifie donc cela ? — Peut-être une *crotte* veut-elle sortir ? — Oui, oui, *crotte, je* te connais, je te vois, je te sens — et — qu'est-ce ? — Est-ce possible ! — Dieux ! — *Oreille,* ne me trompes-tu pas ? — Non, c'est bien ça — quel son long et triste ! — Aujourd'hui, le 5, ceci j'écris, et demain, le 6, je jouerai au cours de la grande académie de gala, puis j'irai encore jouer dans le cabinet privé [...]. »

D'où il apparaît (puisqu'il est encore question d'une « odeur de brûlé », etc.), que Wolfgang est très inflammable. Comme de l'amadou. Difficile à amadouer. « *Addio* farceuse diseuse », ajoute-t-il pour sa petite cousine en lui dessinant un cœur avec le chiffre 333 suivi de ces mots : « jusqu'au tombeau si je sauve ma peau ». Et il signe : Wolfgang Amadé Rosenkranz, ce qui rime avec *Sauschwanz*, « queue de cochon ».

« Je vous embrasse 10 000 fois et suis comme toujours le vieux jeune queue de cochon. » 333 peut se lire aussi, phonétiquement, *treu-treu-treu*, c'est à dire « fidèle-fidèle-fidèle ».

Autrement dit : tout cela n'a aucune importance. Écoutons plutôt le concerto pour piano n° 9 en *mi bémol majeur*, dit « Jeunehomme », à cause d'une Mlle Jeunehomme, pianiste française, que Mozart, encore à Salzbourg au début de 1777, a voulu honorer. Morceau passionné, très *Sturm und Drang*, plein de futur sombre et gai. Le « vieux jeune queue de cochon » écrivant un chef-d'œuvre pour une pianiste française de passage, Mlle Jeunehomme, on n'oserait pas l'inventer.

Spuni cuni fait : tout est sens dessus dessous ou cul par-dessus tête, on va vite, c'est la vie elle-même qui suit la plume et pas le contraire, comme chez Laurence Sterne. Mozart pète le feu et se gorge de liberté. Son allemand en fusion ramasse du français et de l'italien au passage. On ne saurait être plus à brûle-pourpoint ni plus à propos. Voyez comment il écrit ça : *Appropos.*

L'une des plus mystérieuses *Illuminations* de Rimbaud s'appelle *Dévotion.* On y lit à un moment : « Ce soir à Circeto des hautes glaces, grasse comme le poisson, et enluminée comme les dix mois de la nuit rouge (son cœur ambre et spunck). »

Spunck, en anglais, veut dire « amadou. »

Le mot amadou vient d'amoureux. L'amadou est une substance spongieuse provenant de l'amadouvier (champignon) du chêne, et préparée pour prendre feu aisément.

Amadeus, Amadeo, Amadé, prend feu aisément. C'est un loup de Wolfgang qui chasse la lapine pour ne pas dire la levrette. Il ne semble pas qu'elle y voie d'inconvénient.

Une semaine plus tard :

« Ma très chère Nièce ! Cousine ! fille !

« Mère, Sœur, et Épouse !

« Tonnerre du ciel, mille sacristies, Croates de malheur, diables, sorcières, sorciers, bataillons de croisés à n'en plus finir, morbleu, éléments, air, eau, terre et feu, Europe, Asie, Afrique et Amérique, jésuites, augustins, bénédictins, capucins, minorites, franciscains, dominicains, chartreux et chevaliers de la Sainte-Croix, chanoines réguliers et irréguliers, et tous les fainéants, garnements, misérables, couillons et corniauds mélangés, ânes, buffles, bœufs, fous, idiots et polichinelles ! »

Bien entendu, je n'invente rien, il s'agit bien là de la lettre 255 de Mozart à Maria Anna Thekla Mozart à Augsbourg, datée de Mannheim le 13 novembre 1777.

Wolfgang attend le portrait de sa cousine : « J'espère qu'il sera comme je l'ai demandé, c'est-à-dire en costume français. »

Pourquoi « français » ? Plus *négligé ?*

La fin de la lettre est d'ailleurs en français : « Je vous baise vos mains, votre visage, vos genoux et votre — afin, tout ce que vous me permettés de baiser » (*sic*).

Et ça continue, le 3 décembre : « Avant de vous écrire, il faut que j'aille aux cabinets — Voilà, c'est fait ! Ah ? — Je me sens de nouveau le cœur léger ! » Etc.

« Oui, c'est vrai, bienheureux celui qui y croit, et celui qui n'y croit pas ira au ciel ; mais tout droit, et non pas comme j'écris. » Etc.

Et le 28 février 1778, après un long silence : « Vous allez peut-être croire, ou même penser, que je suis mort ! — que j'ai péri ? — ou suis crevé ? — mais non ! n'y pensez pas, je vous en prie ; car croire et chier sont deux choses différentes ! — Comment pourrais-je si joliment écrire si j'étais mort ? Comment cela serait-il donc possible ? [...] *Appropos* : où en êtes-vous en langue française ? — Puis-je écrire bientôt une lettre tout en français ? — De Paris, n'est-ce pas ? — Dites-moi, avez-vous encore le spunicunifait ? — Je le crois. »

Et ceci, variation et fugue étourdissantes sur la temporalité du temps :

« *Adieu,* cou-ousine. Je suis, j'étais, je serais, j'ai été, j'avais été, j'aurais été, oh si j'étais, oh que je sois, plût à Dieu que je fusse, je serais, je serai, si je pouvais être, oh que je fusse, j'eusse été, j'aurai été, oh si j'avais été, oh que j'eusse été, plût à Dieu que j'eusse été, qui ? — un nigaud » (*Stockfisch,* morue).

Ces lettres sont importantes pour comprendre l'*orchestre* de Mozart, son humour, ses moqueries, son auto-ironie, ses dons d'acteur, sa vivacité, ses bassons, ses cors, ses basses. Quelques personnages essentiels aussi, et surtout Despina, Despinetta, dans *Cosi fan tutte.* Peu importe, finalement, ce que Wolfgang et sa cousine ont vraiment « fait ». C'est pour elle qu'il laisse entrevoir une part très importante de lui-même. De petit surdoué il va devenir grandiose. Il est en chemin. Pour l'instant, il lui arrive encore de signer *Trazom* (Mozart en verlan).

La « petite cousine », après son mariage, a

rendu à Mozart les lettres qu'il lui avait adressées. Constance les possédait en 1799, et les trouvait « très amusantes ». On ne sait pas trop comment elles n'ont pas été détruites par les fils de Wolfgang. Stefan Zweig, plus tard, les a communiquées à Freud, qui n'en a rien fait. La psychanalyse ne s'écoute pas en musique.

Vers Paris, maintenant. Mais quel Paris ?

Mais avant ce départ pour un deuxième voyage à Paris, il y a la rencontre.

La chanteuse.

Aloisia.

Elle a seize ans, lui vingt-deux.

Elle chante, elle joue du piano, son père peut copier des partitions, elle a trois autres sœurs dont l'une deviendra, à sa place, la femme de Mozart.

« Elle chante remarquablement et a une belle voix pure. Il ne lui manque que l'*action* (en français dans la lettre) pour pouvoir tenir le rôle de *prima donna* à n'importe quel théâtre. »

Oui, elle chante très bien, et même les « passages épouvantables » de *Lucio Silla*, opéra de jeunesse de Mozart.

« Elle est en mesure d'apprendre toute seule et s'accompagne assez bien ; elle joue aussi passablement des *galanteries* » (toujours en français dans la même lettre).

De mieux en mieux : « Ce qui m'étonne, c'est qu'elle lise si bien la musique. Rendez-vous compte : elle a joué mes sonates difficiles, *Prima vista, lentement*, mais sans qu'il y manque une note. »

Il faut imaginer Léopold et Nannerl, le père et la sœur, recevant cette lettre à Salzbourg. Mozart est-il inconscient ? Mais non, il sait que sa guerre de libération a commencé, et il débute par des escarmouches, *pour voir*.

La famille Weber est d'ailleurs très bien : religion impeccable, père méritant injustement persécuté, c'est un clan « à la Mozart », et le père, comme par hasard, ressemble à Léopold. Pour un peu, on lirait déjà comme signature « Wolfgang Weber ».

Il y a plus grave : jusque-là, Wolfgang ne pensait qu'à composer un opéra allemand. Soudain, il veut aller en Italie avec les Weber. Aloisia pourrait être *prima donna* à Vérone, à Venise. Elle fait des progrès rapides avec son nouvel ami, elle peut en faire d'autres, c'est évident. « Je garantis sur ma vie que son chant me fera honneur. » Oh, oh, les choses sont vraiment sérieuses. Léopold est donc prié, supplié, de faire tout ce qui est en son pouvoir pour arranger l'affaire en Italie, alors qu'il est en train de se démener pour un programme de conquête de Paris. Ce Wolfgang est fou. Ne parle-t-il pas d'ailleurs de venir voir les Mozart en passant, ce qui est tout naturel puisque les Weber sont comme des Mozart ?

Là-dessus, la mère de Mozart s'empresse d'ajouter un post-scriptum d'alerte générale en direction de la surveillance paternelle : « Mon cher époux, tu constateras en lisant cette lettre que lorsque Wolfgang fait une nouvelle connaissance, il est tout de suite tout feu tout flamme pour ces gens. C'est vrai qu'elle chante incomparablement, mais il ne faut jamais perdre de vue son intérêt [...] Il préfère toujours être chez d'autres que chez moi, car je lui fais remarquer ce qui ne me plaît pas chez les uns et les autres, et il n'aime pas ça. Tu devras donc réfléchir par toi-même à ce qu'il doit faire. Le voyage à Paris avec Wendling ne me semble pas conseillable et je préférerais encore l'accompagner moi-même. »

Maman a tout compris. Wolfgang, cet amadou, a pris feu et flamme pour Aloisia, et le cas est dangereux puisque s'y mêle la musique, pas seulement les doigts mais la voix. Ce grand garçon immature et qu'il faut encore surveiller (pour son bien, évidemment, mais sans oublier notre intérêt) risque de brûler pour rien et de développer sa manie de composition aventureuse. Pire : il pourrait changer de famille au pied levé, proposer immédiatement le mariage (ce serait assez son genre), mais alors, nous, que devenons-nous, où est l'avenir ? Wolfgang est quand même un *investissement*, une stock-option, pour ne pas dire une poule aux œufs d'or. Il n'a pas de situation stable, soit, mais il peut la trouver en France. Écrire des opéras, d'accord, on verra. Mais partir en Italie avec une fille de seize ans en *prima donna !*

Le passage le plus inquiétant, dans la lettre de Wolfgang (datée du 4 février 1778 à Mannheim) est le suivant : « Il est temps maintenant que je m'arrête ; si je voulais écrire tout ce que je pense, le papier n'y suffirait pas. Donnez-moi vite une réponse, je vous en prie : n'oubliez pas mon désir d'écrire des opéras. J'envie quiconque en compose. J'aimerais pleurer de dépit lorsque j'entends ou vois un air. Mais italien, pas allemand ; sérieux et non pas *buffa* » (on est encore loin des *Noces*).

Opéra, opéra, opéra : mais qu'est-ce qu'il a avec cette histoire d'opéra ? Qu'est-ce qu'il veut dire ? Qu'entend-il par là ?

Pas besoin de beaucoup d'imagination pour mettre en scène, le soir, à Mannheim, une conversation entre Wolfgang et sa mère. Anna Maria, tout en reconnaissant les qualités de chanteuse d'Aloisia, fait certaines réserves sur elle et sur sa famille. Son fils n'aime pas ça. Elle prend des risques, parce qu'il commence à en avoir assez, Trazom, des sermons de son père et du corset qu'on lui impose comme s'il avait toujours dix ans. Elle finira par partir avec son fils à Paris, Mme Mozart ; elle jouera avec courage son rôle de duègne et de surveillante, mais elle n'en reviendra pas.

L'opéra, bientôt, va devenir à la fois très sérieux et *buffa*. C'est le réel même. On y aime, on y meurt, on s'y amuse, et on y dit la vérité bien plus souvent qu'on ne croit. Qui a fait mieux dans le genre, que les opéras de Mozart ? Personne.

Tout de même, pense le lecteur d'aujourd'hui, un garçon de vingt-deux ans manié ainsi par son père et sa mère... C'est entendu, le cas est exceptionnel, cet enfant prodige a grandi trop vite, on veille sur lui comme sur une plante rare et rentable, mais enfin... Oui, les temps ont changé d'apparence, mais sur le fond ? Il nous manque désormais l'enregistrement de milliers de conversations téléphoniques maternelles ou paternelles. On serait accablé par leur crudité, leur violence, leur conformisme, leur fanatisme matérialiste et borné. C'est Wolfgang qui nous paraît ici presque innocent, naïf, demeuré... Nous avons seulement oublié tout ce qu'il a de musique en tête. Minute par minute, heure par heure, jour après jour, nuit après nuit, notes, airs, mélodie, harmonie... En réalité, la musique mène sa guerre à travers lui, faisons-lui confiance.

On aurait sûrement étonné la petite cousine de Wolfgang en lui apprenant, plus tard, que son compagnon de jeux équivoques, ce rieur un peu cinglé aux lettres incompréhensibles, était l'un des plus grands génies de tous les temps. Pour Léopold, un miracle est un miracle, mais enfin il ne peut pas se développer en dehors de toute mesure. Pour Nannerl, la sœur, dont l'activité de professeur de piano est déjà une rentrée d'argent dans le budget familial menacé, c'est un petit frère ahurissant, mais qui ne va quand même pas dépasser les limites des partitions connues. La mère, enfin, est comme toutes les mères, un enfant reste un enfant, surtout un garçon, et le seul problème est l'irruption d'une femme étrangère dans l'économie intime. C'est peut-être fatal, mais le plus tard sera le mieux, et avec les garanties qui s'imposent. Une *prima donna* ! De seize ans ! Avec Wolferl ! Notre enfant !

Quant au prince-archevêque Colloredo, en train d'être infiniment dépassé par cette aventure, il y a longtemps qu'il ne peut plus supporter ce fils indiscipliné d'un domestique zélé, mais intermittent et fourbe. Il a compris que les Mozart jouent leur propre jeu et voudraient abandonner Salzbourg pour s'installer dans une capitale, aux frais de leur fils promu compositeur officiel d'un concurrent. A-t-il appris que, dans leur correspondance codée, le père et le fils l'ont surnommé le « mufti » ? Est-il prêt à assister à un enlèvement au sérail ? Qu'il aille au diable, cet arrogant jeune homme qui se croit supérieur à tout le monde. Qu'il se fasse applaudir ailleurs, lui et sa famille de bohémiens ingrats. La musique est *cadrée.* Elle est prévue, elle s'adapte. On dit que le grand Haydn, là-bas, compose parfois des choses débordantes et étranges ? Peut-être, mais la question n'est pas là. Obéit-il au prince Esterhazy ? Oui. Les musiciens n'ont qu'à faire comme lui.

Pour mieux comprendre Léopold, et la façon irréprochable dont il pèse sur les épaules de Wolfgang, il faut lire son sermon du 5 février : « Je vous ai consacré à tous deux [ses enfants] chacune de mes heures, dans l'espoir que vous puissiez en son temps non seulement subvenir à vos propres besoins, mais encore me permettre de passer une vieillesse tranquille, de rendre compte à Dieu de l'éducation de mes enfants et attendre tranquillement la mort sans autre souci que celui de veiller au repos de mon âme [...]. Tu es un jeune homme de vingt-deux ans ; il te manque donc le sérieux de l'âge qui pourrait empêcher un homme — quel que soit son état —, aventurier, fanfaron, fraudeur, vieux ou jeune, de chercher à faire ta connaissance et obtenir ton amitié pour t'attirer dans sa société et, petit à petit, dans ses plans. On s'engage ainsi sans s'en rendre compte et on ne peut plus s'en sortir. Je ne veux pas parler des femmes, c'est là qu'on a besoin de la plus grande prudence et de sagesse, car la nature elle-même est notre ennemie ; et celui qui ne met pas tout son entendement pour parvenir à la retenue nécessaire s'efforce bientôt en vain de sortir du labyrinthe. *C'est un malheur qui ne finit généralement qu'avec la mort.* Peut-être en as-tu déjà fait l'expérience et constaté combien on est aveugle en face de plaisanteries qui nous semblent, au début, dépourvues de significations, de flatteries, d'amusements, etc., dont on a honte lorsque l'entendement s'éveille par la suite ; je ne veux pas te faire de reproches. Je sais que tu ne m'aimes pas seulement comme un père, mais aussi comme ton meilleur et plus sûr ami ; que tu sais et comprends que notre bonheur ou notre malheur, et même ma longue vie ou ma mort prochaine, reposent pour ainsi dire entre tes mains, tout de suite après celles de Dieu. [...] Vis en bon chrétien catholique, aime et crains Dieu, prie avec ferveur et confiance, de toute ton âme, et mène une vie de chrétien de sorte que, si je ne devais plus te revoir, je n'aie rien à redouter à l'heure de ma mort. »

Voilà ce qui s'appelle faire jouer les grandes orgues. Léopold ajoute à sa lettre une longue liste de noms et d'adresses utiles pour le voyage à Paris.

Discours émouvant, discours cocasse : il est adressé au futur auteur de *Don Giovanni.*

Aloisia (ou Aloysia) Weber est charmante. On a d'elle un portrait, enlevé et fin, dans le rôle de la *Zémire* de Grétry. Elle a une petite veste à bords de fourrure, elle lève le bras gauche comme si elle commandait un assaut. Elle n'épousera pas ce gentil garçon qu'est Wolfgang, mais un acteur qui l'accompagnera dans sa brillante carrière, Joseph Lange. Aloisia et Joseph, Constance et Wolfgang resteront de très bons amis. Lange, en 1783, fera le portrait (inachevé) de son beau-frère, le plus fidèle que nous ayons de Mozart (il figure sur la jaquette de ce livre). Il écrira plus tard ce qui suit : « Dans ses conversations et dans ses actes, jamais Mozart ne pouvait moins passer pour un grand homme que lorsqu'il était occupé à un ouvrage important. Alors, non seulement il parlait de choses et d'autres et sans suite, mais il faisait des plaisanteries de toutes sortes, auxquelles on n'était pas accoutumé de sa part ; même il se négligeait délibérément dans sa tenue. En outre, il paraissait ne réfléchir et ne penser à rien. Ou bien, sous une apparence frivole, il dissimulait à dessein son angoisse intime, pour des causes qu'on ne pouvait découvrir ; ou bien il se complaisait à faire contraster brutalement les idées divines de sa musique avec les vulgarités de la vie quotidienne, et à s'amuser d'une sorte d'ironie de soi-même. »

Excellent beau-frère. Merci.

Quatre filles Weber, donc, au moment où Mozart entre en scène. Josepha, qui fait très bien la cuisine, mais qui, elle-même cantatrice, créera en 1791, le rôle de la Reine de la Nuit dans *La Flûte enchantée* ; Aloisia, la plus douée ; Constance (qu'il faut imaginer dans la *Grande Messe en ut mineur*, écrite pour elle, et chantant le *Et incarnatus est*), et Sophie, quatorze ans, qu'on retrouvera très agitée et angoissée lors de l'agonie du mari de sa sœur.

Fiordiligi, Dorabella... *Cosi fan tutte.*

Sur le mariage, Mozart est très clair : « Les nobles ne peuvent se marier par goût ou par amour, mais uniquement par intérêt, et toutes sortes d'autres considérations. Il ne siérait vraiment pas à de telles personnes d'aimer leur épouse après qu'elle eut rempli son devoir et leur eut mis au monde un gros héritier. Mais nous autres, pauvres communs mortels, non seulement nous devons prendre une femme que nous aimons et qui nous aime, mais nous le devons même et y sommes contraints parce que nous ne sommes pas nobles. Nous ne sommes pas de haute extraction, ni gentilshommes, ni riches, mais bien plutôt de basse naissance, vils et pauvres ; nous n'avons donc pas besoin de femmes riches. Notre richesse meurt avec nous puisque nous l'avons dans la tête ; — et cela personne ne peut nous le prendre, à moins qu'on ne nous coupe la tête, et alors — nous n'avons plus besoin de rien. »

Les Noces de Figaro…

« Je veux faire le gentilhomme, je ne veux plus servir… » Ce sont les premiers mots qu'on entend, dans la voix de Leporello, au commencement de *Don Giovanni*. Mais c'est peut-être le moment de se souvenir que le premier prénom de Mozart, non employé, était Johannes, Jean, Giovanni, Juan. Johannes Chrysostomus : Jean Bouche d'or…

Le projet de mariage avec Aloisia va suivre Wolfgang à Paris. Il en est même si préoccupé qu'il n'hésite pas à en parler à mots couverts à son père et à sa sœur dans des circonstances pourtant dramatiques, puisque sa mère meurt à côté de lui : « J'ai une chose en tête pour laquelle je prie Dieu chaque jour ; si c'est la volonté divine, elle se fera, sinon, je serai également satisfait. Si les choses s'arrangent et se passent comme je le souhaite, ce sera votre tour d'y mettre du vôtre, sinon toute l'œuvre serait imparfaite. »

Vous voulez que je sois heureux, n'est-ce pas ? C'est-à-dire : j'en doute. Dieu, d'ailleurs, a d'autres projets. Musicaux.

Regardons maintenant ce mot : MOZART.

En français, nous entendons le mot *mot* et le mot *art*, la lettre z intervenant pour une liaison plurielle.

En allemand, au contraire, nous prononçons *zart* comme *tsart*, et ce qui vient à nous immédiatement est la signification de tendre, de délicat. *Zartheit*, c'est la tendreté, la délicatesse, et *Zartlichkeit*, la tendresse qui vire aux caresses.

Comme Sade implique le sens d'agréable (le contraire de *maussade*), le nom de Mozart est un mot en soi. Entendu en français, il est dans les beaux-arts, en allemand il donne un frisson de douceur.

Mozart, à Paris, a dû tout de suite noter qu'on n'écoutait pas son nom. Pas plus lorsqu'il était enfant que quinze ans plus tard. Lui, très vite après sa naissance, l'a entendu en allemand et en français. *Amadé Mozart*, doux et amadou, caressant et tendre, dieu et art.

Un mot qui n'est pas loin de *Zart*, dans le dictionnaire, c'est *Zauber*. Nous entrons ici dans les sortilèges, les charmes, la magie, mais aussi dans la prestidigitation, l'arnaque, la poudre de perlimpinpin, le bazar. Il y a là un sésame qui ouvre toutes les portes, un enchantement, un miracle, une formule secrète, un coup de baguette. Et une *Zauberflöte*, bien sûr, une flûte enchantée.

Quand Wolfgang s'amuse avec sa petite cousine en employant leur code secret, « spuni cuni fait », la scatologie se fait jeu de mots caressants et tendres. Ce *spuni cuni* tourne évidemment autour de cul nu puni, mais sans doute aussi de l'allemand *spucken*, cracher, ou encore *Spuk*, fantôme, voire de *Spund*, bonde, puisqu'il s'agit bien de se débonder. On aurait aimé connaître les réflexions de Freud sur ce tourbillon en vrille, ce *Spin*, jouable sur l'épinette (*Spinett*) avec des conséquences de fuseau (*Spindl)* et même d'araignée. Mais non, rien. Et Lacan, au moins, tardivement alerté par Joyce (autre nom magique) n'a-t-il pas eu un mot pour Mozart ? Je consulte l'index des *Écrits*, et je le vois passer directement de Montaigne à Müller, Josine. Tant pis.

Voilà, c'était juste une petite aventure de langage entre Vienne et Paris.

Cependant, nous entendons approcher de loin Papageno, l'oiseleur :

C'est moi l'oiseleur,
Toujours joyeux, hop là !
Je suis connu comme oiseleur
Des jeunes et des vieux dans tout le pays.
Je sais m'y prendre pour appâter
Et m'y entends pour jouer de la flûte.
Ainsi puis-je être gai et joyeux,
Car tous les oiseaux sont à moi.

Les oiseaux, c'est-à-dire les filles.

Le 23 mars 1778, à 4 heures de l'après-midi, Mozart et sa mère arrivent à Paris. Ils sont mal logés dans une petite chambre sans piano donnant sur une cour obscure. Anna Maria ne voit pas son fils de la journée et écrit qu'elle a peur de perdre l'usage de la parole. Wolfgang se démène, pense toujours à Aloisia, mais devant les réactions de son père, il a feint de reculer : non, ce n'est pas une si grande chanteuse, elle est cependant excellente dans le *cantabile.* Enfin, voyons ce qu'on peut tirer des Français à travers Grimm (dont le nom évoque malheureusement la colère grimaçante : « il a voulu m'étouffer »).

« Paris a beaucoup changé. Les Français sont loin d'avoir autant de politesse qu'il y a quinze ans. Ils sont désormais bien près de la grossièreté et affreusement orgueilleux. »

Exemple : Wolfgang est convoqué chez une duchesse, Élisabeth-Louise de La Rochefoucauld, mariée à Louis-Antoine-Auguste de Rohan, duc de Chabot. On le fait d'abord attendre une demi-heure dans une grande pièce glaciale, non chauffée et sans cheminée. La duchesse finit par arriver, se montre très aimable, et propose à Mozart de jouer sur le seul piano disponible, qui est pourri.

« Je dis : j'aimerais de tout cœur jouer quelque chose mais c'est impossible dans l'immédiat car je ne sens plus mes doigts tant j'ai froid : et je la priai de bien vouloir me faire conduire au moins dans une pièce où il y aurait une cheminée avec du feu. « Oh oui, monsieur, vous avez raison. » Ce fut toute sa réponse. Puis elle s'assit et commença à dessiner, pendant toute une heure, en compagnie d'autres messieurs, tous assis en cercle autour d'une table. Ainsi j'ai eu l'honneur d'attendre une heure entière. Fenêtres et portes étaient ouvertes, j'avais froid non seulement aux mains mais également à tout le corps et aux pieds, et je commençai tout de suite à avoir mal à la tête. C'était donc grand silence. Et je ne savais que faire, si longtemps ; de froid, de mal de tête et d'ennui. »

Il y a là un film à faire, que personne ne fera car il n'y aura personne pour le financer. Une heure et demie de silence, des personnages autour d'une table en train de dessiner, et Mozart, dans un coin, en train d'attendre et d'avoir froid. Comment comprendrait-on qu'il s'agit de Mozart ? Parce que à un moment, vers la fin du film, il se lève : « Finalement, pour être bref, je jouai sur ce misérable affreux piano. Mais le pire est que la duchesse et tous ces messieurs n'abandonnèrent pas un instant leur dessin, le continuèrent au contraire tout le temps, et je dus donc jouer pour les fauteuils, les tables et les murs. Dans des conditions aussi abominables, je perdis patience, je commençai des variations, en jouai la moitié et me levai. Il y eut une foule d'*éloges.* Mais je dis ce qu'il y avait à dire, qu'il m'était impossible de me faire honneur sur ce piano et qu'il me serait très agréable de revenir un autre jour, lorsqu'il y aurait un meilleur instrument. »

Mais la duchesse est inflexible : il faut que Mozart attende son mari. Encore une demi-heure de froid (le film devient vraiment très long) et enfin le duc, mieux élevé que sa femme, s'assoit près de Wolfgang et l'écoute avec attention : « J'en oubliai le froid, le mal de tête, et me mis à jouer, malgré le détestable piano, comme je joue lorsque je suis de bonne humeur. Donnez-moi le meilleur piano d'Europe, mais, comme auditeurs, des gens qui n'y comprennent rien, ou qui ne veulent rien y comprendre, et qui ne sentent pas avec moi ce que je joue, j'y perds tout plaisir. »

Des gens qui n'y comprennent rien : bon, affaire courante.

Mais des gens qui ne *veulent* rien y comprendre ? Là est l'indication, là est l'enjeu. Une certaine musique déclencherait chez certains une mauvaise volonté, une sorte de violence contraire ? Il n'y aurait pas de pires sourds que ceux qui ne veulent pas entendre ? Mais oui.

« Si on était dans un lieu où les gens ont des oreilles, un cœur pour sentir, où l'on comprend un tout petit quelque chose à la *musique* et où l'on a un peu de *gusto*, je rirais de bon cœur de tout cela. Mais je suis entouré de bêtes et d'animaux (pour ce qui est de la *musique*). Comment pourrait-il en être autrement, d'ailleurs, ils ne se comportent pas autrement dans toutes leurs actions, amours et passions. »

Eh bien, nous sommes ici à onze ans de la Révolution française. Va-t-elle régénérer les choses et sauver la *musique* ? Ou bien aggraver la situation ? La question mérite d'être posée, et c'est Mozart qui la pose. Mais non, pas seulement Mozart, chacun d'entre nous.

On peut s'étonner que Baudelaire et Mallarmé aient été sous l'emprise de Wagner ; que Proust hésite entre César Franck, Saint-Saëns, Fauré ou Debussy (sans parler de Reynaldo Hahn) ; que l'admirable jazz soit sans cesse recouvert par le rock, bref, qu'une guerre des sons, violente ou sirupeuse, soit toujours à l'œuvre. Rien ne serait plus éclairant qu'une histoire réglée sur les possibilités de l'oreille, ses ouvertures, ses limites, les agressions qu'elle subit. D'où vient cette « monotonie bruyante, surexcitante, ce vacarme infernal… là où on ne peut communiquer qu'à l'oreille en criant de toutes ses forces » ? Des ateliers de Ford, à Detroit, décrits par Céline dans *Voyage au bout de la nuit.* Et voici la suite : « On cède au bruit comme on cède à la guerre. On se laisse aller aux machines avec les trois idées qui restent à vaciller tout en haut, derrière le front ou la tête. C'est fini. Partout ce qu'on regarde, tout ce que la main touche, c'est dur à présent. Et tout ce dont on arrive à se souvenir encore un peu est raidi aussi comme du fer et n'a plus de goût dans la pensée. On est devenu salement vieux d'un seul coup […] Quand tout s'arrête, on emporte le bruit dans sa tête, j'en avais encore pour la nuit entière de bruit et d'odeur à l'huile aussi comme si on m'avait mis un nez nouveau, un cerveau nouveau pour toujours. »

Mozart joue, personne n'écoute. Ensuite viennent le bruit, la fureur, la chanson populaire, l'explosion électronique, la techno-mixage, la dislocation atonale, le forçage rythmique, le rap, la musique de film. Et la musique dans tout ça ? Elle attend, assise dans son coin, de pouvoir jouer quelques notes. C'est au silence qu'elle s'adresse, aux murs, aux ateliers désertés, aux machines et aux ordinateurs débranchés, à l'air, à l'eau, au sommeil.

La duchesse de Chabot, en 1778, était déjà aussi sourde que Robespierre, Napoléon, Staline, Hitler, ou encore que n'importe quel militaire ou policier P-DG d'aujourd'hui obsédé par ses calculs en croisière, ou que n'importe quel présentateur ou directeur de chaîne de télévision. Aussi sourde qu'un contestataire. Changez-les tous de place, ils restent à leur place. Les fenêtres sont fermées, les projecteurs chauffent, on étouffe, on n'offre à Mozart que quelques minutes pour s'exprimer en regardant l'horloge numérique, entre deux publicités. Il est entouré, sur le même plan égalitaire, par X, Y ou Z, très médiocres musiciens, bien sûr. C'est la démocratie de marché, autre façon de noyer le poisson qui pense.

Même les musiciens risquent, à chaque instant, par routine, de ne pas s'entendre. Il faut écouter la façon dont Sir Thomas Beecham fait répéter *L'Enlèvement au sérail*. Il chantonne, il interrompt, il reprend, il plaisante avec les interprètes, il casse le rythme, et puis reprend et reprend encore, toujours plus énergique et volant, il enlève son orchestre, c'est l'enlèvement hors des rails. Ce n'est plus une turquerie, mais un scandale au Proche-Orient, une insurrection, une prodigieuse leçon de liberté physique. Tout simplement en entrant dans ce qui est écrit. La partition est un corps écrit, une âme écrite, un cœur battant graphique. Une voix multiple. Celle de Mozart.

Beecham a dit un jour que, s'il était dictateur, il imposerait à la population d'écouter cette musique un quart d'heure par jour. De quoi la faire détester à jamais, passons vite.

À Paris, donc, « il y a une saleté indescriptible », la vie est chère, les gens vous font des compliments « et puis c'est tout ».

« Ils m'invitent pour un jour donné ; je joue ; on s'écrie : "Oh, c'est un prodige, c'est inconcevable, c'est étonnant !" et ensuite *adieu.* »

« Ce qui m'ennuie le plus, c'est que ces idiots de Français croient toujours que j'ai encore sept ans parce qu'ils m'ont connu à cet âge. »

Et ainsi de suite.

Le duc de Guisnes a une fille qui joue très bien de la harpe. Mais son père voudrait qu'elle sache composer. Allez, Mozart, au travail. « Si elle n'a pas d'idées et ne parvient pas à avoir de l'inspiration (car pour l'instant elle n'en a vraiment aucune), c'est inutile, car je ne peux, Dieu sait, lui en donner [...] Elle n'a aucune idée, il n'en sort rien. J'ai tout essayé avec elle... »

Et ainsi de suite.

« Je ne me plais guère ici, et cela tient surtout à la *musique,* je ne trouve aucun *soulagement,* aucune conversation, aucun rapport agréable et *honnête* avec les gens, en particulier avec les femmes, la plupart sont des catins, et les quelques autres n'ont aucun savoir-vivre. » (Les mots soulignés sont en français dans la lettre.)

« Je vous assure que si on me demande d'écrire un opéra, je n'ai pas peur. Cette langue a été créée par le diable, c'est vrai [...] mais chaque fois qu'il me vient à l'esprit qu'il serait bon d'écrire un opéra, je ressens un feu dans tout mon corps, mes mains et mes pieds tremblent d'impatience de faire connaître les Allemands aux Français — de leur apprendre à les apprécier et à les craindre. Pourquoi ne commande-t-on pas un grand opéra à un Français ? Pourquoi faut-il que ce soit à des étrangers ? »

Oui, pourquoi ? Pourquoi cette controverse passionnée sur la préférence à accorder à Piccini ou à Gluck, alors que Mozart est là ? Le français comme « langue du diable » ne manque pas de sel. Mais c'est bien la question : que se passe-t-il d'encombré ou de maniéré entre la langue et la musique *en français* ? Et pourquoi est-ce le français qui a produit les deux plus grands écrivains « diaboliques », Sade et Céline ? Fallait-il forcer une surdité ?

« Je ne vois souvent ni rime ni raison à rien,

je n'ai ni chaud ni froid, je n'ai de plaisir à rien… »

« Je ne sais pas si ma symphonie plaira [il s'agit de la *Parisienne,* en *ré majeur,* K. 297], à vrai dire, je m'en soucie fort peu. Car à qui ne siérait-elle pas ? Je suis sûr qu'elle plaira aux quelques Français intelligents qui seront là ; quant aux sots, ce n'est pas un grand malheur à mes yeux si elle ne leur convient pas, mais j'ai encore l'espoir que les ânes y trouvent aussi quelque chose qui puisse les satisfaire. »

Et ceci, sublime : « J'ai ici et là des ennemis. Mais où ne les ai-je pas eus ? C'est plutôt bon signe. »

Le protecteur Grimm se dérobe, le proviseur Grimm note sévèrement l'élève Mozart : « Il est trop candide, peu actif, trop aisé à attraper, trop peu occupé des moyens qui peuvent conduire à la fortune. Ici, pour percer, il faut être retors, entreprenant, audacieux. Je lui voudrais, pour sa fortune, la moitié moins de talent et le double de plus d'entregent, et je n'en serais pas embarrassé. »

Bref, ce Mozart est impossible, il refuse un poste d'organiste à Versailles, il critique les figurants sociaux, il veut à tout prix composer, et encore composer, et toujours *composer.* Ici on compose avec tout, mais on ne compose rien. Tout cela va virer au drame.

Vous avez hâte de quitter Paris, moi aussi.

C'est pourtant là qu'une épreuve de feu attend Wolfgang Amadeus Mozart. L'horizon fermé, la mort de sa mère.

Pauvre Anna Maria, tirée du provincial Salzbourg pour venir mourir misérablement à Paris.

Nous connaissons sur cet événement tragique les lettres étranges de Wolfgang à son père. C'est un mélange de souffrance contenue, d'affirmations mystiques et de désinvolture.

Il commence, le 3 juillet 1778, par faire comme si Anna Maria était « très malade » (alors qu'elle vient de mourir). « On me donne de l'espoir, dit-il, mais je n'en ai guère. » Suivent des détails médicaux, mais surtout une référence à Dieu insistante : « Je crois (et personne ne me convaincra du contraire) qu'aucun docteur, aucun homme, aucun malheur, aucun hasard, ne peut ni donner ni prendre la vie d'un homme, Dieu seul le peut. Ils ne sont que les instruments dont Il se sert généralement, mais pas toujours. »

Enchaînement immédiat sur l'exécution, avec succès, de sa symphonie en *ré majeur*, la *Parisienne* au Concert spirituel, qui a failli être gâchée par ces maudits Français qui, lors des répétitions, la bousillaient et la grattaient. Mais enfin, ça marche.

« Après la symphonie, je me suis rendu tout joyeux au Palais-Royal, ai pris une bonne glace, ai dit mon chapelet comme je l'avais promis, et suis rentré à la maison. »

À quel parfum, cette glace ? Nous l'ignorons.

Plus bizarre encore, cette réflexion sur la mort simultanée de Voltaire : « Voltaire, ce mécréant et fieffé coquin, est crevé pour ainsi dire comme un chien, comme une bête. Voilà sa récompense ! »

Voltaire aurait été, s'il l'avait connue plus tard, un ennemi de la musique de Mozart ? C'est loin d'être sûr (et *Mahomet* et *L'Enlèvement au sérail* vont au fond dans le même sens), mais on peut supposer que la violente mauvaise humeur de Wolfgang, aggravée par la tension nerveuse qu'il est en train de vivre, lui fait reporter sur Voltaire son animosité contre tous les Français.

Toujours dans la même lettre, sur fond de mort, donc, ceci : « Pour ce qui est de l'opéra, les choses en sont là : il est très difficile de trouver un bon *poème*. Les anciens, qui sont les meilleurs, ne sont pas faits pour le style moderne, et les nouveaux ne valent rien. La *poésie,* qui est la seule chose dont les Français peuvent être fiers, devient chaque jour plus mauvaise, et la *poésie* est vraiment la seule chose, ici, qui doit être bonne, puisqu'ils ne comprennent rien à la musique. »

À quelle bonne poésie française Mozart pense-t-il ? La Fontaine ? Racine ? Peut-être. En tout cas, le moins qu'on puisse dire est que la situation de la poésie, à la fin du XVIIIe siècle, n'est guère brillante à Paris (et ce ne sont pas les tragédies de Voltaire qui peuvent prouver le contraire). Que penserait Mozart aujourd'hui ? Si la poésie a disparu et que la musique est mauvaise, dans quel monde, ou non-monde, sommes-nous menacés de vivre et mourir ?

Le même jour (3 juillet) il écrit à un ami de Salzbourg pour le prier de préparer son père et sa sœur à la mort d'Anna Maria. Il est 2 heures du matin : « Par une grâce particulière de Dieu, j'ai pu tout supporter avec fermeté et calme. »

Le 9 juillet, à son père, de nouveau appel à Dieu et à sa volonté qui doit être faite. « Il a fallu me consoler, faites-en autant. » Conclusion pratique : « Disons un fervent Notre Père, et tournons-nous vers d'autres pensées, chaque chose en son temps. »

D'ailleurs voilà une bonne nouvelle : « Chez

Grimm et Mme d'Épinay, j'ai une belle petite chambre avec une vue très agréable » (il s'agit de l'hôtel d'Épinay, rue de la Chaussée-d'Antin).

Le 4 juillet 1778, Anna Maria Mozart est donc enterrée à l'église Saint-Eustache, puis au cimetière Saint-Jean-Porte-Latine. Sa tombe a disparu. Une plaque commémorative a été apposée dans l'église en 1953, soit cent soixante-quinze ans après sa mort. Après trois guerres franco-allemandes devenues mondiales, et des millions de morts, les Français ont fini par s'apercevoir que leur terre recouvrait les restes de la mère de Mozart.

Pour connaître les vrais sentiments de Mozart, au-delà de sa façon de couper court à la fausseté des épanchements verbaux psychologiques ou moraux, pour savoir ce qu'il ressent profondément dans son effrayante solitude de Paris, à vingt-deux ans, au chevet de sa mère mourante, il faut écouter les sonates qu'il a composées à l'époque, sans aucune commande, pour se parler à lui-même.

Telle est l'âme de sa musique. Le reste est parade ou silence.

D'abord la sonate n° 21 en *mi mineur* K. 304 pour piano et violon, en deux mouvements, *Allegro* et *Tempo di minuetto*. Aucune interprétation ne fait mieux la preuve de ce que peut être une alliance technique d'âme entre deux musiciens, que celle enregistrée à Bâle en 1958 par Clara Haskil et Arthur Grumiaux.

Je te joue, tu me joues, je t'écoute, tu m'écoutes, nous nous écoutons, viens, donne-moi la main, ne restons pas là, allons plus loin.

Mozart est ce *nous*. Celui du souci, de l'angoisse, de la joie maintenue, de la gravité d'inquiétude, de la sérénité en pleine tempête, de la méditation soutenue. Sois sage, ô ma douleur, et tiens-toi plus tranquille, tu réclamais le soir, il descend, le voici. Entends, veux-tu, la douce Nuit qui marche. Donne-moi l'autre main, viens par ici.

Mais le grand chef-d'œuvre (un des plus grands de Mozart, à mon avis) est la sonate pour piano n° 8 en *la mineur* K. 310, *Allegro maestoso, Andante cantabile con espressione, Presto.*

Là, tout de suite, c'est l'attaque et la contre-attaque, la prise au corps du destin, la réponse à la foudre. Fermeté, courage, lutte avec l'ange, tremblement de Dieu. La tristesse est là, mais la musique dit : « Quand même ! » Éclipse et largeur. Et puis la précipitation en tous sens, l'affolement, soucis à gauche, décisions à droite. Ici, là, ici, là. Non, là-bas, peut-être. Parfaite mimique des états intérieurs. Courses. Et ça recommence.

Sonate tragique et grandiose. Elle a résonné pour la première fois dans une chambre de Paris.

On peut la décrire formellement : « thème obstiné avec appoggiatures et rythme pointé évoluant sur un ambitus étroit, entre dominante et tonique, aussi serré que l'accompagnement de main gauche, en accords denses et dissonants. »

Et puis : « Arpèges et octaves scandés et trait final de doubles croches à la main gauche, pendant que la main droite martèle le rythme pointé du thème principal. »

Et encore : « Un abîme brutal et presque sauvage se profile dès la première partie (fortes variations dynamiques) pour s'affirmer dans la seconde : vagues instables en triolets et trilles rugueux avec terminaisons incisives à la main gauche, notes répétées et dissonances à la droite, appoggiatures en chaîne, rythmes pointés, *forte piano* haletants. Un même dramatisme habite le rondo final, l'un des rares chez Mozart en tonalité mineure, où l'on retrouve le même ambitus serré sur une mesure à deux temps semblant précipiter sans cesse l'écoulement de la musique. Un épisode en *la* majeur plus lyrique suspend un instant l'implacable véhémence, pour n'en finir que plus triomphalement et la bride comme resserrée en un *la* mineur souverain. »

C'est parfait. Dans un film, on verrait une femme agonisante sur un lit, un docteur passant en coup de vent, un jeune type au pianoforte en train de jouer cette sonate, ou plutôt en train de l'écrire pendant qu'on l'entend. Ces gens n'ont pas l'air bien riches. En plus, ils sont étrangers. Le plan suivant pourrait être une scène mondaine de bavardage. Un épisode dans la vie d'un certain Mozart, musicien allemand.

« Trop de notes ! » va bientôt dire l'empereur Joseph II à propos de *L'Enlèvement au sérail.* Mais Adorno, très justement, dans *Philosophie de la nouvelle musique* : « C'est précisément chez Mozart que l'on peut trouver l'irrésistible tendance vers la dissonance et cela non seulement au début du quatuor en *ut* majeur, mais encore dans certaines de ses dernières pièces pour piano : son style déconcertait ses contemporains justement à cause de la richesse en dissonance. »

Pas seulement les dernières pièces, donc.

Il y a eu beaucoup de dissonances gratuites depuis Mozart. La sienne est métaphysique. Elle est d'autant plus inquiétante qu'elle est plus maîtrisée et splendidement harmonique. C'est une tangente de l'être, une apologie de la sphère comme boule intérieure de feu.

Et, parfois, la joie triomphe au grand jour. Ainsi dans la sonate pour piano et violon en *si bémol majeur* n° 26 K. 378. Là, quel que soit pour Wolfgang l'ennui de rentrer à Salzbourg, c'est-à-dire en captivité, c'est l'allégresse du voyageur qui retrouve sa maison, les couleurs, les saveurs et les odeurs de son enfance. Ulysse a fait un malheureux voyage, mais voici ses amis : l'éternel printemps, la ronde du temps. Clara, au clavier, emporte vivement Arthur et son violon. Ce dernier tourne autour d'elle et la suit. Ils sont très concentrés, détendus, ils sont fous de joie mais précis, ils s'amusent. Mozart-le-Double les double, les dédouble. C'est la danse des éléments.

En bleu adorable fleurit
Le toit de métal du clocher. Alentour
Plane un cri d'hirondelles, autour
S'étend le bleu le plus touchant. Le soleil
Au-dessus va très haut et colore la tôle [...]

Tant que dans son cœur
Dure la bienveillance, toujours pure,
L'homme peut avec le Divin se mesurer
Non sans bonheur. Dieu est-il inconnu ?
Est-il, comme le ciel, évident ? Je le croirais
Plutôt [...]

Voudrais-je être une comète ? Je le crois. Parce qu'elles ont
La rapidité de l'oiseau ; elles fleurissent de feu,
Et sont dans leur pureté pareilles à l'enfant [...]

Le roi Œdipe a un
Œil en trop, peut-être. Ces douleurs, et
D'un homme tel, ont l'air indescriptibles,
Inexprimables, indicibles [...]

Être de ce qui ne meurt pas, et que la vie jalouse,
Est aussi une douleur [...]

Vivre est une mort, et la mort elle aussi est une vie.

Toute musique va vers la poésie, toute poésie vers la musique. Ce poème de Hölderlin, *En bleu adorable...* est attribué à un poète fou par Waiblinger, dans son roman *Phaéton.* « Voici quelques feuillets de sa main, écrit-il, qui donnent une idée de l'effroyable égarement de son esprit. Dans l'original, ils sont rédigés en vers à la façon de Pindare. »

Heidegger, lui, parle d'« un grand poème inouï ».

C'est après 1791, donc après la mort de Mozart, que Hölderlin, à vingt et un ans, rencontre au séminaire de Tübingen ses amis Hegel et Schelling. S'ensuit une longue aventure, jusqu'en 1843. À cette date, Mozart est quasiment oublié, Hölderlin enfermé, et Rimbaud, dans onze ans, va naître. Quelque chose n'en finit pas de se venger, mais autre chose n'en finit pas non plus d'éclairer.

Il suffit d'ouvrir les *Illuminations* : « Et les frissons s'élèvent et grondent, et la saveur forcenée de ces effets se chargeant avec les sifflements mortels et les rauques musiques que le monde, loin derrière nous, lance sur notre mère de beauté, — elle recule, elle se dresse. Oh ! nos os sont revêtus d'un nouveau corps amoureux. »

C'est une Vision, dit Rimbaud.
Une dissonance.

Mozart est sur le chemin de Salzbourg, via Strasbourg, Mannheim et Munich. À Munich, en principe, il doit retrouver l'idéale Aloisia et pousser ce qu'il pense être son avantage avec elle. Cela ne l'empêche pas, puisqu'il ne passe pas par Augsbourg, de reprendre contact avec la « petite cousine » et de lui donner un rendez-vous pour le moins bizarre : « Si vous avez autant de plaisir à me voir que moi à vous rencontrer, venez à Munich, dans cette noble ville — veillez à y être avant le nouvel an, je vous contemplerai alors par-devant et par-derrière, vous conduirai partout, et si nécessaire vous donnerai un clystère, mais je ne regrette qu'une chose, c'est de ne pouvoir vous *loger*, parce que je ne serai pas à l'auberge, mais habiterai chez — oui, où ? — je voudrais bien le savoir ; maintenant, blague *à part*, c'est justement la raison pour laquelle il est très important pour moi que vous veniez, vous aurez peut-être un grand rôle à jouer, donc venez sans faute, sinon c'est la merde ; je pourrai alors vous *complimenter* en noble personne, vous fouetter le cul, vous baiser les mains, tirer du fusil postérieur, vous embrasser, vous donner des lavements par-devant et par-derrière, vous payer par le menu ce que je vous dois peut-être, laisser résonner un pet solide, et peut-être même laisser tomber quelque chose. Maintenant

Adieu-mon ange, mon cœur,
je vous attends plein d'angoisse
écrivez-moi tout de suite à Munich *Poste restante*
une petite lettre de 24 feuilles mais
n'y indiquez pas où vous logerez
pour que je ne vous trouve pas, et que vous ne me trouviez pas. »

Tous les mots soulignés sont en français dans la lettre.

Quel « rôle » la petite cousine devait-elle donc, selon Wolfgang, jouer dans son projet de fiançailles avec Aloisia ? Joindre l'agréable au grand sentiment ? La dérision au sérieux ? La force à l'amour ? Comme dans un opéra de Mozart ? Demande sérieuse ? Pure plaisanterie ? Code plus difficile à déchiffrer qu'on ne croit ?

Quoi qu'il en soit, Wolfgang se rend chez les Weber, et, là, s'aperçoit tout de suite qu'il n'est plus prévu au programme : « Mozart parut, à son retour de Paris, vêtu d'un habit rouge avec des boutons noirs, selon la mode française, pour le deuil de sa mère ; mais il trouva Aloisia dans d'autres dispositions à son égard. Elle ne sembla plus reconnaître, lorsqu'il se présenta, celui qu'elle avait pleuré naguère. Alors, Mozart se mit au clavecin et chanta d'une voix forte : "Je laisse volontiers la jeune fille qui ne me veut pas." »

Nissen, le second mari de Constance, ne dit pas exactement ce que chante Mozart. Il s'agit d'un vieux *lied* populaire déclarant « Que ceux qui ne m'aiment pas me lèchent le cul ! » ou encore « Ceux qui ne m'aiment pas, je les emmerde ! ».

Pas mal.

Le revirement d'Aloisia et de sa mère Cecilia, plutôt maquerelle, se comprend sans peine : Wolfgang rentre sans horizon social, sauf celui d'un maigre traitement à Salzbourg. Aloisia, elle, est sur le point d'être lancée sur scène. Ce petit musicien n'a pas d'avenir. Social d'abord. Ainsi font-elles toutes (sauf exceptions, bien sûr). Faute d'Aloisia, et toujours sous la surveillance de la mère, Mozart, pour des raisons hautement stratégiques, épousera dans trois ans Constance à Vienne. Mais pour le moment, la barbe, il faut bien aller gagner sa vie à Salzbourg.

Voici donc la stagnation à Salzbourg. Être organiste du prince-archevêque, et mal payé, n'incite guère à la création. Il y a bien ce *Thamos, roi d'Égypte* qui peut annoncer de loin la *Flûte* et des affinités maçonniques, mais enfin, puisqu'une église est un opéra comme un autre (avec ses règles et son rituel, sa magnificence aussi dans ce temps-là et cette région-là), on peut composer pour elle. En mars 1779, Wolfgang écrit donc la messe en *ut majeur* dite *du Couronnement*, merveilleuse œuvre mariale en l'honneur de la vierge de Maria Plain.

Quand on se trouve à Salzbourg, je l'ai dit, le premier lieu où on vous mène, après la vue panoramique sur la ville, est cet endroit magique à quelques kilomètres. Mozart y est allé souvent, on y respire largement, même sans avoir la foi. La foi, d'ailleurs, est un souffle particulier de l'espace, et il est là à son maximum. Une couronne de musique, donc, en direction de l'Immaculée

Conception. Puissance et rayonnement, dans les siècles des siècles. *Kyrie, Gloria, Benedictus, Dona nobis pacem, Credo, Agnus Dei,* et puis *Hosannah* et *Alleluia,* tout cela demande, pour être compris, une sensibilité qui n'est pas forcément celle des pratiquants ou des pratiquantes de la messe. Ils ou elles y vont, mais il n'est pas certain qu'ils ou elles y entrent. Or Mozart, bien entendu, est partout chez lui, à la ville, à la campagne, dans un palais, un hôtel particulier, une auberge, une chambre minable, une diligence, un salon, un boudoir, un appartement bourgeois, une cathédrale, une basilique, une abbaye, une loge maçonnique, un théâtre. Le monde entier est un théâtre, et le musicien, comme le poète, en a la clé et les éclairages. Qu'il soit à l'orgue, au piano, ou qu'il compose pour instruments à vent, il dispose des murs, des portes, des vitraux, de l'architecture. Il ouvre les voûtes, les plafonds, les caves, les toits. Il fait sentir le soleil, la lune, les étoiles, la Voie lactée, la terre, l'eau, les bois. Les dévots et les bigotes le voient passer, souriant, dans son beau costume (Wolfgang a toujours aimé s'habiller avec une certaine élégance) et le traitent de mondain ou de saltimbanque. Tout paraît trop facile pour lui, et puis il est là-haut, il nous regarde de haut, il regarde la messe dans un miroir, il plane au-dessus de l'autel, il tire, on ne sait comment, avec ses mains et ses pieds, des rugissements ou des brises suaves d'une masse de tuyaux verticaux. Bref, ce n'est pas un fidèle comme les autres. Qui dirige le spectacle : le prince-archevêque ou le chef d'orchestre ? Ce dernier capte trop souvent l'attention, ça ne se fait pas.

Mozart aurait pu dire comme ce Voltaire que, sans le connaître, il n'aimait pas : « Le Paradis terrestre est où je suis. » Le titre de ce poème subversif, éloge de la communication universelle et du libéralisme économique, est justement *Le Mondain*, au sens de citoyen du monde. Il n'est pas évident qu'il faille le réciter, aujourd'hui encore, en province.

Aucune raison, pourtant, de suspecter la sincérité de Wolfgang lorsqu'il compose pour le culte catholique. Le Dieu visible et invisible, créateur de toutes choses, c'est lui ; l'incarnation, lui encore (ô combien) ; la passion et la résurrection du Christ toujours lui. La transsubstantiation, l'Élévation, la Bénédiction ne le gênent pas, au contraire. Béni soit celui qui vient dans la musique du Seigneur. Et gloire à lui au plus haut des cieux, et paix sur la terre, s'il en reste, aux humains de bonne volonté. La pitié, le pardon, le trouble, la misère, la mort, l'exaltation et la glorification, tout cela est *musicable.* Aucun motif de s'en priver, et de ne pas faire comme Vivaldi, Bach, et même Beethoven, plus tard, plus crédible dans sa *Missa solemnis* que dans sa 9e symphonie (sans parler d'*Egmont* ou de

Léonore). Les messes vous déplaisent, vous n'y comprenez rien ? C'est votre problème, mais peut-être n'avez-vous pas le goût du mystère.

Les messes de Salzbourg (et autres pièces religieuses) montrent que Mozart a parfaitement compris la situation. Il s'inscrit au cœur du pouvoir, il s'approprie le sacré local ou universel. En *ut* majeur pour couronner Marie, en *ut* mineur quelques années après, à la suite d'un vœu pour la guérison de Constance, sa femme, qui viendra faire le soprano, ici même, pour la circonstance. Elle a donc été malade, Constance ? Mais de quoi ? Les mauvaises langues chuchotent qu'elle a fait une fausse couche en fréquentant de trop près Wolfgang avant son mariage. Cela ne donne que plus d'ampleur et de profondeur drapée à l'incroyable *Incarnatus est*.

Mais, dites-vous, et toutes ces histoires de petite cousine ? Ah oui, il y a encore deux lettres de la même époque où on apprend notamment que la « très chère, excellente, très belle, très aimable, très séduisante petite basse ou petit violoncelle [toujours le jeu de mots sur *Bäschen* et *Bässchen*, le corps de ma petite cousine est un petit violoncelle sur lequel mon archet joue], exaspérée par son indigne cousin » habite à Augsbourg, merveille, rue des Jésuites.

« Si moi, Joannes Chrisostomus Sigismondus Amadeus Mozartus, je suis en mesure de calmer, d'adoucir ou de tempérer la colère qui rehausse votre charmante beauté (*visibilia et invisibilia*) d'au moins la hauteur d'un talon de pantoufle... »

Comment ne pas voir, ici, que Wolfgang s'ébroue dans le latin du *Credo* (« *visibilium omnium et invisibilium* ») ? Il continue, à son habitude, par des cocasseries sur *doux, adoucir, moutarde,* ce qui, nous dit le traducteur, n'a aucun sens, pas plus que ce qui suit. Mais si, tout a un sens sensuel (et d'appétit) pour le « baron de la *queue de cochon* ». Les non-sens apparents sont des notes, des croches, des doubles-croches. Mais ne voilà-t-il pas des blasphèmes qui mériteraient un jour un empoisonnement par des côtes de porc avariées ou tout autre produit gastrique contre-eucharistique ? La Compagnie du Saint-Sacrement le souhaite sans doute, de même que son incarnation moderne, laïco-cléricale, farouchement égalitaire, professorale et morale. Comment peut-on à la fois célébrer les mystères divins et s'en moquer avec une petite dévergondée, et en plus, détourner pour elle, de façon éhontée, une ode d'amour de Klopstock ? Ce type ne respecte rien. L'embêtant, c'est qu'il est doué. Il fait une messe, on s'y croirait. Un quintette, et il est sublime. Un opéra, et il vous tourne la tête dans tous les sens, du tendre au comique, du tragique le plus poignant au remue-ménage le plus insensé. Hyde Mozart, Jekyll Mozart. Et, dans cette même lettre où il ne craint pas d'évoquer son propre cul, que lit-on encore en conclusion : « *Finit coronat opus* », allusion très claire à la *Messe du Couronnement.* Un comble.

Faut-il répéter que Mozart n'est pas protestant ? Y a-t-il lieu de le regretter ? Si oui, changeons de disque.

« Mes compliments et ceux de nous tous à M. l'auteur de vos jours et à Mme l'auteur de vos jours — c'est-à-dire à celui qui s'est donné la peine de vous faire, et à celle qui s'est laissé faire. *Adieu, adieu,* mon ange. »

Les auteurs des jours de Maria Anna s'appellent *Mozart,* ne l'oublions pas, comme la petite cousine elle-même, comme la sœur. Wolfgang n'a pas l'air d'imaginer qu'un homme, dans les péripéties de l'engendrement, pourrait se laisser faire plus qu'il ne croit. C'est l'époque, sans doute, et Constance aura six enfants dont deux garçons survivants. Wolfgang se rappelait-il qu'il était, lui, le septième des auteurs génétiques de ses jours ? C'est probable.

« Ma sœur vous donne mille baisers cousinesques. Et votre cousin vous donne ce qu'il n'a pas le droit de vous donner.

« *Adieu — Adieu* — mon ange. »

Et sur l'enveloppe, étrangement, encore :

« *Adieu — adieu — mon ange.* »

Hé oui, c'est un adieu. Une autre existence s'approche.

Il y a Dieu, le Fils, le Saint-Esprit (lequel procède également de l'un et de l'autre), la Vierge Marie (et sa mère, Anne), toute la *sainte famille*, dont on n'a peut-être pas encore pénétré les secrets. Et puis, quand il le faut, il y a des anges. Des saints, des saintes, des archanges, des anges. Des chérubins, par exemple. Leur paradis est enfantin et vert. D'où viennent ces flots de *putti* ? De *spuni cuni* ? De partenaires qui se laissent appeler « bébé » ou « baby » ? Régression ? Mais non, progression. Il y a encore des débutants qui s'étonnent que Titien, à Venise, ait pu peindre du même pinceau une *Assomption de la Vierge* et une *Vénus à la fourrure*. Ils ont des embarras de pinceau, ou des engourdissements de doigts. Des problèmes de circulation, en somme. Pas Mozart.

Ces anges et ces curieux cieux ont leur musique à eux.

La grande commande, cependant, finit par arriver de Munich : un *opera seria* pour le carnaval. L'archevêque est bien forcé de prêter son insolent organiste au prince-électeur Karl-Theodor. Il est bien spécifié qu'il ne s'agit pas de mettre de l'allemand en musique. Pas de vagues. Les opéras se passent « ailleurs ». Dans l'Antiquité de préférence, et en italien.

Ce sera *Idoménée.*

Mozart est en congé, enfin seul, avec du temps devant lui et de bons musiciens en perspective. C'est le moment d'attaquer.

On ne sait pas ce qu'il faut le plus admirer : sa maîtrise de l'orchestre et des chœurs, ses trouvailles de récitatifs et d'airs, ou la façon qu'il a de se débrouiller avec un livret impossible.

Nous sommes en Crète, après la guerre de Troie. Le roi grec, Idoménée, fait naufrage pendant son retour et, pour s'en tirer, promet à Neptune de sacrifier la première personne qu'il rencontrera. Comme par hasard, ce sera son fils, Idamante. Ilia, une captive troyenne, est déjà arrivée sur l'île, et a eu le temps de tomber amoureuse de son ennemi héréditaire, le même Idamante (ces trois noms sont déjà pleins de virtualités significatives et sonores). Mais Elettra aussi aime Idamante, Electre, la fille d'Agamemnon et de Clytemnestre, la sœur et la complice d'Oreste le matricide. Elle s'est réfugiée en Crète on ne sait pourquoi, en tout cas pour les besoins de l'opéra.

Il y a encore un confident du roi, Arbace, un grand prêtre de Neptune, et enfin une voix, la Voix (la Voce), autrement dit un oracle. Le peuple fait des apparitions remarquées. Un monstre marin, hors scène, jouera son rôle, comme dans *Phèdre*, bien que nous soyions en pleine *Iphigénie*. L'amour sera-t-il plus fort que les antiques, absurdes et cruelles passions familiales et divines ? Mozart en a envie, nous aussi.

Wolfgang déploie ses troupes : douceur, ambivalence, désespoir simulé, violence. Il traite son œuvre comme élément de sa vie, et réciproquement, ce qui est très nouveau, surtout lorsqu'on sait la présence dans la salle, pour la première, de Léopold et de Nannerl venus exprès de Salzbourg.

Nous sommes le 27 janvier 1781, jour de l'anniversaire de Wolfgang. Il a vingt-cinq ans.

Un père veut tuer son fils innocent, une sœur incestueuse va disparaître, à la fin, comme Don Giovanni, dans les dessous infernaux de l'orchestre.

C'est Ilia, la courageuse Ilia, qui sauvera Mozart, pardon, Idamante, du meurtre que s'apprête à accomplir sur lui son père trop soumis au pouvoir social et divin.

Elle commence par nous émouvoir, cette pauvre captive dont la dure aventure ne connaît pas de fin. Peut-elle adorer un Grec ? Pas question, et pourtant « *Odio encor non so* ». Elle ne sait pas encore haïr, et c'est la raison pour laquelle Wolfgang la présente en premier sur scène.

Idamante, libéral par amour, délivre des esclaves troyens de leurs chaînes (Mozart aime beaucoup les actes de cette nature). Les mots brodés en musique sont *jubiler* (*giubilare*, comme dans l'éblouissant *Exsultate, jubilate*, K. 165, composé à l'âge de seize ans pour le castrat Venanzio Rauzzini), *amour, lumière, liberté*. Un certain nombre de mots, habilement placés, sont déjà à eux seuls cinq ou dix airs en puissance, comme des couleurs, des tons, des timbres, des aigus, des graves, des personnages en action. Le mot *addio*, par exemple, dont Mozart ne se lasse pas, et nous non plus. *Trouver* et *perdre* sont de la même étoffe, surtout si on a un tempérament joueur. « *Il padre adorato ritrovo* » — silence — « *e lo perdo* ». Wolfgang adore Léopold, ne nous y trompons pas, il lui doit énormément de choses, mais il est en train de le perdre, il le sent, il le pressent. En tout cas, face à son père qui, le voyant, l'évite (puisqu'il le voit déjà comme une victime propitiatoire), Idamante est désemparé. Le père sait un secret dont le fils n'est pas informé. La scène d'époque, interprétée par un castrat, Del Prato, devait être saisissante, mais elle est aussi extravagante dans la version de Nikolaus Harnoncourt qui fait jouer le fils par une mezzo-soprano.

Un fils ? Un castrat ? Une fille ? Ce fils est une sorte de fille, et d'ailleurs le père ne tient pas réellement le coup face au Grand Prêtre et à l'Oracle, sans parler de Neptune. Va pour une voix de fille incestueuse, donc, mais qui, du même coup, est amoureuse d'une fille qui l'aime aussi, laquelle a pour rivale, non payée de retour, encore une autre fille.

On comprend que, dans ces conditions, Neptune s'agite. Neptune en latin, Poséidon en grec, l'ennemi juré d'Ulysse Mozart. Le peuple remue, l'inquiétude monte chez le conseiller du roi (*roi* se dit *re* en italien, et d'ailleurs tout l'opéra célèbre le *ré* majeur). Idoménée est débordé : il a peut-être échappé à la mer, mais il a une mer démontée dans son sein (« *mar nel seno* »). On va essayer de se débarrasser des fauteurs de troubles, Idamante et Elettra, par un exil sur bateau, ce qui permet à Mozart de faire planer une de ses atmosphères préférées de calme idyllique et flottant, plus orphique qu'homérique (« *Placido è il mar, andiamo* », « *su, su, partiamo or or* », allons, allons, nous devons partir). *Addio.*

Pas si simple, voici le contraste. La tempête se lève, le chœur se déchaîne (« *Terrore ! Corriamo, fuggimo !* ») et exige de savoir qui est coupable, puisque la colère de la nature exprime forcément la fureur d'un dieu. On planait, on tremble. La musique peut instaurer le temps qu'elle veut.

S'il y a un coupable, c'est bien le roi, et la victime innocente est son fils. Les coupables ne sont d'ailleurs pas loin : Colloredo et Léopold, qui souhaitent, au fond, la mort d'Idamante-Wolfgang. Nannerl aussi est coupable. Quant à l'innocente capable de sauver l'innocent, on hésite sur son identité dans la vie : Aloisia l'infidèle, la petite cousine, ou encore cette autre que j'aperçois déjà à l'horizon, Constance ? De toute façon, les hommes sont en général trop respectueux du Pouvoir, de l'Autorité temporelle et spirituelle. Ils se plient aux exigences les plus injustes des dieux. L'au-delà décide à leur place et ils se prosternent. On leur demande des crimes, ils les accomplissent. Les femmes, elles, sont plus proches de la réalité simplement humaine, elles ont leurs raisons, et on ne les met pas assez en valeur. Leur point de vue peut faire avancer la musique, la délier, la varier, l'approfondir. C'est l'avis de Mozart.

« Sauvez le prince, sauvez le roi », chante admirablement Arbace, préoccupé de la chute de la Crète sous les coups de Neptune. Mais, là, le Grand Prêtre intervient. Il est temps qu'Idoménée égorge son fils, le dieu a soif. Voilà un magnifique récitatif sacral, on ne plaisante plus, la patrie est en danger, le trône, l'autel et même la République nous appellent, quelqu'un doit périr, « au temple, Sire, au temple ! » « Où est la victime ? » « Rendons à Neptune ce qui est à lui ». Au travail.

Mozart se fait peur, il terrorise son public (y compris son père et sa sœur), il s'amuse. Le géniteur doit donc sacrifier son fils (après tout, Abraham lui-même y est prêt), et l'opération, en italien chanté, se dit : « *Svenar il genitor il proprio figlio.* » *Svenar* : voilà de la bonne boucherie rituelle. Le chœur n'en peut plus : « *O, voto tremendo, spettacolo orrendo* ! » On est déjà dans *Don Giovanni.* Père et fils, cependant, ont des états d'âme, mais le fils (la fille dans la voix) encourage son père à le tuer pour ramener la paix. C'est gentil de sa part. Tout cela a beau être injuste et cruel, il le faut. « Meurs donc. » *Addio.*

L'amoureuse Ilia, cet ange, arrête le bras paternel, et s'offre elle-même comme victime. Là, il faut aller dehors. Un monstre marin a été tué à l'extérieur par Idamante, mais ça ne suffit pas, il faut que la Voix (la Voce), oracle de Dieu, parle. Mozart compose ici un bref morceau dissonant sublime, aux cuivres. La Voix, l'Oracle, le Commandeur, c'est encore lui, deus ex machina.

« *Ha vinto Amore.* » L'Amour a vaincu.

L'innocence est reconnue, le divin s'incline. Idoménée doit abdiquer, Idamante régner et épouser Ilia, pendant qu'Elettra, folle de rage et anticipant sur la Reine de la Nuit, se précipite aux Enfers (« *O smania ! O furie !* ») pour y retrouver son frère Oreste dans le « *pianto eterno* », la souffrance et les pleurs éternels.

Il ne reste plus au chœur qu'à faire descendre l'amour, la paix et la réconciliation générale. L'exorcisme a eu lieu, et la malédiction s'exerce, par déplacement, sur une sœur matricide, trop portée vers son frère et son père (Anna Maria vient de mourir, ce voyage à Paris n'est pas net, Nannerl peut penser s'emparer désormais de Wolfgang et de Léopold). *Idoménée* devient *Hyménée.* Père destitué soulagé, Fils qui peut enfin régner sans culpabilité et *se marier* (empêcherait-on Wolfgang de se marier, c'est-à-dire d'être adulte et libre ?). Junon, la déesse conjugale, bénit le finale par l'intermédiaire du chœur, décidément très actif. De Neptune à Junon, on change de juridiction. Gloire donc à « *la Dea pronuba nel sen* » !

Deus, Dea. Amadeus, Amadea. Machina.

Tous les thèmes fondamentaux de Mozart sont là, ainsi que l'esquisse de tous ses mouvements mélodiques lents ou rapides : terreur, peur, exil, nostalgie, jalousie, amour, foi, courage, clémence. Il cherche un couple royal. Le roi, le Bien, le *ré* majeur, ne s'imposera pas sans drame ni sans artifices. Dans le royaume, la vérité musicale est la clé.

Une des plus belles symphonies de Mozart termine *Idoménée* : *Chaconne, Larghetto, Largo, Allegretto, Allegro.*

J'aime le navire *Largo.*

Idoménée n'est pourtant pas le plus réussi des opéras de Mozart. Il y manque l'insurrection. Elle va venir.

Pendant la composition :

« La voix souterraine doit être effrayante, elle doit pénétrer l'âme, on doit crier que c'est la vérité même. »

« Chaque minute a du prix pour moi. »

« Tout est déjà composé, mais pas encore écrit. »

« Je vous en prie, ne m'écrivez plus de lettre aussi triste, car ce qu'il me faut en ce moment, c'est un état d'âme que rien n'assombrisse, la tête libre, et de la joie au travail, et cela est impossible quand on est triste. »

Marie-Thérèse d'Autriche est morte. Arrive Joseph II, dont on peut attendre des réformes et un despotisme éclairé. L'espérance sera-t-elle nouvellement couronnée ? On le souhaite.

Idoménée a eu un beau succès, mais bref : trop difficile. Mozart, après s'être agité dans le carnaval, rejoint son prince-archevêque à Vienne pour les fêtes du nouveau règne impérial. Mais là, maintenant, il ne peut plus supporter d'être traité comme un domestique. Il se présente, il voit, il juge. La guerre ? Eh bien, la guerre.

Il a son plan : utiliser sa notoriété naissante, s'établir à son compte (leçons, concerts), s'appuyer sur la frange montante de la noblesse cultivée. Pour indiquer ses intentions, défier Colloredo et tous les esprits serviles à sa suite (y compris son propre père), le voilà donc mondain, courant ostensiblement les salons d'influence. On le met aux cuisines chez l'un, il est reçu comme un prince chez les autres. L'employé est plus considéré que l'employeur, et d'ailleurs l'empereur « déteste » l'archevêque.

Nous sommes le 9 mai 1781, grande date dans l'histoire de la liberté individuelle. L'archevêque, exaspéré par les manières supérieures de son domestique musical, veut le renvoyer séance tenante à Salzbourg. L'autre fait semblant de ne rien comprendre. C'est l'explosion.

III

L'ESPRIT

« C'est vrai, je suis orgueilleux lorsque je constate qu'on veut me traiter de haut et *en bagatelle*. C'est ainsi que l'archevêque me considère. Mais avec de bonnes paroles, il pourrait m'avoir comme il veut. »

Dieu merci, l'archevêque s'est énervé au-delà de toute mesure. Il a dit en face à Wolfgang, plusieurs fois déjà, des « sottises » et des « impertinences », mais là, le 9 mai, il pète les plombs, ce qui entraîne pour son musicien, « un jour de bonheur ».

« Le plus grand polisson qu'il connaisse », « gueux », « gredin », « crétin », « misérable gamin », voilà un discours d'archevêque devenu fou de jalousie en constatant que son domestique lui résiste et, pire, se prend pour un grand de ce monde et peut-être même un créateur. « Il était impossible de répondre, écrit Mozart, il continuait comme un feu de brousse. »

Un prélat forcené, quelle belle scène d'opéra.

« Crétin, crétin ! Misérable gamin ! Voilà la porte, la voilà, je ne veux plus rien avoir à faire avec un si misérable gamin ! »

Et Mozart : « Et moi non plus avec vous ! Vous recevrez demain ma démission par écrit. »

Wolfgang a d'abord écouté avec calme, mais son sang, dit-il, a « bouillonné par trop ». La rupture est totale, mais le problème, maintenant, est de la faire avaler en douceur à son « très cher Père », le craintif Léopold.

« Croyez-moi, mon cher père, j'ai besoin d'une grande force virile pour vous écrire ce que me dicte la raison. Dieu sait combien il me coûte de vous quitter ; mais quand bien même je devrais mendier, je ne voudrais plus servir un tel seigneur, car cela, je ne l'oublierai de ma vie. Je vous en prie, je vous en prie pour tout au monde, renforcez-moi dans cette décision au lieu de chercher à m'en détacher. »

Autrement dit : je ne rentrerai pas à Salzbourg, débrouillez-vous avec ce cinglé méprisant, je reste à Vienne, je proclame la liberté de l'artiste au-dessus de tous les pouvoirs. J'ai une œuvre à faire, excusez-moi, mais vous n'en avez pas la moindre idée. Vous connaissez la musique, c'est vrai, mais jusqu'à un certain point seulement, un immense continent vous échappe.

« Vous n'avez nul besoin de réponse de ma part à vos questions pour être convaincu que, *moins que jamais*, je ne peux revenir sur ma décision. »

« Pour vous plaire, mon excellent père, je sacrifierais mon bonheur, ma santé et ma vie, mais pas mon honneur [...] Je ne suis pas un garçon, un gamin. »

« Croyez vraiment que je suis tout changé. En dehors de ma santé, je ne connais rien de plus nécessaire que l'argent. »

« Ne rampez pas trop... »

Le comte Arco, qui sert chez l'archevêque, va passer à l'histoire en finissant par chasser Mozart avec un coup de pied au cul. Je n'invente rien : *au cul*. « Mais c'était peut-être sur ordre princier », commente Wolfgang, pince-sans-rire.

Attention : *L'Enlèvement au sérail* est presque au point, et nous sommes déjà dans *Les Noces de Figaro* :

« Le cœur ennoblit l'homme, et même si je ne suis pas comte j'ai peut-être plus d'honneur au corps que bien des comtes ; et valet ou comte, du moment qu'il m'insulte, c'est une canaille [...] Je tiens à lui assurer par écrit qu'il recevra sûrement de ma part un coup de pied au cul et, en plus, quelques soufflets ; car si quelqu'un m'outrage, je dois me venger. Si je ne lui rends pas plus qu'il ne m'a infligé, ce n'est qu'une rétorsion, pas une punition. En outre, je me mettrais alors à son niveau, et là, je suis vraiment trop fier pour me comparer à un tel imbécile. »

Il ne fallait pas faire bâtonner Voltaire, il ne fallait pas non plus donner un coup de pied au cul à Mozart. Ce sont là des actes de grande conséquence. De nos jours, il n'y a plus de comtes, mais beaucoup d'aveuglement et d'arrogance déguisés en argent. Comme d'habitude, les puissants pensent qu'ils ne prennent aucun risque. Ils tuent ici, ils humilient là. Ils n'imaginent pas qu'il pourrait y avoir une sanction quelconque, et d'ailleurs ils s'en foutent. « Postérité : discours aux asticots », a dit quelqu'un. « À la fin, c'est toujours la mort qui gagne », a dit un autre. Il est dommage que ni Colloredo ni Arco (parmi d'autres) ne soient vivants pour être rongés de honte devant le triomphe et la fortune de Mozart. Mais si, après tout, ils sont là, réincarnés en X, Y ou Z. Et, secrètement, ils souffrent.

Un jour, le prince Karl von Lichnowsky traite Beethoven en domestique, et menace de le faire mettre aux arrêts. Il reçoit en réponse ce billet : « Prince, ce que vous êtes, vous l'êtes par le hasard de la naissance. Ce que je suis, je le suis par moi-même. Des princes, il y en a et il y en aura encore des milliers. Il n'y a qu'un Beethoven. »

Un Mozart, *un* Beethoven : cette histoire d'*un* travaille peut-être encore plus la démocratie que l'aristocratie, et pour cause. Nous n'apercevons plus des « milliers de princes », une dizaine tout au plus, cantonnés, avec épouses et enfants, dans les pages *people* des magazines. Le *un* serait-il désormais uniquement financier, acteur, chanteur, homme politique, académicien, professeur au Collège de France, journaliste, directeur de chaîne, présentateur de télé ? S'agit-il encore d'un *un* ? Ou d'un uniforme ? Son nom est-il lui-même ou légion ? Qui êtes-vous ? Qui suis-je ? Qu'est-ce qu'un nom ?

Nietzsche a vu venir ce désert ou ce bordel agité : « Le piano, seul être doué d'une âme dans cette société… »

Quoi qu'il en soit, Mozart, désormais rendu à lui seul, a une nouvelle adresse à Vienne. Mme veuve Weber loue des chambres, tout en habitant avec ses trois filles. Où faut-il donc écrire à Mozart ? On croit rêver :

« Écrivez simplement
À remettre à St-Pierre, à L'Œil de Dieu
au 2e étage. »

Nous sommes au n° 8 de la place Saint-Pierre à Vienne. *L'Œil de Dieu* : ainsi s'appelle la pension de la mère intrigante de Constance, dont le mariage avec Wolfgang sera habilement noué dans un an.

Amadeus mangeant, composant et dormant à l'Œil de Dieu : qui dit mieux ?

Wolfgang est pressé. Il a un bon livret, qui deviendra *L'Enlèvement au sérail*, il en voit tout de suite les possibilités, il le chante déjà. On est en août, il doit avoir terminé en septembre : « Mon esprit est tellement gai que je me précipite à ma table avec beaucoup d'ardeur et y reste assis avec la plus grande joie. »

Mais rien n'est simple : le librettiste, Stephanie, traîne à faire des corrections, et l'existence d'un célibataire étrange chez Mme Weber et ses filles déclenche l'inévitable pression sociale. Ça murmure, ça potine, ça jase. Léopold, bien entendu, se fait l'écho de la rumeur. Il s'attire cette réponse : « Je regrette d'avoir à prendre un autre logis à la suite de racontars idiots où il n'y a pas un mot de vrai. Je me demande quel plaisir certaines personnes éprouvent à inventer des bruits sans fondement. Parce que j'habite chez eux, j'épouse la fille ; il n'est pas question d'en être épris, cela, on le saute ; mais je *loge* à la maison, donc *j'épouse.* S'il y a un moment où je n'ai pas pensé à me marier, c'est bien maintenant ! [...] Je commence tout juste à vivre, et je devrais moi-même tout gâcher ? Je n'ai certes rien contre le mariage, mais actuellement cela me porterait tort. »

Il sera quand même marié dans un an. La mère de Constance y veille.

Donc la création d'un côté, les cancans de l'autre. Le désir étant bon pour la création, il est normal que la société s'en défende, le cadre, le dévoie pour l'épuiser, ou le freiner. Elle a plusieurs moyens pour cela : répression, débauche, mariage, enfants, argent. Tous les moyens à la fois, comme dans notre époque simultanément pornographique et conformiste, conventionnelle et terroriste, ce serait évidemment l'idéal.

Le rusé Wolfgang, qui se sait sous surveillance, ne va pas jusqu'à dire qu'il ne regarde même pas une des filles de la maison, mais enfin son mensonge est flagrant : « Je plaisante et m'amuse avec elle quand j'en ai le temps (et ce ne peut être que le soir, lorsque je soupe à la maison), car le matin j'écris dans ma chambre, et l'après-midi je suis rarement chez moi — sinon, rien de plus. Si je devais épouser toutes celles avec qui je badine, j'aurais facilement 200 femmes. Venons-en maintenant à l'argent. »

C'est le futur auteur de *Don Giovanni* qui parle à son père-Commandeur, ce qui explique sans doute la brutalité de la transition entre « femmes » et « argent ». Rien ne nous oblige à le croire. La médisance dont il est l'objet est, et sera, automatique. Elle vise d'ailleurs inconsciemment davantage ce qu'il s'apprête à écrire que la manière dont il se conduit. La bête sociale sent toujours que quelque chose risque de lui échapper, surtout par écrit. Elle doit donc, en bonne logique, entraver le corps qui en serait la source.

La dernière lettre connue de Wolfgang à sa petite cousine marque un net recul. Elle non plus n'a pas pu s'empêcher de s'activer dans le chuchotement. « Je dois vous dire que les bruits que les gens se sont plu à faire courir à mon sujet sont en partie vrais et en partie faux. Je ne peux en dire plus pour le moment, mais j'ajouterai seulement, pour vous rassurer, que je ne fais rien sans raison, et même sans raison bien fondée. Si vous aviez fait preuve de plus d'amitié et de plus de confiance à mon égard, et si vous vous étiez adressée directement à moi (et non pas à d'autres, et bien plus !) mais silence ! — si donc vous vous étiez adressée directement à moi, vous en sauriez certainement plus que n'importe qui, et si c'était possible plus que moi-même ! »

« Si vous vous étiez adressée directement à moi… » Dommage. Voilà une flûte désenchantée. Il faudra en inventer une autre.

Comment vivre et en présence de qui ? Dans quel entourage ? Quelle est, là, non pas la meilleure organisation (il n'y en a pas), mais la moins négative ? Vous voulez un portrait réaliste de la petite bourgeoisie viennoise de l'époque (de la petite bourgeoisie de partout et de toujours) ? Voici des *logeurs* :

« Lui est le meilleur homme du monde, mais trop bon, car sa femme, la plus sotte et la plus folle bavarde de la terre, porte la culotte. De sorte que lorsqu'elle parle, il n'ose dire un mot […] Vous connaissez la fille ; ce *meuble* est encore pire, car elle est en plus *médisante*. Donc bête et méchante. Si un peintre voulait faire un portrait bien naturel du diable, il n'aurait qu'à s'inspirer de son visage. Elle est grosse comme une fille de ferme, transpire à vous faire vomir, et va si débraillée qu'on peut lire sans peine : *Je vous en prie regardez-moi* ; il est vrai qu'il y a assez à voir, au point qu'on souhaiterait perdre la vue […] Elle est répugnante et affreuse […] J'ai grand plaisir à rendre service aux gens, mais il ne faut pas qu'ils me *rasent* […] Et elle veut faire la gracieuse ! Mais plus que cela ; elle est *sérieusement* amoureuse de moi […] Je me suis vu contraint, pour ne pas l'abuser, de lui dire poliment la vérité. Mais cela ne servit à rien. Elle devint de plus en plus éprise. Finalement, j'étais toujours très poli, sauf quand elle me faisait ses manières, alors je la rudoyais. Elle me prenait alors par la main et disait : *cher Mozart, ne soyez pas méchant, vous pouvez dire ce que vous voulez, je vous aime bien quand même.* Dans toute la ville, on rapporte que nous allons nous marier… »

Il est étrange, ce Mozart. Au lieu de chercher une situation stable et de se marier, il reste des heures le matin dans sa chambre à faire on ne sait quoi. Il y a plein de papiers et de partitions griffonnés sur sa table, mais si on les regarde, on n'y comprend pas grand-chose. Des fugues de musiciens anciens, un certain Bach, un certain Haendel. On sait qu'il fréquente la comtesse de Thun et des personnages influents à la cour, van Swieten, Sonnenfels, mais il n'est pas de leur monde. Certes, il est aimable, amusant, désinvolte, mais où veut-il en venir, quel est son emploi ?

« Un homme dans un tel état de colère dépasse tout ordre, toute mesure et toutes bornes, il ne se connaît plus, il faut donc que la musique ne se reconnaisse pas non plus. Mais comme les passions, violentes ou non, ne doivent jamais s'exprimer jusqu'à faire naître le dégoût et que la musique, même dans la situation la plus épouvantable, ne doit jamais offenser l'oreille mais toujours procurer du plaisir, que donc la musique doit toujours rester musique, je n'ai pas utilisé de tonalité étrangère à *fa* (la tonalité de l'*aria*), mais une tonalité apparentée, toutefois pas le ton le plus voisin, *ré mineur*, mais le plus lointain, *la mineur*. »

Il s'agit des imprécations d'Osmin, gardien de la maison de campagne du pacha Selim, dans *L'Enlèvement au sérail*.

« Le cœur palpitant d'amour est bien souligné, les 2 violons à l'octave [...] On voit le tremblement, le tressaillement — on voit la poitrine haletante se soulever — ce qui est exprimé par un *crescendo*. On entend le chuchotement et le soupir — qui est rendu par les premiers violons avec sourdines et une flûte, *unisono*. »

Cette fois, il s'agit de Belmonte, l'amoureux transi de Constance, qui cherche sa fiancée enlevée par le pacha.

Constance, Konstanze (puisque nous sommes en allemand), vous avez dit *Constance* ? Comme Constance Weber, la sœur d'Aloisia ? La future Mme Mozart ? Pure coïncidence, le livret le voulait ainsi. Comme s'il pouvait y avoir des hasards en art. Mozart est en Turquie dans sa chambre, il lui faut des janissaires, de la violence, un affrontement entre Orient et Occident, bref des flûtes *piccolo*, des cors, des trompettes, des timbales, des cymbales, un triangle et un tambour. L'amour doit se faire entendre au cœur de la fureur, la fidélité doit l'emporter sur les menaces de tortures.

« Plus c'est bruyant, mieux c'est ; plus c'est court mieux c'est — pour que les gens ne se refroidissent pas avant d'applaudir. »

« L'ouverture est très courte, et fait sans arrêt alterner *forte* et *piano*, et dans le *forte*, la musique turque reprend toujours. Elle module d'un ton à l'autre, et je crois qu'on ne s'y endormira pas, même après être resté toute une nuit sans fermer l'œil. Je suis maintenant comme un lièvre dans le poivre depuis 3 semaines [...] Stephanie m'arrange le livret comme je l'exige, à un cheveu près... »

« La *passion* est bien là, et je n'ai besoin que de 4 jours là où il faut d'habitude 14... »

Au diable la poésie « poétique », au diable les règles étroites et les rimes pour les rimes ; « dans un opéra la poésie doit en fin de compte être la fille obéissante de la musique [...] Le mieux est lorsqu'un bon compositeur, qui connaît le théâtre et est lui-même en mesure de faire des propositions, retrouve un poète intelligent, un vrai phénix ».

Vous osez prétendre qu'un poète n'est pas toujours intelligent ? Mais pour qui vous prenez-vous, *Mozart* ?

On a beau être en Turquie, la scène se déroule à deux pas, dans le quartier, entre barbares et civilisés. Wolfgang est un lièvre dans le poivre (cela n'est pas sans évoquer ses lettres poivrées à la petite cousine lapine), il enlève Constance au sérail, il s'enlève lui-même à tous les sérails, la mère gardienne a beau lui forcer la main avec une promesse écrite en présence du tuteur de cette jeune fille de dix-huit ans (qui d'ailleurs la déchire dans un grand geste étudié et bien qu'il s'agisse de trois cents florins), ça ne fait rien, sa décision est prise. Pour cesser d'être dérangé, il va se ranger, ou plus exactement se laisser déranger à sa manière. La composition d'abord, dans les moins mauvaises conditions.

D'abord, rassurer Léopold, c'est-à-dire l'opinion, avec des déclarations conventionnelles. Voici ma « Constance bien-aimée » : « Elle n'est pas laide, mais elle n'est toutefois rien moins que belle. Toute sa beauté réside en deux petits yeux noirs et une belle taille. Elle n'a pas de vivacité d'esprit, mais suffisamment de sain entendement pour remplir ses devoirs d'épouse et de mère. Elle n'est pas portée à la dépense, c'est absolument faux. Au contraire, elle est habituée à être mal vêtue. Car le peu que la mère pouvait faire pour ses enfants, elle l'a fait pour les deux autres, mais jamais pour elle. C'est vrai qu'elle aimerait être habillée gentiment et proprement, mais sans luxe. Elle est en mesure de se faire la plupart des choses dont une femme a besoin, et elle se coiffe elle-même tous les jours. Elle sait tenir un ménage et a le meilleur cœur du monde — je l'aime et elle m'aime de tout cœur ! — Dites-moi si je peux souhaiter une meilleure femme ? »

Le lièvre est décidément rusé. Vous vouliez des clichés ? Des certificats de bonne conduite ? En voilà. Ne vous inquiétez pas, je suis comme vous. Le reste, si vous savez l'entendre, est dans ma musique. Il n'est pas question de crier sur les toits que Constance est charmante, et que la musique a avec elle une relation sensuelle des plus convaincantes. C'est pourtant le cas. Wolfgang sera désormais Wolfi et elle Stanzi.

Voici ce qu'écrit le lièvre dans le livre de prières de sa fiancée : « Celui qui a retourné toutes les images de ce petit livre et écrit quelque chose sur chacune d'elles est un…, n'est-ce pas, Constanze ? Il n'en a épargné qu'une seule, car il a constaté qu'elle était en double — et a donc l'espoir de se la voir offrir en souvenir ; qui donc se flatte de cela ?

Trazom — et de qui espère-t-il la recevoir ?

De *Znatsnoc.*

Ne soyez pas si pieuse, bonne nuit. »

Quand Mozart commence à parler en verlan et signe *Trazom,* nous savons ce que cela veut dire. Tout cela vaut bien une messe et un opéra.

La première de *L'Enlèvement au sérail* a lieu le 16 juillet 1782. Le mariage de Wolfgang Amadeus Mozart et de Constance Weber est célébré, lui, le 4 août.

Il fait très chaud, ce 16 juillet, à Vienne. Le troisième étage de l'opéra est plein et enthousiaste. C'est un grand succès populaire.

Gœthe écrira trois ans plus tard : « Tous les efforts que nous faisions pour parvenir à exprimer le fond même des choses devinrent vains au lendemain de l'apparition de Mozart. *L'Enlèvement au sérail* nous dominait tous. »

Nous sommes donc en Turquie, c'est-à-dire partout où la vieillerie règne. L'ancienne autorité despotique (le prince-archevêque, Léopold) est méconnaissable. L'archevêque avait beau, en langage codé, être désigné comme le « mufti », on n'aurait pas osé imaginer sa religion de pacha, faite de Harem et d'Allah. La métamorphose, ou plutôt la radiographie, est complète.

Dès l'ouverture, nous sentons qu'un tremblement de terre est intervenu dans la musique de Mozart. Un coup de fouet, une tempête, une révolution : cette fois ça va jouer sec. Petite pause pour indiquer qu'il y aura un complot, des menées obliques, des ruses. Mais on est vite reparti dans un frémissement électrique, un tourbillon de cirque ou de foire, allez les cymbales, le Proche-Orient est à nous. Deux Italiens, maître et valet, sont déjà là pour délivrer une captive blanche et chrétienne accompagnée de sa servante anglaise.

Anglaise ? Mais oui, et elle s'appelle Blonde. C'est elle qui, dans l'opéra, va tenir les propos les plus enflammés sur l'indépendance des femmes et leur refus de l'esclavage islamique incarné par le monstre macho Osmin, gardien du pacha. Or Mozart écrit en octobre 1782 : « Bien sûr, j'ai appris les victoires de l'Angleterre, et ce à ma grande joie (car vous savez bien que je suis *archi-Anglais*) ! »

De quoi s'agit-il ? De la libération de Gibraltar par lord Richard Howe, et de l'anéantissement de la flotte française par sir Edward Hughes, comme quoi le souvenir négatif de Paris n'a pas quitté notre musicien, et cela vaut comme avertissement à tous ceux qui aiment rêver d'un Mozart « Révolution française », jacobin anticipé, voire prébeethovénien-bonapartiste-déçu-par-Napoléon-mais-quand-même.

Mozart est absolument révolutionnaire. Mais pas comme on croit.

À pas de loup au Proche-Orient, Belmonte chante son espoir de retrouver bientôt sa Constance séquestrée, sa bien-aimée, sa « joie » : « *Konstanze, mein Glück !* » Le puissant et étourdissant Osmin (admirable Josef Greindl de la version de Ferenc Fricsay au lendemain de la deuxième guerre mondiale) ne l'entend pas de cette oreille : les femmes, pour rester fidèles, doivent être enfermées et constamment surveillées. Tchadors, voiles, clôture, ainsi le veut la tradition locale, dont nous avons, aujourd'hui encore, l'effarante et criminelle illustration. Misogynie et xénophobie. À Pedrillo, le valet de Belmonte, qui lui demande pourquoi une telle agressivité et lui propose de faire la paix, Osmin répond franchement :

« La paix ? Avec toi ? T'étrangler est tout ce que je souhaite.

— Pourquoi ?

— Parce que je ne peux pas te supporter. »

Et pourquoi vraiment ? Là, Osmin n'en peut plus, il halète, il crache le feu, il est furieux. Tous ces étrangers occidentaux sont des gamins qui courent les femmes, des débauchés, des séducteurs, des créatures du diable. Le mufti est déchaîné. Il est extraordinaire d'écouter ces vociférations *en allemand*, et on ne peut pas s'empêcher de penser que Mozart, dans une anticipation lumineuse, se livre à un exorcisme de ce qui pourrait arriver comme folie à cette langue. D'où l'Angleterre, sans doute, où Haendel a régné, où Wolfgang, enfant, a été bien traité, où Joseph Haydn, enfin, va recevoir un accueil triomphal. Haydn, c'est « papa », celui que Mozart admire, et qui n'écrit pas par hasard une messe célèbre pour célébrer la victoire de Nelson à Trafalgar.

Les femmes sont interdites, on fait donc semblant de se les approprier en les bouclant ou en gérant, vaille que vaille, leur trafic légal ou prostitutionnel. En enlever *une* au sérail ou au marché est, par conséquent, une affaire compliquée. C'est la question de Mozart. Catalogue ou unicité ? Et si unicité, laquelle ? Sociale ? Peu probable. Métaphysique ? C'est déjà *La Flûte enchantée.*

Osmin, dragon du sérail, est grandiose. C'est une sorte d'Ubu :

C'est pourquoi, par la barbe du Prophète,
je médite jour et nuit sans repos
pour te tuer de la bonne manière.
D'abord décapité
puis pendu
puis empalé
sur un pieu brûlant
puis brûlé
puis attaché
et noyé
enfin écorché.

Quel plaisir de mettre cela en musique ! Quel délice d'incarner les plus bas instincts, et de les *montrer* de façon à la fois inquiétante et grotesque !

Basse terrorisante, ténor amoureux. Le temps n'est pas encore venu où Mozart se réconciliera avec la profonde sagesse de la basse (Sarastro). Le cœur de Belmonte, lui, se *soulève*, son visage *s'embrase*. Ici, les mots sont des clichés, la musique est tout. Chanter « mon cœur aimant » serait ridicule en français alors que « *Klopft mein liebevolles Herz* » harmonisé par Mozart flotte à l'extrémité de l'émotion, comme si la musique s'aimait elle-même dans la substance de la voix et des mots. Et si le cœur de Constance ne connaît plus que le souci, les vocalises sont là pour le transformer en vertige.

Blonde, ici, nous fait un petit sermon : on obtient le cœur des « bonnes filles » par la douceur, les caresses, l'amabilité, les plaisanteries, et non par les ordres rageurs, le vacarme, les querelles ou les tourments (même agrémentés d'argent). « Les filles ne sont pas des marchandises dont on fait cadeau. Je suis anglaise et défie quiconque de me contraindre à faire quoi que ce soit. »

Précieux *habeas corpus*. Commençons par là.

« Pauvres Anglais commandés par leurs femmes ! » réplique le bon islamiste Ubu-Osmin (or même Ubu est commandé par la mère Ubu, on l'oublie trop). Voilà, en tout cas, une merveilleuse scène de guerre des sexes, comme seul

Mozart sait en faire (il faut aller vite, en ricochets concentrés). Cependant, nous ne quittons pas Constance et son « pauvre cœur », « *mein armes Herz* ». Avoir un cœur, un *cuore*, un *corazón*, c'est bien. Un *heart*, c'est déjà autre chose, mais un *Herz*, on n'a jamais entendu battre ça comme ça avant Mozart. Il a l'oreille absolue en fonction d'un cœur absolu. Un comble.

Le pacha ne chante pas, mais sa voix représente la loi, et elle promet tous les supplices. Qu'à cela ne tienne, Constance (Mozart) résistera à son désir de convoitise, et restera fidèle : « La mort, à la fin, me délivrera. » Le petit Mozart a-t-il été si désirable autrefois ? Cela expliquerait bien des choses. Vous me trouvez mignon, adorable, éblouissant, *mangeable*, mais est-ce que vous m'aimez ? Je veux dire : est-ce que vous aimez vraiment la musique ? Pas sûr.

Les infortunes de Constance nous valent une petite symphonie concertante parallèle, où la joie du martyre s'exprime dans des broderies délicates, propres à sonder les replis du masochisme amoureux. Rien, non, ne pourra ébranler la constance de Constance. *Nichts !* Selim ne veut pas l'épargner ? Elle mourra contente. Sainte Constance, ici, est en pleine lévitation, accompagnée, comme il se doit quand Mozart est possédé par son sujet, par le frissonnement rond de la clarinette. *Der Tod,* la mort : l'amour ou la mort.

L'évasion est quand même possible. Blonde : « Quelle ivresse ! Quelle joie ! » Pedrillo s'apprête au combat. Doit-il avoir peur ? *Nein ! Nein !* Seul un lâche hésiterait (c'est le genre de question que Wolfgang a dû se poser dans sa décision de rupture radicale avec Colloredo). « Prêt pour le combat ! Prêt pour la bataille ! » *Streit !* Il faut *oser.*

Il suffit d'enivrer Osmin, de le faire passer d'Allah à Bacchus, et tout s'arrange. Le voici en train de chanter « Vive les filles, les blondes, les brunes » et d'attribuer au vin au pouvoir divin (décidément cet opéra de Mozart doit être strictement interdit dans tous les pays arabes ou musulmans. « Nous tuerons ce Mozart » grondent déjà, paraît-il, les talibans).

« Vive les femmes, vive le bon vin », nous entendrons de nouveau ce refrain, mais beaucoup plus affirmatif, au cours du dernier dîner de Don Giovanni. « Vive les femmes, vive le bon vin, soutien et gloire de l'humanité ! » Ce défi a encore de quoi révulser l'ensemble des clergés de la terre (et ils ne sont pas tous explicitement religieux).

Cependant, Belmonte suit son idée fixe qui est de presser Constance contre lui (« quelles délices, quelle joie ! »). Il faut quand même se représenter ici qu'une certaine Constance, qui va prendre le nom de Mozart, est assise, en train d'écouter, dans la salle. Ma vie ! *Mein Leben !* Ils pleurent de joie ensemble. Le public applaudit. Mais est-ce que tu m'entends bien, toi, là-bas ?

Un peu de poison : est-ce que Constance, pendant tout ce temps, est restée fidèle ? Les hommes sont étrangement hantés par cette question, du moins Mozart l'aura été pour eux avant de s'appliquer le traitement majeur des *Noces,* de *Don Giovanni* et de *Cosi fan tutte.* Il tourne et retourne la morsure de la jalousie, il la fait brûler, il s'en moque. Constance est triste. Blonde, à qui Pedrillo se risque à poser la même question, répond par une gifle. Enfin, après ce trou d'air, tout le monde se réconcilie (comme d'habitude chez Mozart) et célèbre de façon endiablée l'amour purgé de la jalousie. La proximité des voix se rapproche encore, les sopranos montent sur les ténors, les cris percent le ciel, l'orgie vocale est totale, rien ne pourra empêcher Éros de s'affirmer contre Thanatos.

L'amour est une puissance anti-mort. Ce qui paraît impossible, l'amour le réalise, et la clarinette et les vents sont là pour le souligner. Écoutez maintenant la ballade du troubadour Pedrillo : elle vient de loin, son murmure est magique.

Au pays maure était prisonnière
une jeune fille délicate et jolie…

Wolfgang a enlevé Constance, dix-neuf ans, à la mauvaise humeur et aux persécutions de sa mégère de mère. C'est un chuchotement, une sérénade sur fond de pizzicati (annonçant Don Giovanni et sa mandoline). La musique est l'envoyée des ombres :

Je viens à toi dans la nuit sombre
vite, mon aimée, laisse-moi entrer !

Ah, mais non, Osmin tombe du ciel comme la foudre. Allah veillait !

Oh ! comme je triompherai
quand on vous conduira au supplice
Je danserai, je rirai et sauterai
et chanterai de joie
car je serai débarrassé de vous.

Éliminer les « rats de harem », voilà l'obsession de ce brave homme. Il y tient. Il voit des rats partout. Il est monothéiste grave, monomane, statique. Pas encore Monostatos, mais pas loin.

Les deux amants, en tout cas, sont faits comme des rats. Croyez-vous que ça les affecte ? Un peu, pas vraiment. Mystérieux Mozart : il veut faire chanter ses amoureux au cœur même de la possibilité mortelle. Constance : « Qu'est-ce que la mort ? Le chemin du repos. » Belmonte : « Mais je t'entraîne dans la tombe. » Constance : « Je mourrai paisiblement et dans la joie. » Pire : une *félicité* envahit les poitrines et les souffles, « mourir avec celui [celle] qu'on aime est le plaisir suprême ! C'est avec un regard serein qu'on quitte le monde ».

Seligkeit.

Mozart ne fait ni plus ni moins que l'apologie, en musique, de la petite mort orgasmique. C'est son code secret amoureux. Il y a un mur de la jouissance, comme il y a un mur du son. La terreur et la torture, malgré leurs gros effets, ne peuvent rien contre la joie qu'il peut y avoir à mourir en amour. Mauvaise nouvelle pour les sadiques (pas les sadiens), les dictateurs, ou les commandos suicide.

Toute la musique de Mozart répète cette exclamation : « Mort, où est ta victoire ? »

Nulle part.

Dénouement attendu : le pacha est touché par la grâce (comme Neptune dans *Idoménée*), sa clémence fait de lui un despote éclairé. Pardon, tolérance, clémence : trois mots clés. Très *Aufklärung.*

On l'applaudit, puisque « rien n'est aussi haïssable que la vengeance ». En somme, l'amour consiste à haïr la haine, laquelle a la prétention de se croire plus ancienne et originaire que lui (comme une Reine de la Nuit).

Si Mozart a une pensée constante, c'est bien celle-là. Autour d'elle, il fait tourbillonner son incroyable musique.

Dans la version enregistrée par Ferenc Fricsay, *L'Enlèvement au sérail* est immédiatement suivi de l'*Exsultate, jubilate* chanté par Maria Stader, soprano que Fricsay aimait particulièrement. Hasard discographique ? Mais non, message. Comme était un message inoubliable, pour un enfant de six ans, d'entendre, pendant l'occupation allemande en France, quelques mesures de *La Flûte enchantée* émises par Radio-Londres. L'esprit souffle où il veut, quand il veut. Stader est Constance dans l'*Enlèvement.* Il est logique que son assomption s'ensuive.

Réalisant son rêve, Mozart vient de se libérer dans sa propre langue. Il ira plus loin, mais après une grande cure d'italien sur fond d'insolence française : *Les Noces de Figaro, Don Giovanni, Cosi fan tutte.*

Pour l'instant, il avance et consolide ses positions, comme le prouve ce billet laissé sur place à Constance : « Bonjour, chère petite femme ! Je souhaite que tu aies bien dormi, que rien ne t'ait dérangée, que tu n'aies pas de mal à te lever, que tu ne t'enrhumes pas, que tu ne doives pas te baisser, te relever, t'énerver avec les domestiques ni trébucher sur le pas de la porte. Réserve les ennuis ménagers pour mon retour. Surtout qu'il ne t'arrive rien ! Je reviens à — heures, etc. »

C'est l'époque où il dit pouvoir écrire « au moins un opéra par an ». Voici son emploi du temps : « À 6 heures, je suis toujours coiffé. À 7 heures complètement habillé. Ensuite j'écris jusqu'à 9 heures. De 9 heures à 1 heure, je donne mes leçons. Puis je mange, lorsque je ne suis pas invité, et dans ce cas on déjeune à 2 ou 3 heures. Je ne peux travailler avant 5 ou 6 heures — et souvent, j'en suis empêché par une académie [un concert], sinon, j'écris jusqu'à 9 heures [...] Du fait des académies et de l'éventualité d'être appelé ici ou là, je ne suis jamais sûr de composer le soir, aussi ai-je pris l'habitude (surtout lorsque je rentre plus tôt) d'écrire quelque chose avant d'aller me coucher. Je le fais souvent jusqu'à 1 heure, pour me relever à nouveau à 6 heures. »

Et voilà, c'est simple. Il suffit d'avoir du génie.

Oui, c'est le temps de la vie joyeuse. Constance est vite enceinte, elle le sera souvent, les enfants naissent et meurent, personne n'en fait une tragédie, les corps sont censés avoir une âme immortelle, la nature est encore garantie par Dieu. L'argent rentre, la gaieté domine, il y a des bals masqués, l'un d'eux, chez les Mozart, dure de 6 heures du soir à 7 heures du matin. Wolfgang aime se déguiser en Arlequin, le travestissement et la pantomime sont aussi des écoles de musique. De temps en temps, il sort de la fête, il va noter quelque chose, revient. Personne ne se doute qu'il continue à composer même quand il est en scène, même quand il dort ou a l'air de s'amuser et de rire. L'après-midi, en concert, il joue, parfois en plein air, on l'admire, on l'applaudit, on l'aime. L'empereur lui-même finit, chapeau bas, par crier une fois ; « Bravo, Mozart ! »

Le baron Wetzlar, un Juif converti au catholicisme, est un ami fortuné et solide. C'est chez lui que Wolfgang va rencontrer un certain Emmanuel Conegliano, né près de Venise et plus connu sous le nom de Lorenzo Da Ponte. Il est juif lui aussi, Da Ponte, mais baptisé et adopté par un évêque qui lui a donné son nom. Il a beau être entré ensuite dans les ordres (pas beaucoup), ses mœurs ont défrayé la chronique. Il connaît Casanova, et le retrouvera, avec Mozart, à Prague, pour la première de *Don Giovanni.* Il est pour l'instant poète officiel à la cour de Vienne, et ira mourir inconnu, en 1838, à New York.

« Wolfgang Mozart, quoique doué par la nature d'un génie musical supérieur peut-être à tous les compositeurs du monde passé, présent et futur, n'avait jamais pu encore faire éclater son divin génie à Vienne, par suite des cabales de ses ennemis ; il y demeurait obscur et méconnu, semblable à une pierre précieuse qui, enfouie dans les entrailles de la terre, y dérobe le secret de sa splendeur. »

Da Ponte se donne le beau rôle, mais il précise que c'est bien Mozart qui lui a demandé s'il ne pourrait pas tirer un livret du *Mariage de Figaro,* de Beaumarchais. L'opéra allemand est en panne, cette pièce a fait grand bruit à Paris, elle est interdite par Joseph II à Vienne, mais, mise en musique et en italien, elle pourrait peut-être passer. Elle passera. Curieuse histoire : Beaumarchais s'éloigne, Mozart n'en finit pas de se rapprocher.

Pour savoir ce que pense vraiment Mozart, à tel ou tel moment de sa vie, il faut se tourner vers sa musique de chambre : ses sonates, ses quatuors, ses quintettes, sa recherche du temps perdu. Les six quatuors dédiés à Joseph Haydn (dont celui dit « des dissonances ») et puis, nouveauté, en avril 1784 le quintette pour piano et instruments à vent en *mi bémol majeur* K. 452, « la meilleure œuvre que j'aie composée de ma vie » (lettre du 10 avril). Hautbois, clarinette, cor, basson : les interlocuteurs du piano engagent avec lui une conversation dans le bonheur d'être enfin entendus, habités, répartis pour eux-mêmes. Voici de nouveau la cabane d'enfance en forêt, le bateau, la table d'orientation, la rose des vents, les quatre coins du temps. Le cor est un cœur, le basson le là-bas du son, le hautbois une futaie, la clarinette une clairière. Le piano va piano et pianissimo, c'est un membre comme un autre de la confrérie du souffle. Un nouveau voyageur est sur terre, il s'appelle Mozart.

Je l'écoute à 6 heures du matin, l'été, à la montée du jour, au bord de l'eau, dans le gris calme.

L'Alchimie est en cours, qu'on n'appelle pas par hasard Art de Musique, ou Art royal.

Ô Douceurs, ô monde, ô musique !
Des châteaux bâtis en os sort la musique inconnue (Rimbaud).

La mise en quintette renforce le sentiment de solitude. Les concertos, les symphonies et les opéras sont « dehors », les quintettes *dedans.*

Mozart a su qu'il ne ferait jamais mieux que les quatuors ou les symphonies de Haydn. Pour les concertos et les opéras, c'est autre chose. Et puis, il y a le quintette. Quatre, c'est Haydn, d'accord. Cinq, c'est moi.

Le 1er septembre 1785, il dédicace ses six quatuors à Haydn de la façon suivante :

« À mon cher ami Haydn,

« Un père, s'étant décidé à envoyer ses fils de par le vaste monde, estima devoir les confier à la protection et à la direction d'un homme alors très célèbre qui, par bonheur, était de surcroît son meilleur ami. C'est de la même manière, homme célèbre et ami très cher, que je te remets mes six fils. Ils sont, il est vrai, le fruit de longs et laborieux efforts, mais l'espérance quc m'ont donnée de nombreux amis de les voir en partie récompensés m'encourage, et je me flatte à la pensée qu'ils me seront un jour de quelque consolation [...]

« De tout cœur, ami très cher,
« ton ami le plus sincère
« W.A. Mozart. »

Mozart est devenu père. Mais son vrai père à lui est Haydn.

Un musicien qui a connu Haydn à Londres en 1792, raconte dans ses mémoires ceci : « Le prince Lobkowitz demanda à Haydn pourquoi il n'avait pas écrit de quintette instrumental ; il répondit qu'il n'avait jamais rêvé de pareille chose avant d'avoir entendu les célèbres quintettes de Mozart, et qu'il les trouva si sublimes et si parfaits qu'il ne pouvait imaginer se mettre en concurrence avec un tel compositeur. »

Belle et intense amitié, secrète histoire.

De Haydn encore, ce témoignage dans une lettre de 1787 : « Si seulement je pouvais graver dans l'esprit de tout ami de la musique, mais surtout dans l'esprit des puissants de cette terre, les inimitables travaux de Mozart, les leur faire entendre avec la compréhension musicale et l'émotion que j'y apporte moi-même, par Dieu, les nations rivaliseraient pour avoir ce joyau chez elles. Prague doit particulièrement s'efforcer de ne pas le laisser échapper, en l'enchâssant comme il le mérite. La vie des grands génies est trop souvent attristée par l'insouciante ingratitude de leurs admirateurs. Je m'étonne que Mozart, cet être unique, ne soit pas encore appointé dans une Cour impériale ou royale. Pardonnez-moi si je déraille : j'aime trop cet homme ! »

Peu d'hommes au monde auront été aussi géniaux, discrets et rigoureusement *bien* que le grand Joseph Haydn.

Et puis, bien sûr, cette déclaration à Léopold, très impressionné : « Je vous le dis devant Dieu, et en honnête homme, votre fils est le plus grand compositeur que je connaisse, en personne ou de nom. Il a du goût et, en outre, la plus grande science de la composition. »

Il y a donc eu une époque où le mot *goût* était l'éloge par excellence. Il faut le réentendre avec cette correction de Lautréamont : « Le goût est la qualité fondamentale qui résume toutes les autres qualités. C'est le *nec plus ultra* de l'intelligence. Ce n'est que par lui seul que le génie est la santé suprême et l'équilibre de toutes les facultés. »

On ouvre une partition de Mozart : on y est.

Il y a des complicités, des amis. La chanteuse Nancy Storace, par exemple, née à Londres de père italien et de mère française, probablement un des grands amours de Mozart. Le chanteur irlandais Michaël O'Kelly, qui a laissé des souvenirs émouvants. Theresa von Trattner, une élève au piano, chez qui il habite. Elle est mariée, mais c'est à elle que Wolfgang fait le cadeau le plus significatif : la grande sonate en *ut mineur* K. 457 et la *Fantaisie* dans la même tonalité K. 475. Une passion, celle-là, il suffit d'écouter ce que dit sérieusement la musique. C'est un des grands chefs-d'œuvre de Mozart, un véritable roman pour piano, emporté, tragique.

Les deux œuvres sont dédiées à Theresa. Mozart les lui a données avec des lettres d'accompagnement sur la manière de les interpréter. Ces lettres, Theresa, plus tard, refusera de les communiquer à Constance (comme par hasard enceinte au moment de la composition).

Wolfgang et Theresa ont été beaucoup au clavier *côte à côte.*

La musique est ici exaltée, frémissante, sombre, très large, elle parle de bien des choses qui se sont passées entre les touches. N'oublie pas ce jour, c'était l'été, j'étais à gauche, toi à droite, on plongeait, on se veloutait, je te soutenais, je te poussais, je te recevais en douceur, je revois tout, les rideaux, le tapis, les meubles, la lumière venant caresser le piano. Le magnétisme jouait à notre place, ah, je connais bien ce *violet.*

Aimer une pianiste, une chanteuse, va de soi quand on pousse le goût à l'extrême. Les épaules, les bras, les mains, les doigts, les chevilles, la respiration, tout compte. Et aussi la gorge, les poumons, la bouche, la poitrine, le souffle, le ventre, le foie, le cœur, les dents, la diction, la salive, la langue. Le sexe aussi, bien sûr, mais n'insistons pas, ça va vite. Dis-moi quelle est ta musique, je te dirai quel est ton plaisir.

Theresa von Trattner : la meilleure élève de Wolfgang Amadeus Mozart.

On sait que Mozart, déguisé en philosophe indien, a distribué au cours d'un bal masqué dans les salles de la Redoute de la Hofburg à Vienne, le 19 février 1786, un feuillet comportant huit rébus et quatorze devinettes, en les faisant passer pour des écrits de Zoroastre alors qu'ils étaient de sa main. Les deux derniers rébus ont été rendus illisibles par Nissen, le second mari de Constance. Voici la dernière devinette : « Nous existons pour le plaisir de l'homme. Que pouvons-nous faire si certains événements surviennent qui aboutissent au contraire ? Si l'homme doit se passer d'un seul d'entre nous, il est imparfait. »

Solution : les cinq sens.

On donne des concerts chez soi, le dimanche après-midi, par exemple. On doit déménager (l'affaire Theresa), mais cela n'empêche pas les parties de quilles ou de billard (Mozart a toujours eu un billard chez lui), les verres de punch dans les tavernes avec les amis anglais. Il y a même un concerto à écrire pour une jeune pianiste aveugle au nom de rêve : Maria Theresa Paradies, sans parler des activités nouvelles, depuis le 14 décembre 1784, à la loge maçonnique « La Bienfaisance » à laquelle Mozart a adhéré avec enthousiasme (entraînant dans son sillage ses deux pères Léopold et Haydn). En 1785, ce sont déjà les deux grands concertos pour piano en *ré mineur*, le n° 20, si dramatique, et le 21 en *ut majeur*. Toute cette musique ! Le 20, le 21, le 22, le 23, le 24, le 25, le 26, le 27. Et les symphonies : 35, 36, 38, 39 (fabuleuses), 40 (ma préférée, en *sol mineur*), 41 (*Jupiter*, sublime). Années de création incroyable, malgré les difficultés qui vont s'amonceler, les soucis, les rejets, et, bientôt, la misère.

Mozart joue sans cesse et partout, on n'arrête pas de transporter son piano d'un endroit à l'autre. Les témoignages concordent : « C'était l'homme le plus aimable du monde et, quand il voyait qu'on possédait l'intelligence de son art, il jouait pendant des heures pour l'homme le plus insignifiant et le plus inconnu. » Aimable, attentif, généreux Mozart. Ce n'est pas encore la course à l'argent, la disgrâce, l'ostracisme, la grande solitude. Les quatuors dédiés à Haydn, sa chambre secrète, sont pourtant loin de faire l'unanimité : trop difficiles. « Mozart a un penchant accusé pour le rare et l'inhabituel », écrit un crétin de l'époque. De la fin 1785 date pourtant le splendide et électrique quatuor pour piano et cordes en *sol mineur*, question à l'avenir, appel à ce qui doit forcément venir, musique de prémonition et d'alerte. Mozart lève la tête, il entre dans son destin.

Le 1er mai 1786 a lieu la première des *Noces de Figaro.*

La Révolution est là.

Dès l'ouverture, on sent qu'on est à l'air libre. La « folle journée » est commencée, elle recommencera, elle n'en finira plus. Les airs de *Figaro* vont courir partout, la distance entre la scène et la salle est supprimée, c'est de vous qu'il s'agit dans votre vie la plus quotidienne.

Figaro est en train de compter en chantant : 5, 10, 20, 30, 36, 43. On entend cinq, dix, vingt, trente, trente-six, quarante-trois (en italien, la dernière syllabe est *tre*). Il s'installe, il va épouser Suzanne qui essaie devant la glace un chapeau à fleurs. C'est sa chambre, son lit. Les siens, vraiment ? Mais non, le comte Almaviva lui tend un piège, il veut Suzanne, il pense avoir sur elle un droit venant de l'ancien droit de cuissage, c'est Suzanne qui prévient Figaro, lequel ne s'apercevait de rien. Très bien, ils vont se battre ensemble, ding-ding, dong-dong. « Courage, mon trésor », lui dit-il. Et elle : « Et toi, *cervello.* »

Se vuol ballare
signor contino
il chitarrino
le suonero...

Si tu veux danser, petit comte (le comte Arco et son coup de pied au cul), je vais te jouer de la guitare et te faire faire des cabrioles. Je sais découvrir les secrets, et pour ce qui est de l'escrime, en garde, un coup par-ci, un coup par-là. Mozart est en guerre ouverte, la virevolte est sa mitrailleuse vocale. À partir de maintenant, plus un temps mort, la déclaration d'indépendance de l'individu est totale. Plus de soumission, de résignation, on va organiser les malentendus, les aggraver, les nouer et les dénouer. Musique.

Tous les personnages sont importants, Figaro, Suzanne, Comte, Comtesse..., mais l'un d'eux aimante tout l'opéra, Chérubin, *Cherubino* (qu'il faut entendre, en italien, *Quérubino*). C'est l'ange amoureux, l'androgyne adolescent, chanté en général par une femme, ce qui ajoute à la subversion.

Je ne sais plus ce que je suis
tantôt de feu tantôt de glace
chaque femme me fait changer de couleur
chaque femme me fait palpiter...

Mozart n'a qu'à puiser dans ses émotions enfantines et pubertaires. Il a beaucoup frissonné et brûlé du désir de savoir ce que signifie un désir qu'on ne peut pas s'expliquer. On n'a d'ailleurs rien chanté de plus beau sur ce thème, l'exact symétrique étant l'air du catalogue de *Don Giovanni*. Éros, son carquois, ses flèches, son omniprésence battent là dans la veille, le sommeil, l'eau, l'ombre, la montagne, les fleurs, les sources, l'air, le vent. Chérubin est un enfant de Watteau et de Fragonard, c'est-à-dire d'une suspension historique sans précédent et sans suite, il emporte avec lui tous les paysages, les parcs, les balcons, les terrasses ; il est vraiment *du jardin*. *Amore, diletto* : les femmes se moquent de lui (d'elle), mais sont fascinées et captées. C'est leur reflet.

« Parlo d'amore con me » : je me parle d'amour à moi-même. Comme Mozart fait résonner cette phrase à la face du monde ! On peut cacher Chérubin derrière un fauteuil ou dans un cabinet de toilette, il va ressurgir, affoler la maison, les horloges, les sentiments. Il enflamme les voix, survole les intrigues, fait déraper les calculs, il révèle chacune et chacun à soi. Qu'on le chasse ! Qu'on s'en débarrasse ! Dehors, Mozart ! Va faire ton service militaire ! L'air ironique et sadique que chante Figaro pour envoyer Chérubin à l'armée est devenu célèbre immédiatement (et Mozart ne le reprend pas pour rien dans la scène du dîner de *Don Giovanni*) :

Tu n'iras plus, papillon amoureux,
Voletant çà et là, nuit et jour...

Est-ce un garçon, est-ce une fille ? Il faudrait choisir. Papillon amoureux : *farfallone amoroso. Amoroso* est mieux qu'*amoureux* : un papillon sur des roses, s'arrêtant, butinant, repartant, transportant peut-être un pollen fécondateur (ici, la scène du narrateur de la *Recherche du temps perdu* dans la cour de l'hôtel de Guermantes, la plante de la duchesse, elle-même troublée par ces choses, le baron de Charlus changé en gros bourdon, etc.). Da Ponte et Mozart précisent : ce papillon est un « Narcisse, un Adonis d'amour ». Il ne serait pas mauvais, pour rire, de le rectifier, de le faire passer du fandango à la marche au pas (bonne occasion pour introduire des trompettes et un air martial). Des hommes, des femmes : les uns surexcités, furieux, aveuglés ; les autres convulsives, moqueuses ou plaintives. Une vraie basse-cour. La vie, la guerre des sexes, le quiproquo éternel.

La Comtesse veut récupérer son comte volage : « Rends-moi mon trésor, ou laisse-moi mourir. » Les maris « modernes » sont « infidèles par principe, capricieux par humeur, et jaloux par orgueil ». Ils méritent une leçon. La guitare passe aux mains des femmes. Ils danseront tous, Figaro compris. Plus de deux siècles après, après trente ans de féminisme intensif, les choses ont-elles changé ? On le dit.
Chérubin est un instrument à cordes sensibles. On va l'habiller en femme (ce qui permet une ambiguïté supplémentaire quand le rôle est tenu par une chanteuse qui, de garçon, devient fille). Il croit, lui, comme le chante Leporello dans Don Giovanni, que les femmes *savent* de quoi il s'agit :

Voi che sapete
che cosa è amor
Donne, vedete
s'io l'ho nel cor.

Pizzicatti, clarinette… Vieille et toujours nouvelle histoire. Pourquoi les femmes *sauraient-elles* a priori quoi que ce soit ? L'italien est fondé sur ce registre (Dante et son « *Donne ch'avete intelleto d'amore* »). L'éternel féminin censé nous attirer vers le haut, comme le dira Goethe ? Ou bien « l'éternelle ironie de la communauté », comme le soupçonnera Hegel ? Les deux, sans doute, comme contre-poids à la précipitation masculine. « Vous savez ce qu'il fait », chante, l'air entendu, Leporello dans *Don Giovanni*, en parlant de son maître. Lui ne le sait pas trop, et elles, peut-être, par manque de points de comparaison, non plus. Don Giovanni, Don Juan, en revanche, se moque cyniquement de savoir si elles se rendent compte de ce qu'il fait (les tentatives de viol signent d'ailleurs sa perte). Il passe de l'accord musical à l'acte forcé : là encore, Mozart nous enseigne quelque chose d'harmonique. La musique permanente est difficile, sauf pour le chef d'orchestre.

Chérubin, au contraire, rassure la subsistance féminine : vous savez sûrement ce que je ne sais pas. Ça marche. C'est qu'il est joli et mignon tout plein, ce petit serpent séducteur et ignorant comme on aime. Habileté de Mozart : tout est suggéré, rien n'est frontal. Les hommes veulent transformer ce concurrent gênant en militaire, et les femmes le métamorphoser en elles-mêmes, c'est-à-dire en femme. Entre les deux, la voie de Chérubin, ou d'Éros, est étroite. Tu vas marcher droit, disent les uns. À genoux, qu'on te mette une robe, disent les autres. Le chérubin

Wolfgang, encore une fois, sait de quoi il parle. On lui a fait le coup mille fois.

Admirez ce petit brigand
voyez comme il est beau...
Si les femmes l'aiment
Elles ont assurément leur raison.

Leur raison : leur *perchè*, leur *pourquoi*. Le « pourquoi » féminin a ses raisons que la raison ignore. Un « pourquoi » de roses quant aux papillons.

Mozart est sans aucun doute le premier à rentrer dans les replis de la stratégie féminine. On jette un ruban par-ci, un billet par-là, un mot, un rire, un cri, un soupir. Ça part dans tous les sens, ça chante par petites unités de bec, le grain des notes fourmille. *Les Noces de Figaro*, en dehors de son intrigue passe-partout, est une introduction au poulailler du sérail. Les coqs sont un peu idiots, les poules touchantes et profondes. Leurs ruses et leurs mensonges sont voulus par un dieu moqueur. Comtesse, Suzanne, Chérubin : trio imparable. Que peut le Comte, face à ces changements à vue ? Crier, menacer, s'emporter ? On s'en moque.

Suzanne à Chérubin, jusque-là caché dans le cabinet de la chambre de la Comtesse :

Ouvrez, vite, ouvrez,
vite, sortez d'ici, venez...

« *Di là, di là...* » Souvenir d'enfance de Mozart... « *Che mai, che mai sarà !* » Que va-t-il arriver ? Rien : le mouvement pour lui-même. Folle journée, folie maîtrisée. Le Comte fait très bien le jaloux. Cela permet à Mozart de composer des trios où chacun dit des choses différentes (il va bientôt pousser cet art à ses extrêmes limites sans confusion, ce qui relève du prodige pur). Chaque personnage est dans son obsession, son fantasme, son calcul, son illusion. Tout le monde se trompe, sauf les femmes puisque, finalement, elles nagent encore dans la tromperie même (cela va changer dans les opéras qui suivront). Suzanne tire de tout cela une des leçons possibles :

Jouer avec les hommes
et puis les troubler
avec eux, Madame,
cela finit toujours ainsi.

Guerre sociale, guerre sexuelle, harmonie des voix d'un point de vue orchestral supérieur. Faites l'amour, la guerre continue. Reproduisez-vous, bonne chance. Faites un opéra, tout s'embrase et se calme. Les petites unités vocales enchaînent air sur air (où trouve-t-il tous ces airs, Mozart ?), la concertation est continuelle, les moments déconcertés et dissonants aussi. Arithmétique, géométrie dans l'espace, algèbre. Mathématiques sévères et enjouées. Mozart est un numérique constant, ne l'oublions pas. Introduisez un jardinier lourdaud, par exemple, il est pris dans l'équation musicale, et les accusations redoublent. Tout est mélodieux, cassé, *tressé.* On ne sait plus où l'on est, ce que Mozart veut démontrer. La Comtesse et Suzanne multiplient les *a parte,* et l'*a parte* (là, vous, auditeur) devient un personnage à part. C'est vous, c'est moi, c'est n'importe qui dans le passé ou dans le futur, c'est personne. Here comes everybody. Ces deux-là peuvent chanter ensemble :

Si je me sauve d'une tempête pareille
je n'aurai plus jamais à craindre de naufrage.

Voyez la plume de Mozart courir sur la page. Il est Chérubin, Figaro, le Comte, la Comtesse, Suzanne, Bartholo, Marcellina, les paysans, les paysannes et le jardinier. Plus quelques autres. Il fredonne intérieurement, il place ses voix. Un peu de bouffonnerie supplémentaire ? En voici. Figaro, accusé d'avoir fait une promesse de mariage pour obtenir de l'argent d'une vieille (Marcellina), à l'inverse de Wolfgang qui a été obligé de rédiger une reconnaissance de dette s'il n'épousait pas Constance, découvre en même temps que nous que Marcellina, la plaignante, est sa mère, et le vieux Bartholo, son père. On voulait donc le contraindre à épouser sa mère. *Sua madre !* Enfin, tout s'arrange dans l'émotion familiale truquée, l'argent tombe, et Figaro peut conclure d'un « Je ramasse ! » du plus bel effet. Ah, si on pouvait tout ramasser comme ça, au lieu d'être obligé de payer sans cesse ! C'est Mozart qui vous le dit, et il a des raisons pour ça. Bref, grosses ficelles, imbroglio, bravo. Cette fois, ils sont sept à chanter ensemble. Aucun problème.

Passons au piège. Suzanne feint de dire oui au Comte, qui s'étonne de ce revirement subit. « Une femme a toujours le temps de dire oui », s'entend-il répondre. Donna Anna, bientôt, n'aura pas le temps de s'exprimer ainsi dans les bras de son violeur de nuit. Chérubin a grandi, il s'appelle maintenant Giovanni, il a des appétits violents, il passe carrément à l'acte. Le Comte, lui, a encore des hésitations. Ce n'est pas un si méchant homme, il n'aura pas droit à l'enfer, juste au purgatoire d'être ramené à sa femme qui n'attend que ça. « Tu viendras ? » demande le Comte tout ébaubi à Suzanne. « *Si.* » « Dans le jardin ? » « *Si, si.* » « Tu n'y manqueras pas ? » « *No.* » En réalité, la Comtesse doit venir déguisée en Suzanne. Retrouver le désir de son mari en contrefaisant la servante, quelle délicieuse idée :

Dove sono i bei momenti...

Oui, où sont passés les doux moments de douceur et de plaisir ? « Si seulement la constance de mon amour me laissait quelque espoir... »

Il faut écouter attentivement :

> « *Où sont... les doux moments...* »
> Costanza, speranza... dolcezza, piacer...
> Di cangiar... l'ingrato cor... »

On peut changer ce cœur ingrat ? Peut-être

Cet air, chanté par Cecilia Bartoli, devient incroyable. Il y a d'elle un disque intitulé *Mozart portraits.* Elle chante la Comtesse, elle chante Suzanne. Et Elvira et Zerline, de *Don Giovanni.* Et Fiordiligi et Despina, de *Cosi fan tutte.* Et, comme par hasard, *Exsultate, jubilate* pour finir. Elle est complètement dans l'italien comme aucune autre chanteuse, et absolument dans Mozart, dont elle dit que, comme nul autre, il a compris et écrit tous les rôles correspondant à tous les états féminins possibles. Quel homme fallait-il être pour saisir et déployer ainsi toute la gamme ? Ce curieux garçon, Mystère Mozart.

Les voici maintenant en duo, la Comtesse et Suzanne, c'est la fameuse scène du billet dicté. Comme elles sont rêveuses, soudain, comme elles s'émeuvent ensemble, comme les mots leur suffisent pour tout imaginer !

Quelle douce brise il fera ce soir
sous les pins du petit bois...

La Comtesse va s'habiller en Suzanne, mais pour l'instant c'est elle qui trouve les mots et Suzanne qui copie. Qui copie qui ? Suzanne se trouble. Le petit bois, vraiment, Madame ? Vous en connaissez les dessous ? Vous irez là-bas, habillée en moi-même, à la rencontre de l'échauffement du Comte qui doit vous rappeler quelque chose ? Mais oui, écris, écris donc. Là, c'est le grand art du transvasement. Elles l'aiment toutes les deux, c'est évident, ou du moins ce qu'il représente. On lui demande de désirer, c'est tout.

Le reste, il le comprendra...
« *Il resto capirà...* »

Elles l'aiment, elles s'aiment, à vous de comprendre. Attention, pas de faute de goût, on n'est pas en partouze ou dans un club échangiste, pas non plus dans une mise en scène « branchée » de Mozart. On vous parle de musique, pas de spectacle. On est dans la philosophie du jardin, pas dans le tourisme sexuel, la publicité de boîte, le cinéma, les journaux, la télé. Mais où, alors ? Devinez.

Figaro se trompe à son tour, il croit que Suzanne lui est infidèle. Mais non, mais non, seulement en pensée.

Ouvrez un peu les yeux
hommes imprudents et sots,
voyez ces femmes
voyez ce qu'elles sont.

« *Guardate cosa son.* » Vous pouvez ouvrir les yeux, vous n'y verrez que du feu. Et pour cause. Circulez plutôt, il n'y a rien à voir.

Le reste, je ne le dis pas,
chacun le sait déjà.

Ah bon. Il faudrait peut-être détailler, mais peu importe à l'imprécation machiste, meilleure alliée du simulacre féminin. Les femmes ? Des déesses supposées, mais en réalité des sorcières, des sirènes, des coquettes, des roses épineuses, des renardes rusées, des ourses, des colombes perverses, des expertes en tromperies, des amies du chagrin, des menteuses, etc., etc. Bref, aucun amour, pas de pitié. Quelle apologie rageuse ! Il s'agit bien d'une demande, impossible de ne pas l'entendre. En voilà un qui réclame sa ration d'illusion (Alfonso, dans *Cosi fan tutte,* sera plus philosophe : les femmes, chante-t-il, il faut les *excuser.* De quoi, au fond ? D'avoir à supporter le faux mystère qu'on leur attribue).

Suzanne va pousser à bout son Figaro jaloux par erreur. Elle fait la sirène : « Viens, n'attends pas, joie d'amour… »

Voyez-vous comment, par la seule magie de la musique, les fleurs rient, l'herbe devient fraîche ? On s'y croirait. « Viens, mon bien-aimé caché dans les haies, viens te faire couronner de roses… » Une telle déclaration enchantée ne peut pas s'adresser à moi, mais à un autre. L'autre homme pour un homme, l'autre femme pour une femme sont quand même la préoccupation principale. Un humain sans jalousie n'aurait plus rien d'humain (à la limite, don Giovanni est dans ce cas, il faut que l'au-delà lui-même vienne le chercher sur la scène). Qui ne serait pas furieux d'entendre sa fiancée bramer d'amour en forêt ? Elle simule ? Qui sait ? Elle se parle d'amour à elle-même. Et tous ces hautbois, ces bassons, ces clarinettes, ces flûtes n'ont pas l'air de plaisanter. Tout est joué, tout est sincère. Le faux s'exprime dans le principe de réalité, pas dans celui du plaisir. Ce qui ne veut pas dire que la vérité se cantonne à la réalité, mais que la musique, parfois, peut devenir un intervalle des dieux dans le monde. Les dieux entendent l'air, les mortels uniquement les paroles.

Tout marche à merveille
mais le meilleur manque encore…

Le Comte est venu pour conclure. « Dans l'obscurité ? » lui dit la Comtesse déguisée en Suzanne. « Je ne suis pas venu pour lire », répond-il, et c'est parfait. Il ferait mieux, en effet, d'apprendre à lire, à écouter. La preuve, c'est qu'il ne reconnaît pas la voix de sa femme, alors que, comble d'ironie, Figaro n'identifiera celle de Suzanne que lorsqu'elle lui fera des reproches. « Paix, paix, mon doux trésor, j'ai reconnu la voix que j'adore. » Finalement, qui écoute qui ? On se le demande. Une scène de ménage corsée, et il n'y paraîtra plus, chaque narcissisme est remis à sa place. Pardon, pardon, pardon ! *Non, non !* Mais si, puisque la Comtesse, la plus humiliée dans cette histoire, pardonne. Tout le monde est donc content (enfin, on est prié de le croire), et la folle journée s'achève en folie d'amour général. Bonheur, joie, courons à la fête : « *Corriam tutti a festeggiar !* »

Mozart est fou, il croit que les fêtes sont définitives. Il est fou, mais il gagne. Il fait défiler devant nous à toute allure des vies humaines, avec leurs émotions contradictoires, leurs passions, leurs intérêts, leurs mensonges, leurs malentendus, leurs lumières, leurs ombres. Et puis rien, rideau. Allez dormir. *Ite, opera est.* La nuit, dehors, est chaude, étoilée. Tout est comme avant, comme toujours. Pas tout à fait, cependant. On rejouera cette féerie à ciel ouvert, comme dans un temple.

Succès ou échec à Vienne ? Neuf représentations, c'est peu. Une réflexion aigre du comte Karl Zinzendorf (un *comte*) : « La musique de Mozart est singulière : des mains sans tête. » Tu l'as dit, bouffi ; des têtes vont bientôt rouler dans la sciure.

La surprise, en revanche, c'est Prague. En janvier 1787, Mozart, trente et un ans, habite la villa Bertramka, chez ses amis Duschek (Josepha est une chanteuse qui aura son air de Mozart). Il dirige ses *Noces*, et c'est un triomphe.

« Ici, on ne parle que de Figaro, on ne joue, ne sonne, ne chante, ne siffle que Figaro, on ne va voir d'autre opéra que Figaro et toujours Figaro, un bien grand honneur pour moi, certes. »

Et voici Mozart en concert, d'après Niemtschek : « Jamais encore on n'avait vu le théâtre si plein de monde, jamais un ravissement aussi puissant et unanime que celui éveillé par son jeu divin. Nous ne savions, en effet, ce que nous devions le plus admirer : de sa composition extraordinaire ou de son jeu extraordinaire. »

Le plus souvent, c'est l'un ou c'est l'autre. Mais les deux à la fois, jusqu'à l'ivresse incompréhensible, c'est Mozart.

Le succès des *Noces* à Prague entraîne immédiatement la commande d'un autre opéra. Ce sera *Don Giovanni*, toujours avec Da Ponte comme librettiste, lequel raconte comment il lisait *La Divine Comédie* de Dante pour trouver sa hauteur d'inspiration. Il faut être prêt en octobre. Quel été en perspective, Vienne au mois d'août, et, en désordre sur la table et sur le billard, les papiers d'un mythe à fonder (Molière, que Mozart a lu, n'en a donné que l'esquisse).

Mais comme l'œuvre et la vie, dans certaines circonstances, ne font qu'un, Léopold choisit le printemps 1787 pour mourir. Il est déjà très malade en avril, ce qui nous vaut la lettre la plus extraordinaire de Wolfgang :

« J'apprends maintenant que vous êtes vraiment malade. Je n'ai pas besoin de vous dire avec quelle impatience j'attends une nouvelle rassurante de votre propre plume ; et je l'espère aussi, fermement — bien que je me sois habitué à imaginer toujours le pire en toutes circonstances. Comme la mort (si l'on considère bien les choses) est l'ultime étape de notre vie, je me suis familiarisé depuis quelques années avec ce véritable et meilleur ami de l'homme, de sorte que son image non seulement n'a pour moi plus rien d'effrayant, mais est plutôt quelque chose de rassurant et de consolateur ! Et je remercie mon Dieu de m'avoir accordé le bonheur (vous me comprenez) de le découvrir comme *clé* de notre véritable félicité. Je ne vais jamais me coucher sans penser (quel que soit mon jeune âge) que je ne serai peut-être plus le lendemain — et personne parmi tous ceux qui me connaissent ne peut dire que je sois d'un naturel chagrin ou triste. Pour cette félicité, je remercie tous les jours mon Créateur et la souhaite de tout cœur à tous mes semblables. Dans ma lettre, je vous exposais ma manière de penser sur ce point (à l'occasion de la triste disparition de mon excellent meilleur ami le comte von Hatzfeld), il avait tout juste trente et un ans comme moi ; ce n'est pas *lui* que je plains, mais plutôt, et cordialement, moi et tous ceux qui le connaissaient aussi bien que moi. J'espère et souhaite que vous alliez mieux au moment où j'écris ces lignes ; si contre toute attente vous n'alliez pas mieux, je vous prie par... de ne pas me le cacher et de m'écrire, ou de me faire écrire, la vérité pure, afin que je puisse aller me blottir dans vos bras, aussi rapidement qu'il serait humainement possible ; je vous en prie par tout ce qui — nous est sacré. »

« Ce véritable et meilleur ami de l'homme » : *Tod*, la mort, est au *masculin* en allemand (comme la mer est au masculin en italien ou en espagnol). La mort est *un ami*.

« Vous me comprenez » est une allusion maçonnique transparente. *Clé* doit aussi s'entendre comme un signe musical (clé de *sol*).

« Je suis un inventeur bien autrement méritant que tous ceux qui m'ont précédé, un musicien même qui ai trouvé quelque chose comme la clé de l'amour » (Rimbaud).

Les points après « je vous prie par... » sont, de la main de Mozart, une autre allusion maçonnique (trois points) très claire.

On lit bien « mon Dieu », « mon Créateur » et « félicité ».

En français, on peut dire : « la liberté ou la mort », deux féminins. En allemand, c'est « la liberté ou *le* mort ». Il ne s'agit pas d'un détail.

Que dit en somme Wolfgang à son père ? Vous savez, votre mort n'est pas plus importante que la mienne à laquelle vous ne pensez pas, mais vous avez tort, car moi j'y pense sans cesse. Mon excellent ami le comte Hatzfeld est bien mort à trente et un ans, mon âge (erreur : Hatzfeld, chanoine violoniste, avait deux ans de plus que Mozart). Cela m'a beaucoup affecté (il n'y a pas que de mauvais comtes dans la vie). Donc, si vous mourez, mon cher papa, c'est *moi* et non pas vous qu'il faudra plaindre.

Amen.

Wolfgang n'ira pas à l'enterrement de son père. Le 2 juin, il écrit à sa « sœur chérie » qu'il lui est « absolument impossible de quitter Vienne actuellement » (opéra d'abord). Pour le règlement de la succession, elle n'a qu'à organiser une vente publique, sans oublier de lui verser sa part : « Ma très chère excellente sœur ! Si tu étais dans le dénuement, tout cela serait inutile. Comme je l'ai déjà pensé et dit mille fois, je te laisserais tout avec un véritable plaisir. Mais comme cela t'est, pour ainsi dire, inutile, et que, par contre, c'est pour moi un réel secours, je pense qu'il est de mon devoir de penser à ma femme et à mon enfant. »

Froideur apparente, débordement d'émotion maîtrisé dans la musique de chambre : c'est le système Mozart. Il suffit d'écouter les deux saisissants quintettes pour cordes en *ut* et en *sol mineur.* Ébranlement, angoisse, interrogations, joie. Le violoncelle résonne sur fond de cercueil. Quintette : quintessence. Les quatre éléments plus un, qui doit se dégager, invisible et impalpable, dans l'opération.

Quintessence : substance éthérée et subtile tirée du corps qui la renfermait et dégagée des quatre éléments plus épais. Ce qu'il y a de principal, de meilleur, de plus parfait dans quelque chose. Exemple : *la quintessence d'un livre.*

Rien d'« éthéré » au sens précieux, dans cet éther. Au contraire : la violence même.

Quinte est aussi un terme de musique et de voix (la toux est une dissonance).

Nul doute que Wolfgang pense souvent à sa puissante *Musique funèbre maçonnique* K. 479 A, du 10 novembre 1785, dont H.C. Robbins Landon écrit :

« Avec cette pièce imposante et sombre, Mozart montre qu'il était, comme la plupart des grands compositeurs, d'une religiosité qui allait bien au-delà du respect des simples conventions de pratiquant. Dans la section centrale de la *Maurerische Trauermusik*, Mozart se tourne vers le chant grégorien de la semaine de la Passion, d'une beauté intemporelle, *Incipit lamentatio*, le début des lamentations du prophète Jérémie. Les auditeurs du XVIIIe siècle auraient aussitôt compris l'allusion à ce *cantus firmus* bien connu ; Joseph Haydn l'avait utilisé dans plusieurs œuvres, notamment la célèbre *Sinfonia lamentatione* (n° 26 en *ré* mineur). Mozart associe ainsi la foi chrétienne traditionnelle à la religion de son cœur, pour produire une de ses œuvres les plus profondes et les plus émouvantes. »

Échappée lumineuse du dernier accord : calme et métamorphose.

Et voici le diable. C'est ici l'occasion de rappeler la formule de Hegel, qui vaut tout particulièrement pour celui que nous appelons « Mozart » : « Ce qui est bien connu en général, précisément parce qu'il est bien connu, n'est pas connu. C'est la manière la plus courante de se faire illusion et de faire illusion aux autres que de présupposer que quelque chose est bien connu et de s'en contenter. »

Il est temps, dit l'ouverture de *Don Giovanni*, de vous raconter un peu le fond des choses et de remuer l'enfer. On n'est pas dans les nuages, on descend, un vent noir, gai et salubre, se lève. C'est parti.

Elle a été composée à la hâte, cette ouverture, dans les derniers moments précédant la représentation à Prague, le 29 octobre 1787. Constance a raconté comment elle maintenait Wolfgang éveillé pour qu'il continue à écrire.

Le rideau se lève. Il y a dans la salle un spectateur attentif, venu en voisin de Dux, en Bohème, où il est en exil. Tout indique qu'il a rencontré Mozart et qu'il a inspiré l'air du catalogue. C'est peu après qu'il va décider d'écrire l'histoire de sa vie. C'est un bel homme, grand, à peau très brune. Il se nomme Casanova.

Sur scène, Figaro a changé de nom, il s'appelle Leporello, et il est retombé sous la coupe d'Almaviva. Ou plutôt, Almaviva était un amateur à côté de Don Giovanni, tyran explosif. Mozart est divisé : s'il y avait un noble allant jusqu'au bout de sa constitution et de ses possibilités, une force suprasociale et supranaturelle, un vrai grand seigneur méchant homme et n'en ayant pas honte, est-ce qu'il dirait enfin la vérité ? N'aimerait-on pas être lui, renversant tout sur son passage, gagnant l'enfer à ciel ouvert comme d'autres en catimini leur rente au paradis ? « Je ne veux plus servir », chante tout de suite Leporello, « je veux faire le gentilhomme ». On l'approuve. « Je veux me divertir », n'arrête pas de chanter son maître, et on n'a pas envie de lui donner tort.

Leporello est dehors, en sentinelle, pendant que l'autre est à l'intérieur avec sa belle. Servir Don Giovanni est accablant, on mange mal, on ne dort pas, mais, finalement, il n'est pas exclu qu'on s'amuse. Cet aristocrate a un côté populaire, on le voit mal s'embourgeoiser à l'horizon du temps. Au fond, c'est un anarchiste, ni dieu ni maître, mais cela va lui attirer des ennuis. « Traître ! Scélérat ! » Voilà, le drame commence. Vous avez reconnu les cris de Donna Anna.

Mozart a décidé de commencer par une effraction et un viol. Les *Noces*, c'était bien, mais les humains n'ont pas assez écouté la profondeur de la musique. On va leur montrer qu'il ne s'agit pas de divertissement, on va les terroriser, ces grands enfants abrutis qui vivent leurs petites histoires d'amour, leurs couplaisons d'intérêts hypocrites et tièdes. Votre fille, cher président-directeur général-Commandeur, voilà ce que j'en fais : une poule comme une autre. Je la force, et quant à son irréprochable papa qui surgit pour m'arrêter et m'empêcher de fuir, je l'expédie dans l'autre monde, après un bref duel à l'épée (on sent la lame s'enfoncer, avec les cordes de l'orchestre, dans la poitrine du vieillard, Mozart ne se prive de rien).

Tu veux donc mourir, pauvre papa-la-morale ? Eh bien, meurs. Ici, sur scène, de la stupeur, de l'effroi, presque de la tendresse. Le Commandeur-Léopold expire (« je sens mon âme partir »), et Don Giovanni a un mot de douceur (« Ah, le malheureux succombe »). Ils sont musicalement dans les bras l'un de l'autre. Ils se reverront, mais cette fois leur poignée de main sera digne de la légende, et scellée dans la pierre.

Meurtre du père ? Sans doute, mais non sans une tentative de violer sa fille, c'est-à-dire sa propre sœur. Anna est un beau prénom, qu'on entend dans la Suzanne des *Noces*, et vous avez le droit d'imaginer Nannerl échevelée et pantelante penchée sur le corps sanglant de son père adoré trucidé par le méchant Wolferl (après tout, Wolfgang est bien en train de s'approprier à lui seul le nom de *Mozart*).

> *Mon père, mon père adoré*
> *Ce sang, cette plaie, ce visage*
> Non respira piu-

Difficile de composer un début plus fulgurant. En quelques minutes, un viol avorté, un meurtre, une lamentation. Tout est parfait, chaque voix a la sympathie du compositeur lui-même. Plastique de Mozart : quand il est dans la voix d'un rôle, il l'est intégralement : libertin déchaîné, valet révolté et curieux, père mourant, fille bouleversée, fiancé idyllique. Le voici, Ottavio, il réitère sa proposition d'amour, comme un satellite tournant autour de sa sombre planète féminine (et Leporello et Elvire sont aussi captés en orbite autour de l'astre Don Giovanni). Mozart est un astrophysicien, il connaît exactement les mouvements des corps, leurs affinités, leurs répulsions, leurs attractions, leur magnétisme, leurs éclipses, leurs ellipses. « Console-toi, dit Ottavio à Anna, je vis pour toi. » Comment ça, me consoler, tu rêves ? Tu me parles d'oubli et d'amour devant le cadavre de mon père alors que je viens d'échapper à un viol ? Non, un seul mot : « *Vendicar !* Vengeance ! » Tu n'es pas à la hauteur de l'amour à mort (Don Giovanni le serait-il ?). Les Érinnyes sont lâchées. Le meurtrier peut toujours courir, il sera rattrapé, le sang l'exige. La mort d'abord, l'amour on verra ensuite. « Tu jures ? — Je jure. » Et les deux en duo, sublimes : « Quel beau serment ! Quel moment barbare ! »

Leporello est choqué : « La vie que vous menez, Monsieur… » Et Don Giovanni : « Silence, je crois sentir une odeur de femme. » Cette « *odor di femmina* » (qui n'est pas seulement olfactive) est révélatrice. Question de nez sans doute, parfum, peau, mais aussi émanation subtile. Le héros est un animal : il n'a pas froid aux yeux, son instinct et ses narines discernent mieux l'espèce et le genre que les personnes. Le comique veut qu'il « sente » ainsi l'arrivée de sa propre femme, Elvire (nom très bien choisi puisqu'elle a viré à la virago), laquelle ne porte pas sur elle des senteurs d'Arabie. Elle est en effet magnifique de rage, elle écume contre celui qui l'a abandonnée, « j'arracherai son cœur, *cavare il cor* ». C'est Junon tout entière à sa proie attachée. Les insultes se suivent, menteur, perfide, monstre, scélérat, modernisons-les, salaud, crapule, ordure.

On entend beaucoup le mot *scellerato*, scélérat, et il est dommage qu'il ait disparu. Elvire brûle de haine contre son mari. Bref, elle l'adore.

La pauvre, dit Don Giovanni qui ne l'a pas reconnue (c'est tout lui), la pauvre... Je vais aller la consoler. « Comme vous en avez consolé mille et huit cents », réplique Leporello, qui a le temps de glisser cette ironie à propos d'Elvire : « Elle parle comme un livre » (on va donc lui en lire un, scandaleux, à haute voix). *Poverina*... Ciel, ma femme ! Petite scène de ménage à la Mozart, et puis vient l'air des airs, le super-air que tout le monde connaît ou devrait connaître, chanté par Leporello, celui du catalogue (Casanova, dans la salle, décide à ce moment-là de dérouler bientôt le sien).

Madame, consolez-vous, vous n'êtes pas la première ni la dernière. Regardez ce petit livre, observez et lisez avec moi.

Don Giovanni est un homme de liste et d'arithmétique. Dans Molière, Don Juan n'a qu'une seule chose à dire à Sganarelle qui lui reproche de ne croire à rien : « Je crois que 4 et 4 font 8. » La passion numérique de Mozart s'en donne ici à cœur joie. (Était-il joueur, ce qui expliquerait ses dettes croissantes et sa situation financière désastreuse ? On n'en a pas la preuve, mais c'est probable.)

En Italie 640 (normal), en Allemagne 231 (c'est beaucoup), en France 100 (c'est peu), en

Turquie 91 (c'est héroïque), mais en Espagne, ah, en Espagne, nous en sommes déjà à 1 003. Voici ce fameux « *mille tre* », cliché absolu, comme les *Mille et Une Nuits* dans un autre genre.

Or, faites l'addition. *Pour l'instant*, Don Giovanni en est à 2 045. Ce chiffre ne demande qu'à s'augmenter devant vous ou plus tard, mais comme il faut avoir quelque chose à raconter pour satisfaire la jalousie ambiante, on va montrer maintenant les échecs de Don Giovanni (Leporello ne nous dit pas s'il y a eu des échecs antérieurs, on ne note que les réussites).

Détaillons, au grand scandale du public : la blonde est gentille ; la brune, constante (*Constanza* !) ; la blanche, douce ; la grosse est pour l'hiver ; la maigre pour l'été ; la grande est majestueuse (écoutez la musique sur *maestosa*) ; la petite, gracieuse, et la petite, c'est la *piccina*, la *piccina*, la *piccina*, la *piccina*, la *piccina* : on en mangerait, dit Mozart). Si elles sont vieilles, il y a le plaisir de les rajouter à la liste, d'ailleurs elles peuvent être vilaines ou belles, riches ou pauvres, villageoises, soubrettes, bourgeoises, comtesses, duchesses, marquises, princesses, de tous âges et de tous rangs. Don Giovanni est un démocrate acharné, aucune apparence sociale ne l'arrête, c'est même un révolutionnaire, et on pourrait dire aujourd'hui que pour lui une actrice de cinéma vaut une charcutière, une femme ministre une lingère, une universitaire une bouchère, une journaliste une boulangère, une sportive une ménagère, une avocate une pâtissière, une financière une épicière. L'effet Don Giovanni trouble aussi bien l'ordre social que l'ordre sexuel (c'est le même). Mais le monstre a quand même, parmi tout ce qui porte « une jupe » (il faudrait qu'il s'habitue maintenant au pantalon et au collant), une passion dominante, et même *prédominante*, la jeune débutante (*principiante*). Elle ne sait rien, on peut plus facilement l'abuser (ici les mères et les pères tremblent dans la salle).

Mozart paiera cher, à Vienne, ce genre de plaisanterie. À partir de là, sans bruit, mais avec une efficacité redoutable, il aura affaire au refoulement originaire, c'est-à-dire à la Reine de la Nuit. Il sera mis à l'écart, oublié, *omis*. Comme si les comtesses et les duchesses allaient accepter d'être du bétail compté sur le même plan que des femmes du peuple. Comme si une star d'aujourd'hui était de la même substance qu'une infirmière de nuit.

Mais l'essentiel, au point où nous en sommes, est la croyance manifestée par Leporello : « Vous, vous savez ce qu'il fait. » Vous : il s'adresse à Elvire (quel tact !), mais aussi à vous, les femmes de Don Giovanni, et enfin à vous toutes, femmes en général. Qu'est-ce qu'il fait donc ? Racontez-le, qu'on s'amuse (ici des tonnes de mauvaise littérature sont annoncées, sentimentale ou pornographique).

La fureur d'Elvire augmente, son masochisme aussi, elle n'est plus que vengeance, mais il est permis de se demander pourquoi elle s'obstine dans cette pulsion négative. Elle la chante admirablement, donc elle en jouit. Arrive l'histoire de la gentille Zerline, fiancée de Masetto. Elle plaît à Don Giovanni, qui lui assène d'emblée l'argument suprême : « Je veux t'épouser. — Vous ? — Moi. Je ferai ta fortune. — Ah, je faiblis. — Allons-y. — Je voudrais et ne voudrais pas. » Et puis, donne-moi la main, et puis « *andiam, andiam, mio bene* ».

Puissance de la voix séductrice : Mozart veut révéler sa force hypnotique, et il a des raisons pour ça (il est caché derrière). Que la musique, plus encore que le pouvoir ou l'argent, *produise* l'amour, est démontrable. Peut-elle être plus forte que la mort ? Encore quelques désillusions (*Cosi*), quelques points sur les i (la *Clémence*), et ce sera le sujet fondamental de la *Flûte*. *Don Giovanni* n'est pas l'opéra du pardon mais de l'exorcisme. Ce qui n'empêche pas la surveillance sociale de penser que ce « *dissoluto* » n'a pas été assez puni. Pourquoi avoir choisi un tel personnage ? Avoir mis tout un opéra entre l'enfer et lui ?

Elvire accuse maintenant Don Giovanni en public (« plus de prudence »). « Mais je veux seulement me divertir », dit-il, enfantin. Comme si l'existence était un divertissement ! Une free-party ! Il veut faire passer Elvire pour folle, mais Donna Anna, qui a une bonne mémoire auditive, reconnaît la voix de son violeur (« je suis morte »). Mozart lui fait maintenant raconter avec une étrange passion l'agression dont elle a été victime. Le monstre n'a quand même pas été jusqu'au bout ? Non, dit Donna Anna en pleine convulsion. « Ouf, je respire » dit Ottavio dans un souffle merveilleusement comique.

La nuit était avancée — un homme apparaît. Vous ?
Non, un autre —
il s'approche, m'enlace, me tord —
je me délivre — j'appelle — mon père apparaît —
il meurt —

Il s'ensuit « *un giusto furor* ». La fureur est toujours juste, le plaisir ambigu. Ce n'est pas le même air.

Pendant la fête qu'il donne, Don Giovanni espère trouver sa nourriture préférée : « ma liste doit augmenter ». Pourquoi une liste ? Pour défier la prétention féminine qui consiste à s'approprier le nombre et à arrêter les comptes (appropriation du mâle, installation, rentabilité, enfants). Les deux sexes ne calculent pas de la même manière, c'est tout le problème. Meurent-ils de la même mort ? Rien de moins sûr. Pamina et Tamino sont pourtant en route.

Le trio des offensés (Elvire, Donna Anna, Ottavio) fait merveille en appelant toujours à la vengeance du « juste ciel ». Il faudra en effet que l'au-delà se dérange pour les exaucer. Zerline, elle, va crier à l'aide dans un instant (quand elle va découvrir que le mariage hypothétique passe après l'acte et non avant). Masetto, pauvre Figaro déchu et battu, rumine son humiliation. Là, pourtant, intervient un moment sublime : Don Giovanni chante l'ouverture *à tous*, sans distinction, des réjouissances. Il déclenche ainsi un « vive la liberté » inoubliable :

E aperto a tutti quanti
Viva la libertà !

C'est un hymne bref, mais mondial. Rien à voir avec la 9e symphonie et l'« Hymne à la joie » de Beethoven. On n'est pas au Panthéon mais en pleine campagne illuminée. C'est l'hymne personnel de Mozart.

On danse, Don Giovanni passe à l'acte avec Zerline, elle appelle au secours, remue-ménage intensif. Décidément ce séducteur est maladroit, ou bien il aime se faire prendre, avant conclusion, la main dans le sac. Préfère-t-il désormais le scandale à l'effectuation assurée ? On peut le penser, mais alors il faiblit, puisqu'un professionnel s'entoure d'une discrétion et d'une impunité impénétrables. On comprend qu'il soit un peu sonné par tous ces contre-temps :

Ma tête est un peu confuse —
Une horrible tempête me menace —
Mais le courage ne me manque pas
je ne me perds pas —
Si le monde sombrait,
je n'aurais pas peur —

Ces professions de foi sont importantes dans la mesure où Mozart lui-même sent bien que son existence est menacée et risque de sombrer dans le pur souci matériel. Pendant que Don Giovanni fait le joli cœur à voix de velours pour tromper Elvire (« Descends, ma belle joie, crois-moi ou je me tue »), les nuages épaississent. Mais, là encore, Mozart veut nous faire sentir que la musique plane au-dessus de tout, traverse tout, éclaire et transforme tout.

La preuve : Leporello, déguisé en Don Giovanni, « se réchauffe » au fur et à mesure qu'il drague Elvire ; celle-ci, charmée, est prête à céder de nouveau à son scélérat, et se contente de ses habits pour l'identifier (manque d'oreille) ; Don Giovanni, lui, lévite vers un balcon avec sa mandoline. Une *sérénade* (« *Deh vieni alla finestra, o mio tesoro* »), et la féerie, pour un temps, suspend toutes les catastrophes. Tout le monde est trompé, sauf le joueur (Mozart) et sa marionnette (le monstre mélodieux). En réalité, l'opéra révèle à l'envers la prostitution sous-jacente qui anime les rapports humains. Mais ce qu'une prostituée accomplit par nécessité, l'aristocrate absolu, l'homme de la dépense incessante, le fait par plaisir, et s'en vante. On ne le lui pardonnera pas.

Voyez-le maintenant sauter le mur d'un cimetière en éclatant de rire. Le clair de lune est magnifique, et il doit y avoir, ici ou là, quelque *ragazza* à *lister*. Don Giovanni riant et poursuivant son idée fixe à travers les tombes : un comble. Hamlet, pensif dans un coin, n'en revient pas (il est vrai que nous sommes en Espagne, pas au Danemark). En passant (puisqu'il s'est déguisé en Leporello pour séduire la camériste d'Elvire), le monstre raconte à son valet comment il a eu une bonne fortune avec une de ses petites amies. « Mais si ç'avait été ma femme ? » demande Leporello. « Mieux encore ! » Cet animal est accablant. D'autant plus que Leporello (déguisé en Don Giovanni pour entraîner Elvire) a été pris, démasqué, et n'a dû son salut qu'à des supplications larmoyantes (« *Pietà !* Pitié ! »).

Cette fois, la coupe est pleine. L'enfer, bafoué, se réveille. La voix du Commandeur retentit (« Ton rire finira avant l'aurore — recule, audacieux, laisse les morts en paix »). Il a une belle voix d'outre-tombe, le Commandeur, mais surtout une statue de notable ou d'académicien d'autrefois sur son tombeau. On a même gravé sur la dalle qu'il attend sa vengeance. Mais oui, nous y sommes : les morts, les pauvres morts ont de grandes douleurs, ils ne reposent pas du tout en paix pour l'éternité, on les réduit mal en cendres ou bien on les parque dans des cimetières de très mauvais goût, ils ont envie de se venger, c'est la moindre des choses. Le plus souvent, ils ne peuvent le faire qu'à travers les rêves. Le père de Hamlet erre la nuit à la recherche de son fils, le Commandeur, lui, fait bouger sa statue quand Don Giovanni, par dérision, l'invite à dîner. « Parle, si tu peux ! » Et le convive de pierre : « *Si.* »

La scène est inouïe, et scandaleuse. Les Viennois le prendront très mal. Mozart livre ici sa vérité révoltée : non, il n'y a rien à entendre dans les squelettes ou dans les urnes, l'instrumentation de la peur de la mort n'est pas une fatalité indépassable. Insensiblement, l'opéra est entré en pleine métaphysique débordée.

Shakespeare et Mozart : révélations d'une nuit d'été.

Être ? Ne pas être ?

La musique répond : *être.*

Nietzsche écrit dans *Ecce homo* : « ... un idéal de bien-être et de bienveillance humainement surhumain qui paraîtra facilement inhumain quand, par exemple, prenant place à côté de tout ce sérieux qu'on a révéré jusqu'ici, à côté de toute la solennité qui a régné jusqu'à ce jour dans le geste, le verbe, le ton, le regard, la morale et le devoir, il se révélera involontairement comme leur parodie incarnée ; lui qui pourtant est appelé peut-être à inaugurer l'ère du grand sérieux, à poser le premier à sa place le grand point d'interrogation, à changer le destin de l'âme, à faire avancer l'aiguille, à lever le rideau de la tragédie... »

Qui comprend qui ou quoi ? Donna Anna poursuit son plan de vengeance et son amour désolé pour Ottavio, qui la traite de « cruelle » (« moi ? cruelle ? ») ; Leporello aura de plus en plus peur ; Elvire sera de plus en plus furieuse et Don Giovanni de plus en plus déchaîné. La statue du Commandeur, pendant ce temps, a quitté le cimetière pour venir lentement, à pas lourds, sur scène. Vous allez voir ce que vous allez voir.

Le monstre musical veut se divertir et a très bon appétit (comme son auteur). Il mange même comme un cochon, un *marrane* (*marrano*), attention aux carbonades futures. Ou bien Mozart, quand il écrivait en pleine santé *La Flûte enchantée*, a en effet avalé des côtes de porc avariées ayant provoqué sa mort, ou bien il a été empoisonné par X ou Y. Ou les deux.

Non seulement il bouffe (il n'y a pas d'autre mot), mais il tient à dîner en musique. Théâtre dans le théâtre : petit orchestre de vents sur scène, citations de deux concurrents, Martini et Paisiello, et puis hommage ironique à un excellent compositeur (« Cet air-là, dit Leporello, je ne le connais que trop ! »), celui des *Noces de Figaro.*

Trop, c'est trop. Elvire fonce pour « sauver » Don Giovanni de la bauge dans laquelle il se vautre, et ne récolte que des sarcasmes (« Laisse-moi manger, ou, si tu veux, mange avec moi ! »), et un message personnel de Wolfgang Amadeus Mozart :

Vive les femmes, vive le bon vin !
Soutien et gloire de l'humanité !

(Dans une version ancienne de l'opéra — celle de Giulini — ce passage fameux était traduit ainsi : « Vive la volupté, vive la table, qui donnent vie et joie au genre humain. » Difficile de faire plus comique et refoulé en aussi peu de mots : plus de femmes, plus de vin, plus de soutien, plus de gloire et même plus d'humanité.)

Bon, le temps presse. La statue pierreuse arrive en faisant craquer les planches (« Ta ! Ta ! Ta ! Ta ! »), Elvire part dans un grand cri, Leporello est terrorisé (« Nous sommes tous morts ! »). « Je ne l'aurais jamais cru », dit Don Giovanni, toujours rationaliste mais étonné quand même. Peu importe, à table, il suffit d'ajouter un couvert. « Les morts ont une nourriture céleste, répond le Commandeur, tu m'as invité à dîner, je t'invite à mon tour. » De nouveau, déclaration de courage et de fermeté de Don Giovanni, personnage qui va jusqu'au bout en toute lucidité (c'est rare). Et, enfin, la poignée de main dissolvante. « Repens-toi à ton dernier moment ! *Pentiti !* » *« No »* — *« Si »* — *« Si, Si »* — *« No, No ! »*

Le Commandeur : Si ! Si ! Scélérat !

Don Giovanni : Non, vieil infatué ! *Non !* (Crié.)

Ce « *vecchio infatuato* » traverse, à la verticale, les siècles passés et futurs. Le *si* impératif et dictatorial descend et tombe, alors que le *no* libertaire monte et culmine. Ce *non* est un *oui* dont le Commandeur et sa compagnie (tous les Commandeurs, toutes les compagnies) n'ont aucune idée.

Il ne reste plus à la société qu'à punir cette affirmation extravagante. La main du Jugement dernier paralyse Don Giovanni, mais sa souffrance sera brève. Le chœur des diables s'agite, un gouffre de feu s'ouvre, les victimes du monstre sexuel ont le temps d'entendre, avec plaisir, qu'il a les viscères en ébullition et l'âme déchirée, et puis il sombre.

Après ce rideau de fumée, Mozart fait chanter chacune et chacun sur le mode de la tranquillité retrouvée. Ottavio voudrait bien maintenant disposer de Donna Anna, mais elle le renvoie à l'année prochaine. Elvire, elle, va rentrer au couvent, perspective peu musicale, mais la morale est sauve, c'est-à-dire le principe de réalité : « Ainsi finit celui qui fait le mal, et la mort du perfide est toujours égale à sa vie. »

Le public est-il pour autant rassuré ? Personne ne le pense.

Mozart vient d'inventer une nouvelle note de la gamme : le *no majeur*. Le *si mineur* habituel a gagné, mais ce *no* a résonné une fois pour toutes, il est enchanté.

Un diable ? Un saint ? Un saint sous l'apparence du diable ?

Qui sait ?

Il n'est sans doute pas inutile de rappeler ici les derniers moments de Giordano Bruno, brûlé à Rome en 1600 :

« Sa dernière déclaration fut pour dire : 1. Qu'il n'avait pas le désir de se repentir. 2. Qu'il n'y avait pas lieu de se repentir. 3. Qu'il n'y avait pas de matière sur laquelle se repentir. En conséquence de quoi, on décida de brûler : 1. Les livres. 2. Leur auteur. 3. Des branches de chêne-liège. »

Le succès de *Don Giovanni*, le 29 octobre, a Prague, est complet.

« M. Mozart dirigeait lui-même l'orchestre, et, lorsqu'il parut, il fut salué par une triple acclamation. »

Vive Prague.

Josepha Duschek, à la villa Bertramka, l'enferme un jour pour rire dans un petit pavillon pour qu'il lui écrive un air promis. Ce sera *Bella fiamma addio !* où, pour rire à son tour, il a multiplié les difficultés vocales.

« Mozart écrivait tout avec une rapidité et une légèreté qui pouvaient, à première vue, sembler de la facilité ou de la hâte. Il n'allait jamais au clavecin en composant. Son imagination lui présentait l'œuvre tout entière, nette et vivante, dès qu'elle était commencée. Sa grande connaissance de la composition lui permettait d'en embrasser d'un coup d'œil toute l'harmonie. On rencontre rarement, dans ses partitions ou brouillons, des passages raturés ou biffés. Il ne s'ensuit pas qu'il n'ait fait que jeter ses œuvres sur le papier. L'ouvrage était terminé dans sa tête avant qu'il se mette à écrire. »

Mystérieux Mozart : à peine vient-il de donner son *Don Giovanni*, qui pourrait passer pour une apologie à peine déguisée de la débauche, qu'il fait un cours de morale à un de ses amis, Emilian Gottfried von Jacquin.

« Vous semblez avoir abandonné maintenant votre ancienne manière de vivre quelque peu *agitée* ; vous vous persuadez un peu plus chaque jour du bien-fondé de mes petits sermons, n'est-ce pas ? Le plaisir d'un amour volage, capricieux, n'est-il pas éternellement éloigné du bonheur que procure un véritable et raisonnable amour ? Vous me remerciez certainement bien souvent, dans votre cœur, pour mes leçons ! »

Ironie ? Oui et non. Aucune relation de Mozart n'a été et ne reste aussi peu comprise que celle qu'il a eue avec Constance, sa femme. Peut-être est-ce là, dans cet attachement passionné dont tout indique qu'il a été largement réciproque, qu'est le vrai scandale ? *Don Giovanni* d'un côté, « un véritable et raisonnable amour » de l'autre ?

Qui sait ?

En mai 1788, à Vienne, *Don Giovanni* est un échec. « Trop difficile », dit-on, pour ne pas avoir l'air trop clérical. L'empereur Joseph II laisse tomber : « Ce n'est pas un plat pour les dents de mes Viennois. » Commentaire de Mozart : « Laissons-leur le temps de le mâcher. » Ils ne vont rien mâcher du tout, mais remâcher leur haine.

C'est le prude Beethoven, dans son jugement négatif sur *Don Giovanni*, qui dévoile le pot aux roses : « L'art ne devrait jamais se laisser détourner par l'extravagance d'un sujet aussi scandaleux. »

Tout le XIXe siècle appliquera cette sentence.

À partir de là, tout semble aller très vite. Le public se détourne (mais qui le lui a conseillé ?), les critiques allemandes sont pincées (ainsi dans un journal de Francfort, cette perle : « Mozart semble avoir emprunté à Shakespeare le langage des fantômes »), la petite Thérèse meurt à l'âge de six mois, Constance est presque aussitôt de nouveau enceinte d'une autre fille qui mourra elle-même au bout d'une heure, les Mozart déménagent, Constance s'use et aura bientôt des problèmes d'ulcères variqueux qui l'obligeront à aller en cure à Baden, près de Vienne ; bref, le tourbillon du souci.

L'horizon de Wolfgang, désormais, s'appelle argent, et encore argent, et toujours argent. Jeu ou pas, son existence devient une roulette. Combien de fois n'aura-t-il pas écrit, d'une main hâtive, le mot *florin*, le mot *ducat*. Les dettes s'accumulent, les demandes de prêt aussi. Les souscriptions ne marchent pas, la liste des personnes contactées s'épuise. Apparaît ici un personnage très important dans la vie quotidienne de Mozart à cette époque : son ami franc-maçon Johann Michael Puchberg, riche négociant en soieries, rubans, mouchoirs, velours et gants. Il n'habite pas n'importe quelle maison : c'est celle du comte Walsegg, commanditaire du *Requiem*, qu'il voulait faire passer comme étant son œuvre (et il est donc possible que Puchberg ait joué un rôle dans cette étrange transaction, source de tant de légendes).

Toutes les lettres, nombreuses, de Mozart à Puchberg ne nous sont pas parvenues, mais elles ont un caractère d'urgence, de supplication, de désarroi intenses. « Très cher Frère ! Votre sincère amitié et votre amour fraternel me donnent la hardiesse de vous demander un grand service... » « La certitude que vous êtes *mon véritable ami* et que vous me savez être *un homme honorable* m'encourage à vous ouvrir mon cœur et à vous adresser la demande suivante... » « Je n'aurais maintenant pas le cœur de me présenter devant vous car je dois vous avouer franchement qu'il m'est impossible de vous rembourser si vite ce que vous m'avez prêté, et je suis contraint de vous prier de patienter à mon égard ! » « Si vous, très cher Frère, ne m'aidez pas dans cette situation, je perds mon honneur et mon *crédit*, qui sont les deux seules choses que je tiens à préserver... » etc.

Puchberg, de temps en temps, note en bas de page « Envoyé 100 florins, 200 florins, 150 florins », c'est-à-dire, en général, le minimum des sommes demandées par Mozart. Et le cœur se serre quand on lit ce post-scriptum de la main de l'auteur de *Don Giovanni* : « Quand ferons-nous à nouveau chez vous une petite *musique* ? J'ai écrit un nouveau trio ! »

Mozart emprunte donc un peu partout, notamment à Franz Hofdemel, autre franc-maçon, dont la femme, Magdalena, est son élève. Le lendemain de la mort de Wolfgang, Hofdemel tentera d'assassiner sa femme enceinte avant de se suicider. La rumeur voudra que Mozart ait été le père de l'enfant. Il aurait donc forcé sur l'emprunt, ce qui est pousser la fraternité un peu loin.

Comment, dans ces conditions d'instabilité permanente, arrive-t-il à écrire pendant l'été 1788, et coup sur coup, ses trois grandes dernières symphonies « jupitériennes » en effet ? Mystère. Humain ? Non. Divin ? Non plus. Surhumain, « génie » ? Sans doute, mais qu'est-ce que cela veut dire ?

Heureusement que Mozart, en mars 1789, fait un voyage à Berlin, sans quoi nous n'aurions pas les lettres ahurissantes qu'il envoie à sa femme. Pour la commodité de la lecture en français, je l'ai appelée jusqu'à maintenant Constance. Mais il est temps d'entendre son prénom en allemand : *Constanze.* Diminutif : *Stanzerl* (comme *Wolferl* ou *Wolfi* pour Wolfgang). Diminutif italien : *Stanzi* ou *Stanzi Marini.*

Ces lettres sont aussi importantes que celles adressées autrefois à la « petite cousine ». Elles sont intimes, passionnées, musicales. Capitales pour comprendre non seulement l'homme-Mozart mais aussi sa façon de tout vivre comme un opéra permanent. Elles permettent enfin de corriger les interprétations « romantiques » de l'auteur de *Don Giovanni* et de *Cosi fan tutte* : Mozart génie abandonné, Constance femme légère incompréhensive, etc.

Dans le mot *Constanze,* il y a *stanze.* C'est-à-dire,

en italien, aussi bien *stances* (strophes) que *chambres.* Mozart, on ne le sait pas assez, passe constamment de l'allemand au français, et du français à l'italien (une dédicace à son ami Jacquin est même rédigée en anglais). C'est l'Européen absolu, plus que Casanova lui-même, Italien écrivant en français, mais embarrassé par l'allemand (Mozart et Casanova, à Prague, ont pu parler en italien, mais certainement pas en allemand).

Stanza, stanze : au singulier, groupe de vers offrant un sens complet et suivis d'une pause ; au pluriel, poème lyrique, religieux ou élégiaque, formé de strophes de même structure.

Constance, Constanza, Constanze, Stanzerl, Stanzi, est une petite femme que Mozart adore, elle est pour lui un poème incarné et une perspective de chambres à plaisir. À part quelques brumes de jalousie, vite dissipées, l'entente et la complicité de M. et Mme Mozart est constante (et pourtant quelle vie agitée). La constance est une vertu cardinale pour Mozart, elle est liée à la composition elle-même.

Imaginons Wolfi rentrant dans son appartement lumineux à l'époque des *Noces.* Il monte l'escalier quatre à quatre, il chantonne, il entre : « Bonsoir, petite femme de mon cœur, qu'est-ce qu'on mange ? » Il va à sa garde-robe luxueuse à laquelle il tient beaucoup et qui lui coûte très cher (trop), il se change, il embrasse son fils Karl Thomas, âgé de deux ans, jette quelques notes sur le papier (l'air lui est venu dans la rue en voyant une jolie fille), plaque quelques accords sur son pianoforte pour vérifier une idée, mange et boit du bon vin de très bon appétit parce qu'il est très gai.

Sa belle-sœur, Sophie Haibel, la plus jeune des sœurs Weber, trace de lui ce portrait au moment de *Cosi fan tutte* : « Il était toujours de bonne humeur, mais, même dans sa meilleure humeur, très absorbé, regardant dans les yeux d'un regard perçant, répondant à tout, que ce fût gai ou triste, avec à-propos, bien qu'il parût absorbé par tout autre chose, dans son travail. Même en se lavant les mains, le matin, il allait et venait dans la chambre, ne restait jamais tranquille, choquant un talon contre l'autre, et toujours réfléchissant. À table, il prenait souvent un coin de sa serviette, le tordait, se le passait et repassait sous le nez, et, absorbé dans ses pensées, semblait ne pas s'en rendre compte ; souvent il joignait à ce geste une grimace de la bouche [...] Il était toujours en mouvement des mains et des pieds, jouait toujours avec quelque chose, son chapeau, ses poches, sa chaîne de montre, des chaises, comme avec un clavier. »

Comme un clavier. La vie est une musique, et elle l'est encore plus lorsqu'elle est menée simultanément sans illusions et avec ce qu'il faut d'illusion. Appelons cet art le *gai savoir*, il vient de loin. Il est léger, tragique, lyrique, allumé, simple, compliqué, comique. L'esprit est un mouvement perpétuel : air libre, amour libre, création libre, y compris en pleine misère et en plein malheur.

Donc, Constanze. Mozart est à Dresde, le 13 avril 1789, il précise qu'il écrit ce qui suit à 7 heures du matin : « Petite femme chérie, que n'ai-je déjà une lettre de toi ! Si je voulais te raconter tout ce que je fais avec ton cher *portrait*, tu rirais bien souvent. Par exemple, lorsque je le tire de sa prison, je dis : Dieu te bénisse, Stanzerl ! Dieu te bénisse, Dieu te bénisse, coquine, petit pétard, nez pointu, charmante petite bagatelle, Schluck und Druck ! — Et lorsque je l'y remets, je l'y fais glisser petit à petit en disant Stu !-Stu !-Stu ! mais avec une certaine *insistance*, comme l'exige ce mot si plein de sens ; et à la dernière poussée : bonne nuit, petite souris, dors bien. — Je crois avoir écrit ici quelque chose de bien bête (pour tout le monde, du moins) — mais pour nous, qui nous aimons si ardemment, ce n'est sûrement pas si sot ; — c'est aujourd'hui le 6e jour que je t'ai quittée et, par Dieu, j'ai l'impression qu'il y a déjà un an [...] *adieu*, chérie, mon unique ! »

Constance est enceinte, d'où des conseils pressants : attention à ta santé, ne sors pas à pied, sois assurée de mon amour, fais attention à ton honneur et au mien, etc. « Pense que chaque nuit, avant d'aller au lit, je parle une bonne demi-heure à ton portrait et fais de même au réveil. »

« Oh, Stru ! Stri ! — je t'embrasse et t'étreins 1095060437082 fois (tu peux ici t'exercer à prononcer) et suis à jamais

« Ton mari très fidèle et ami,

« W.A. MOZART. »

Quand Mozart introduit des scènes de portraits contemplés dans ses opéras (en tout cas dans *Cosi* et dans la *Flûte*), il sait très bien à quoi cela correspond dans sa vie : une violente projection narcissique, un autoérotisme sur lequel il n'est pas besoin d'insister. Quant aux chiffres, ils parlent d'eux-mêmes. « Je me console à la pensée que nous n'aurons bientôt plus besoin de lettres, mais que nous pourrons nous parler de vive voix, nous embrasser et nous serrer mutuellement sur le cœur. »

« Comment peux-tu supposer que je t'ai oubliée ? Pour cette seule pensée, tu recevras dès la première nuit une solide fessée sur ton charmant petit cul fait pour recevoir des baisers. »

Seulement voilà, « ici il n'y a pas grand-chose à gagner ». L'argent, toujours l'argent : « Ma petite femme chérie, il faudra, à mon retour, que tu te réjouisses plus de me revoir *moi* plutôt que l'*argent* que je rapporte. »

Une affaire confuse brouille Mozart avec le prince Lichnowsky, son compagnon de voyage. Ce dernier lui intentera un procès qui aurait laissé Mozart complètement sur la paille. Étrange histoire de dette, effacée après sa mort, qui jette une lumière noire sur les relations de Wolfgang avec l'aristocratie viennoise. Qui a tué Mozart ? Un peu tout le monde, d'où une atmosphère ultérieure lourde de culpabilité.

Pour Constance, revoir son mari signifie ceci (et on ne sait pas si elle s'en réjouissait vraiment, mais tout est possible). Il lui écrit :

« Le 1er juin je dormirai à Prague, et le 4 — le 4 ? — *auprès de ma petite femme chérie.* Prépare bien proprement ton si joli petit nid chéri, car mon petit coquin le mérite en vérité ; il s'est fort bien conduit et ne souhaite rien d'autre que de posséder ton ravissant [...] Imagine le garnement qui, pendant que j'écris cela, se faufile sur la table et me questionne, et moi, franchement, je lui donne une sèche pichenette — mais le gars n'est que [...] Et maintenant le chenapan brûle encore plus et ne se laisse pas dompter. »

À partir de « Prépare bien... » le second mari de Constance, Nissen, a censuré la lettre qui a quand même pu être reconstituée, grâce à la radiographie, au début du XXe siècle (à l'exception des passages entre crochets). Nissen employait-il les mêmes mots pour désigner le con de Constance ? Était-il content, ou un peu honteux, d'avoir droit à la même chambre (c'est le cas de le dire) qu'un musicien mort jeune en train de devenir très célèbre ? Mme Constance Nissen, ex-veuve Mozart, a-t-elle eu envie, un moment, de montrer à quel point elle était désirable pour Don Giovanni, mari attentionné, jaloux et fidèle, avant de changer d'avis, et de laisser passer quand même « je dormirai *auprès de ma petite femme chérie* » ? On voit sans peine le dialogue entre Constance et son nouveau mari à ce sujet : c'est du Mozart. En tout cas, la radiographie comme la radio, la télévision et le disque sont avec Wolfgang. Il est d'ailleurs possible que d'autres lettres du même genre aient été détruites. Disons-le crûment en termes modernes : Mozart, ici, dit à Constance qu'il se branle en pensant à elle. Et alors ? Joyce a fait de même avec Nora, on connaît ses lettres d'amour.

Wolferl était le coquin, le garnement et le chenapan de Stanzerl. Son Chérubin préféré. Son pianiste panier percé, mais de rêve.

J'insiste, une fois de plus (car j'ai cru remarquer une certaine surdité à ce sujet), sur le fait que Constance a eu six enfants. En moins de dix ans, c'est une sorte de record. On en déduit ce qu'on veut, en tenant compte des particularités de l'époque, mais en tout cas une certaine activité organique de Mozart.

Pendant son voyage en Allemagne, Mozart passe par Leipzig. C'est la rencontre symbolique au sommet. Témoignage d'un contemporain : « Le 22 avril, Mozart, sans aucune annonce préalable, se fit entendre gratuitement sur l'orgue de la Thomaskirche [l'église Saint-Thomas]. Une heure entière, il joua devant un nombreux auditoire d'une manière pleine de beauté et d'art. Je le vis moi-même : c'était un jeune homme de taille moyenne, habillé à la mode. Le cantor Doles [ancien élève de Jean-Sébastien Bach] était tout enthousiasmé par le jeu de l'artiste, et croyait revoir son maître devant ses yeux, le vieux Bach. Mozart avait traité *a prima vista* de façon admirable, avec une admirable tenue, la plus grande facilité et tous les raffinements de l'harmonie, ce qu'on lui avait mis sous les yeux ainsi que les thèmes, entre autres le choral : *Jesu, meine Zuversicht.* »

Et Rochlitz : « Le chœur fit à Mozart la surprise

d'exécuter le motet à deux chœurs : *Singet dem Herrn ein neues Lied*, de l'ancêtre de la musique, Jean-Sébastien Bach [...] À peine le chœur eut-il chanté quelques mesures, Mozart resta interdit, puis, quelques mesures plus loin, il s'écria "Qu'est cela ?" — et alors il sembla que toute son âme s'était réfugiée dans ses oreilles. Lorsque le chant fut terminé, il cria avec enthousiasme : "Ça, c'est quelque chose où il y a à apprendre !" On lui conta que cette école, dont Bach avait été cantor, possédait la collection complète de ses motets et les conservait comme des reliques. "Cela est juste, cela est bien, cria-t-il, montrez-les-moi !" Mais on n'avait pas de partitions de ces chants ; il se fit donner les parties manuscrites, et ce fut une joie pour ceux qui l'observaient de voir avec quelle ardeur Mozart parcourut ces papiers qu'il avait autour de lui, dans les deux mains, sur les genoux, sur les chaises à côté de lui, oubliant toute autre chose et ne se levant qu'après avoir parcouru tout ce qu'on avait là de Bach. Il supplia qu'on lui en donne une copie. »

Mozart lisant l'écriture de Bach : la scène est extraordinaire. Certes, il connaît déjà Bach par l'entremise de Van Swieten qui lui a communiqué sa collection, mais nous avons peine à imaginer comme les informations et les éditions circulaient mal à l'époque. Une partition pouvait disparaître ou rester inconnue très longtemps. Au moment où cet épisode a lieu, Bach est mort depuis trente-neuf ans, et n'était pas considéré comme le Père absolu de la musique, ce qui nous paraît impossible. Deux siècles de musique occidentale ? Gesualdo, Monteverdi, Purcell, Vivaldi, Bach, Haendel, Haydn, Mozart. Plus qu'il n'en faut pour remplir au moins dix vies humaines. Pas un seul musicien français à ce niveau ? Allons, inutile de se fâcher, c'est un fait.

On a tendance à oublier que la musique dont il est question ici *s'écrit* et *se lit*. Mozart ouvrant les yeux sur un manuscrit de Bach *entend* immédiatement ce qu'il voit, d'un seul coup d'œil et dans tous les registres. Il sait aussi ce qu'il peut en faire en le transposant dans son monde. Des mondes parlent à des mondes. Chacune et chacun peut avoir l'air d'écouter de la musique, mais qui la ressent en la comprenant (je connais des personnes qui savent lire les notes mais ne les entendent pas, et le contraire) ? « Beaucoup de gens ne lisent que des yeux », disait Voltaire. Beaucoup d'autres n'écoutent que des oreilles, et encore.

La plus belle scène du film de Forman, *Amadeus*, est probablement celle où Constance, en cachette de son mari, apporte « innocemment » ses partitions à Salieri, son ennemi intime, pour savoir si cela a de la valeur. Salieri fait asseoir Constance sur un canapé, lui offre des chocolats, prend les papiers de l'écriture de Mozart, et va près de la fenêtre pour les lire. Là, la mise en scène envoie la musique, et c'est très beau. D'autant plus que Salieri, bouleversé, extasié par le génie de Mozart, décide aussitôt de l'assassiner. L'extrême beauté engendre la haine : bien vu. Salieri était un excellent lecteur.

Mozart, à Dresde, fait répéter un orchestre. Ça ne va pas, les musiciens traînent. Plus vite ! Ils sont lourds. De colère, pour indiquer le *tempo* qu'il souhaite, il tape du pied et casse la boucle d'un de ses souliers : « Les musiciens devinrent furieux contre ce petit homme pâle comme la mort, qui les bousculait et les faisait travailler avec acharnement, mais tout alla bien. »

Pas sûr. Mozart est probablement pâle de colère ou de rage. Non seulement l'argent ne rentre pas, mais, la plupart du temps, il y a des difficultés avec le directeur du théâtre, les chanteuses ou les chanteurs, sans parler des cabales incessantes, notamment de Salieri. Une vie épuisante, pour arriver, parfois, assez près de la perfection. Les humains sont en majorité lourds, jaloux, cauteleux, butés, empoisonneurs. On est là pour les transfigurer par les sons, mais quelle fatigue.

C'est aussi à Leipzig qu'a lieu, un soir, dans un cercle d'amis, une discussion religieuse. L'un des participants émet l'opinion que de grands musiciens ou de grands peintres ont dû malheureusement se plier trop souvent à des sujets d'église « non seulement stériles mais néfastes à leur génie ».

Mozart réagit : « Que voilà encore des paroles oiseuses ! Chez vous autres, protestants éclairés comme vous vous nommez, cela peut être vrai en partie si vous portez votre religion dans votre tête ; je ne sais pas. Chez nous, il en va autrement. Vous ne sentez rien de ce que signifie *Agnus Dei, Pacem* et le reste. Mais c'est autre chose quand on a été élevé dès sa plus tendre enfance dans la sainteté mystique de notre religion [catholique, donc] ; lorsque, avant même de comprendre la signification de ces sentiments obscurs mais pressants, on a assisté d'un cœur fervent aux offices ; et qu'on s'est trouvé allégé, soulagé, d'avoir loué, sans savoir exactement ce qui se passait, les élus agenouillés recevant la communion aux sons touchants de l'*Agnus Dei.* Oui, tout cela, il est vrai, se perd à mesure qu'on vit dans le monde — pour moi, du moins — mais lorsqu'on entreprend de mettre en musique ces mots entendus mille fois, tout cela vous revient, se ranime devant vous et vous remue l'âme. »

Le témoin de ce soir-là ajoute : « Mozart décrivit alors quelques scènes de ce genre remontant à son enfance à Salzbourg, puis à son premier voyage en Italie [...] "Ce que j'éprouvais alors !

Ce que j'éprouvais alors ! répétait-il. Tout cela ne reviendra plus ! On s'agite dans le vide de la vie quotidienne !" dit-il encore ; puis il devint amer, but beaucoup de vin fort et ne prononça plus une seule parole sérieuse. »

Tout cela est rapporté par Rochlitz, et fortement contesté dans le livre de Jean et Brigitte Massin. Il est possible que Mozart n'ait pas parlé exactement ainsi, mais le fond de ses propos ne me paraît faire aucun doute. La polémique ancienne entre maçonnerie et catholicisme me semble ici déplacée, voire obscurantiste. Mozart a écrit de la même main (et du même cœur), dans la dernière année de sa vie, *La Flûte enchantée*, l'*Ave verum corpus*, K. 618, Le *Requiem* inachevé et la *Petite Cantate maçonnique Laut verkünde unsre Freude* K. 623 (sa dernière œuvre). Oui, il a été mis en bière, dans son appartement, avec un manteau noir à capuche, selon le rituel franc-maçon. Mais, oui aussi, un service funèbre religieux a été célébré de façon classique.

Mozart n'était pas un dévot, mais un fervent. Sa justesse métaphysique était innée et il l'a développée littéralement et dans tous les sens. Dire qu'il était seulement ceci ou cela, en termes d'appartenance, n'est pas faux mais n'est pas vrai non plus. Bach était luthérien, ce qui ne l'a pas empêché d'écrire une messe en *si*, comme Beethoven de composer ce chef-d'œuvre qu'est la *Missa solemnis*. Mozart n'était ni juif ni protestant, personne n'est parfait. Les exclusions et les anathèmes sont d'ailleurs dus aux fabricants d'incompatibilités qui y trouvent leurs intérêts, qu'ils soient d'un côté ou de l'autre. Épisodes historiques et sociaux, très impressionnants sur le moment, et finalement rejetés par le Temps. Il n'y a d'incompatibles que la bonne et la mauvaise musique.

Un idéal de fraternité et de connaissance initiatique n'était pas pour déplaire à Mozart, toute son œuvre le dit. Mais comme il était incomparable, le don, en l'occurrence, venait surtout de lui. On peut être le « frère » de Mozart, à condition de ne pas abuser du mot, surtout si on n'entend pas la musique (dans la vie, il n'a pas eu de frère, juste une sœur). « Que le gai son des instruments proclame à haute voix notre joie. » Très bien. Mais il n'y a aucune raison de ne pas écouter de la même oreille le *Et incarnatus est* de la *Grande Messe en ut mineur*, sans parler du grandiose et dramatique *Requiem*. Mozart avait un seul but : l'approfondissement et la diversification de son incroyable opéra. Il devait trouver naturel, ne sachant vers qui se tourner, de demander humblement des secours financiers urgents à ses « frères ». Quant à la portée métaphysique de la maçonnerie, tout indique qu'il la comprenait mieux que personne, de même qu'il n'y a jamais eu deux catholiques comme lui.

C'était *quelqu'un d'autre*, voilà.

Que s'est-il passé pour que Mozart, en juillet 1789, soit dans une situation aussi dramatique ? Encore des histoires de jeu et des dettes d'honneur ? Mystère.

Le 12, il écrit à Puchberg qu'il ne souhaite pas ce qui lui arrive à son pire ennemi. Constance est malade, lui-même ne va pas bien, et il y a l'enfant. Le 14, c'est pire : « Ah Dieu ! — je n'arrive pas à me décider à expédier cette lettre [...] J'espère que vous me pardonnez puisque vous connaissez le bon et le mauvais côté de ma position. Le mauvais côté n'existe que pour l'instant, mais le bon sera sûrement plus durable lorsque le mal du moment sera oublié. — *Adieu* ! — Pardonnez-moi pour l'amour de Dieu, pardonnez-moi seulement — et — *Adieu* ! »

Cette fois, Puchberg tarde à répondre, il commence peut-être à en avoir assez de ce mendiant accroché à ses basques. Le 17, nouvelle lettre de Mozart, encore plus implorante, une demande de « secours immédiat selon votre bon vouloir ». Le méticuleux Puchberg note qu'il a répondu le jour même en envoyant cent cinquante florins, c'est-à-dire pas grand-chose. Ce Mozart, décidément, ne vaut pas très cher.

En août, Constance est partie en cure à Baden. Mozart, maintenant, est jaloux :

« Je suis heureux lorsque tu es gaie — c'est certain —, je souhaiterais seulement que tu ne sois pas aussi légère, parfois, avec N.N., tu es trop libre [...] Il est normalement un homme correct et particulièrement respectueux avec les femmes, mais il a été conduit à écrire dans ses lettres les *sottises* les plus abjectes et les plus grossières. — Une femme doit toujours veiller à être respectée —, sinon elle est le sujet des conversations des gens [...] souviens-toi seulement que tu m'as avoué toi-même un jour que tu *cédais trop facilement* — tu en connais les conséquences [...] Sois gaie et joyeuse, aimable avec moi — ne nous tourmente pas, toi et moi, d'une jalousie inutile, aie confiance en mon amour, tu en as bien des témoignages... »

Nissen a barré le nom du monsieur. Les « conséquences » de trop de légèreté ? Constance est-elle déjà tombée enceinte de quelqu'un d'autre que son mari ? Mauvais mois d'août. Mais il y a aussi une Providence. La reprise, le 29 août, des *Noces de Figaro* est un succès qui entraîne la commande d'un nouvel opéra avec

Da Ponte, *Cosi fan tutte*, un diamant supplémentaire dans l'œuvre de Mozart.

Il va pouvoir impressionner Puchberg. En décembre, il peut lui écrire ces phrases si émouvantes : « Jeudi, je vous invite (mais vous seul) à venir chez moi à 10 heures du matin assister à ma petite répétition de l'opéra ; je n'y convie que vous et *Haydn*. Je vous raconterai de vive voix les cabales de Salieri, mais qui sont toutes tombées à l'eau.

— *Adieu.* »

Une répétition de *Cosi* chez Mozart, un matin de décembre à 10 heures, en présence de Joseph Haydn : nos caméras, hélas, n'étaient pas là.

1789 est, pour Mozart, une année terrible qui s'achève donc en coup de théâtre positif. Pour les musiciens, c'est l'« année radieuse » de la composition du quintette pour clarinette et cordes en *la majeur* K. 581, écrit en septembre à l'intention de son ami clarinettiste Anton Stadler.

On comprend qu'un roman de la fin du XXe siècle, qui raconte la formation, par un groupe de jeunes amis, d'une société secrète de plaisir intitulée « Le Cœur absolu » ait fait de ce quintette l'hymne de ses personnages et de leur programme étrangement révolutionnaire.

Comment Mozart, en pleine tempête personnelle, a-t-il pu composer une œuvre aussi lumineuse et calme ? Le temps est suspendu, une grande sérénité est en cours. La clarinette, instrument de prédilection de Wolfgang, est envoyée en délégation en ce monde pour évaluer et pacifier les passions. C'est bien la clarinette magique, aiguë, grave, ronde, mélodieuse, rauque, coulée et profonde. Elle anime la nature et les corps à égalité. On contemple, on se promène, on ne va nulle part, on plane, on rentre en silence. La gorge, le souffle, les doigts, le bois devenu voix, et voix des deux sexes (ou d'aucun). Elle charme tout, la clarinette enchantée, bien mieux que la flûte : les serpents qui sifflent à l'intérieur des têtes, l'hystérie déchaînée (application pratique dans *La Clémence de Titus*), tout l'orchestre des apparences, mais aussi les couleurs, les contours, les reliefs, les lointains, les fossés, les précipices, la douleur d'être comme celle d'avoir été. Elle résiste à tout, aidée de ses quatre partenaires des cordes, elle surmonte la terre et l'air, le feu et l'eau, les courants, les vents, les rivières. Mozart *est* une clarinette. Un de ses derniers messages de détachement souriant et de joie sera le concerto en *la majeur* K. 622 (toujours pour Stadler) d'octobre 1791, contemporain de *La Flûte enchantée*. Comme s'il voulait dire : attention, ne vous y trompez pas, la flûte est pour la représentation théâtrale, mais le véritable instrument dans la réalité, celui dont je vous parle, sexuellement et magiquement, est la clarinette. Deux œuvres automnales, dorées, épanouies, criantes de certitude ; deux fruits mûrs. *Cosi*, la *Clémence*, la *Flûte*, ces trois grandes fleurs ont ce modeste instrument noir comme tige et comme pilier.

Barque et mât chantant : Mozart raconte son Odyssée orphique. C'est doux, violent, fier, éprouvé, savant. Un coup de clarinette peut abolir le hasard. Avis à tous les vivants et à tous les siècles.

Il est maintenant dans l'insaisissable, comme un poisson. Il peut se donner et nous donner une leçon. C'est *L'École des amants*, sous-titre de *Cosi fan tutte*, comme *Les Instituteurs immoraux* (« dialogues destinés à l'éducation des jeunes demoiselles ») est celui de *La Philosophie dans le boudoir.* Rien de « sadien » ici, pourtant, sauf une virtuosité magnétique. La philosophie est dans la musique, et le boudoir est partout, mais sans criminalité, sans noirceur, sans même désir de domination comme dans *Les Liaisons dangereuses* de Laclos (1782). Les Français n'ont pas de musique, ils sont donc obligés de forcer la note (on va en voir les conséquences dans la Terreur). Dès l'ouverture de *Cosi*, au contraire, miracle de dialectique, on sent que tout va se passer dans l'interchangeabilité, les dialogues multiples superposés, la démonstration logique par les contraires, aux limites, toujours harmonieuses, de l'expérimentation du son, mais sans forcer, de l'autre côté du mur, en souplesse. Bassons, cors, hautbois, flûtes, clarinettes.

CO — SI — FAN — TUT — TE
AIN — SI — FONT — ELLES — TOUTES

Et TOUS aussi, bien sûr.
Allez.

Nous sommes dans un café de Naples.

Ils sont jeunes et flambant neufs, ces deux soldats amoureux de leurs belles. Ferrando chante les louanges de sa Dorabella, Guglielmo de sa Fiordiligi. Entendez-les dire « *la mia* », « la mienne ». Elles sont parées de toutes les vertus, leur fidélité est indiscutable, ce qui fait rire Don Alfonso, le philosophe de l'opéra, qui trouve ces garçons d'une « sainte simplicité » aveugle. Des phénix, vos amoureuses ?

La foi des femmes est comme le phénix d'Arabie,
Qu'il existe, chacun le dit ; où il se trouve, personne ne le sait.

Les deux troubadours se révoltent : « sottises de poètes, idioties de vieillards ». L'autre insiste : « Vous avez des preuves ? Pleurs, soupirs, caresses, évanouissements, laissez-moi un peu rire… » Bon, parions. Je vais vous mettre le doigt sur votre niaiserie idéalisante.

Mozart, encore une fois, sait de quoi il parle, et son ironie est aussi dirigée contre lui-même. Constance n'est pas si constante, les autres non plus, et, après tout, il a beaucoup voyagé, observé, noté. Le monde est en grande partie un théâtre bâti sur des histoires de simulations féminines. Les hommes sont des naïfs qui croient dominer le jeu, ils en sont les dupes. Éclairons tout cela au poker. Pari.

Voyez ces deux sœurs, dans leur jardin au bord de la mer. Elles contemplent chacune le portrait de leur amant. La bouche du mien, dit l'une ; les yeux du mien, dit l'autre. Elles les *détaillent.* Elles s'aiment elles-mêmes dans certaines des particularités mâles (elles sont immédiatement concrètes, alors que leurs amants nagent dans l'abstraction). Nous assistons à une projection narcissique commune, et *Amore,* le dieu d'Amour, est le garant de cet éblouissement en miroir.

Serment d'amour enflammé, que la musique nous force à trouver *vrai,* alors que nous savons déjà qu'il est menacé ; d'autant plus beau, donc, qu'il ne connaît pas sa limite.

Le philosophe Don Alfonso commence son travail de sape. Pourquoi, d'ailleurs ? Pour simplement gagner son pari ? Par conviction, déception, jalousie ? Pour continuer, sous une autre forme, la guerre de Don Giovanni ? Les deux amants, sous sa direction, font semblant d'être rappelés à la guerre (manière de souligner que la véritable guerre s'engage, celle des sexes). Grande scène de désespoir des amantes : elles veulent s'arracher le cœur, mourir aux pieds de leurs soldats, « qui donc, au milieu de tant de malheurs, peut encore aimer la vie ? » etc. Les amants jouent la comédie de l'adieu. Don Alfonso rit à part, Mozart est en plein dans son sujet éclaté, vraie douleur d'un côté, farce de l'autre. L'opéra permet d'entendre *tout à la fois*, ce qui ne serait pas le cas dans une pièce. C'est évidemment ce « tout à la fois » qui intéresse Mozart.

Les quatre amoureux chantent ensemble : les deux filles croient que c'est vrai, les deux garçons savent que c'est faux, et ils sont tous « sincères ». Don Alfonso est infiltré dans leur quatuor (voici donc un quintette), et il faut entendre comment, ici, des *addio* désespérés riment avec *rido* (« j'éclate si je ne ris pas »).

Vous exagérez, Mozart, vous mélangez tout : ces soupirs sont authentiques, et vous les contredisez ; ces sœurs sont magnifiques, et vous les mettez en péril (si vous connaissiez les sœurs Weber, pourrait répondre Mozart, vous ne me feriez pas ce reproche). Dans quel but, tout ça ? Instaurer un ni-vrai-ni-faux généralisé ? Une ambiguïté permanente ? Un vrai-et-faux plus vrai que le vrai ? Vous voulez fonder une nouvelle raison qui envisagerait sans cesse tout et son contraire ?

En effet, pourrait de nouveau répondre Mozart : si vous ne vivez pas en musique, vous vous trompez.

La preuve : un des plus beaux airs jamais écrits surgit au moment où les garçons ont disparu au loin dans leur barque. Dorabella, Fiordiligi et Don Alfonso chantent ensemble une incantation, le célèbre « *Soave sia il vento* ». Ici, nul doute, Wolfgang se souvient de son séjour enchanteur à Naples, et toute sa foi dans le Sud se déploie dans un hymne au calme de la mer et des vents. C'est un homme accablé de soucis et de dettes qui compose ce grand trio sublime (même si la voix de Don Alfonso nous rappelle qu'il s'agit d'un stratagème). Mozart fait de la magie, sa musique est orphique, elle donne prise sur les éléments :

Que chaque élément réponde à nos désirs.

« *Ai nostri desir* » …

Le vent souffle doucement, il gonfle les voiles et les voix Les dieux sont là puisque Mozart écrit. Ils agissent, ils assurent une traversée heureuse. Cela s'adresse à chacun, à chacune, à toi, à moi, à eux, à elles, à nous, à vous. Vous êtes embarqués, contemplez le large.

Changement brutal d'atmosphère. Don Alfonso parle de grimaces et de simagrées. Il est pressé d'introduire le poison dans le charme :

Il laboure la mer et fonde sur le sable
et espère attraper le vent avec un filet
celui qui fonde ses espérances sur un cœur de femme.

Mais le philosophe truqueur n'arrivera pas seul à sa démonstration, il lui faut une complice féminine corrosive. La voici : Despina (beau nom en épine).

Zerline a fait des progrès, elle a rejoint la position des serviteurs récalcitrants et caustiques des opéras précédents. Être *cameriera* de deux femmes est une vie maudite. Mais qu'est-ce qu'elles ont, ces deux sœurs, avec leurs grands airs mélancoliques ? Dorabella ne parle que d'épée, de poison, de mort. La voilà transformée en héroïne racinienne : « Je hais la lumière, je hais l'air que je respire, je me hais moi-même. »

Tout ça pour des hommes ? Soyons sérieuses, leur dit Despina (Molière après Racine, la tragédie est fausse, la comédie aussi. Seule l'oscillation entre les deux est probante) :

Vous en perdez deux, il vous reste tous les autres
Il n'y a pas de femme qui soit morte d'amour.

D'ailleurs, les hommes… Il est étonnant que *Cosi* passe pour un opéra à dominante misogyne, alors que les déclarations antimasculines de Despina sont beaucoup plus crues. « L'un vaut l'autre, parce que aucun ne vaut rien. » L'inconstance mâle est consubstantielle, « regards fallacieux, paroles trompeuses, caresses menteuses ». Les hommes n'aiment que leur plaisir et ensuite « nous méprisent et nous privent d'affection ». Bref, ce sont des barbares. On doit les payer de la même monnaie, en aimant « par commodité et par vanité ». « Faites donc l'amour comme des assassines », dit Despina aux deux oies blanches. Despina, ou l'envoyée du Diable. Don Alfonso est plus souriant. Il n'empêche que ces deux-là sont un peu vite revenus de tout et supportent très mal les passions naïves. Ne les ont-ils pas connues, et leur envie sarcastique d'éclairer les autres ne vient-elle pas de leur pauvreté en sensations ? C'est une hypothèse que la musique, plus que le livret, permet de poser.

Où est le vrai, où est le faux ? Guglielmo et Ferrando, déguisés en Albanais, font leur apparition et commencent leurs déclarations d'amour. Ils jouent, et pourtant ils sont vrais. Fiordiligi et Dorabella les repoussent avec horreur, alors qu'elles céderont un peu plus tard : leur répulsion est aussi vraie que leur reddition. Quand Fiordiligi chante le fameux « *Come scoglio immoto resta* » (ici, il est conseillé d'écouter dix fois de suite la version d'Elizabeth Schwarzkopf avec Karajan et celle de Cecilia Bartoli dans *Mozart portraits*), elle est entièrement vraie, nous l'admirons, mais nous la soupçonnons quand même.

L'innocence trop appuyée conduit à la faute ? Peut-être, mais tout dépend des situations. La musique est relativiste, la vérité d'un moment n'est pas celle d'un autre, il faut être théologien moraliste ou militant politique pour penser autrement, et Mozart ne se lasse pas de le faire sentir. Ce qui ne conduit à aucun relâchement ni à aucun scepticisme : c'est *chaque fois* vrai, comme la sensation :

Comme un roc demeure immobile
contre les vents et la tempête
ainsi pour toujours cette âme est forte
dans sa fidélité et son amour.

Ce roc résistera juste ce qu'il faut pour se transformer en plume. De cette façon, le roc est réellement un roc, et la plume une plume. C'est la même femme, pourtant.

L'amour, la mort : Mozart se moque déjà de tout le romantisme à venir, lequel associera systématiquement l'un à l'autre. On parle beaucoup de fidélité jusqu'à la mort, dans *Cosi*, on y fait même semblant de mourir.

Mais Despina : « Qu'est-ce que l'amour ? Plaisir, agrément, fantaisie, joie, amusement, passe-temps, gaieté. Ce n'est plus l'amour s'il devient désagréable et si, au lieu de faire plaisir, il nuit et tourmente. »

Élémentaire, cher musicien.

Voici pourtant encore des soupirs, des plaintes, et enfin la grande scène simulée de l'empoisonnement à l'arsenic (très étrange si on pense au destin de Mozart). Les faux Albanais pseudo-amoureux vont-ils mourir ? Agonisants, ils sont déjà plus présentables pour les deux blocs de vertu que sont les sœurs. Ils ne sont pas si vilains après tout.

La pitié devient un trouble sexuel non dit (le début de la *Flûte* est encore plus explicite : les trois Dames s'extasient sur la beauté de Tamino pendant qu'il est évanoui). Pulsion nécrophile : achever ou soigner. C'est ce que Despina, tout en se vantant d'avoir déjà mené mille hommes — pas mille et trois — « par le bout du nez », appelle « laisser faire le diable ».

Feindre la tragédie est une comédie curative. « Ce tragique spectacle me glace le cœur », chantent ensemble Fiodiligi et Dorabella (entendez, au contraire, que leur désir commence à s'échauffer). Don Alfonso enfonce le clou : « Ô amour singulier ! » Vous entendez à la fois « destin funeste » et « comédie ». Les filles. « Pauvres garçons, leur mort me ferait pleurer » (entendez : la perspective de leur mort m'excite). Pauvres petites bêtes, on a presque envie de les caresser. Ici, Mozart règle un compte obscur avec Mesmer (qu'il a connu à Paris) et le magnétisme de son temps. Franc-maçonnerie, oui, mais dans le sens des Lumières.

En effet, Despina, déguisée en médecin et parlant du nez (elle parlera de la même voix caricaturale lorsqu'elle sera déguisée en notaire), fait semblant de ressusciter Ferrando et Guglielmo, tout en demandant aux deux sœurs de l'aider, c'est-à-dire de leur redresser la tête, donc de les *toucher*. Les deux amants comédiens font semblant d'arriver dans l'autre monde et d'y rencontrer Pallas et Vénus. Don Alfonso est de nouveau mort de rire, les deux filles éclatent encore de fureur (*furor !*) — vraie ? fausse ? Difficile de suivre Mozart à chaque glissement de son éclatante subtilité : vous êtes débordés, vos tympans éclatent, la vérité vraie de la musique emporte tout dans son tourbillon.

À Despina, maintenant, d'exposer sa doctrine aux deux sœurs coincées :

Une fille de quinze ans
doit savoir tout ce qui se fait
où le diable a la queue [je souligne à peine]
ce qui est bien, ce qui est mal.

L'école des amants est celle du diable (Despina, l'air de rien, l'évoque à plusieurs reprises). La « doctrine » ? Voici : une femme doit repérer les plus petits indices, feindre les rires et les pleurs, inventer de bonnes excuses, donner des espoirs à tous, savoir dissimuler sans s'embrouiller ni rougir, savoir mentir de tous les côtés à la fois sans se tromper (ce qui demande une excellente mémoire), bref *se travailler*, comme dit la marquise de Merteuil dans *Les Liaisons dangereuses*, pour devenir une *reine* (de la nuit) qui, du haut de son trône, se fait obéir.

« Vive Despina qui sait servir ! » conclut Despina. Mais qui *sert-elle* ?

Livret apparemment frivole qui aurait pu donner un opéra plat (Da Ponte en a fait d'autres). Mais Mozart ne « met pas en musique ». Il s'empare de tout, modifie tout, approfondit tout, d'où un résultat complexe et profond, d'une pénétration psychologique éblouissante, sans précédent et sans suite.

La « doctrine » de Despina, les deux sœurs ne demandaient qu'à l'entendre, Dorabella surtout. Est-il vraiment nécessaire de mourir de mélancolie ? Non, amusons-nous un peu. « Je prends le petit brun », dit-elle. « Et moi le petit blond », dit Fiordiligi. Au passage, il faut encore souligner qu'elles n'ont donc pas reconnu la *voix* de leurs amants puisqu'elles choisissent chacune celui de l'autre. À moins qu'elles sachent très bien de quoi il s'agit ? Mozart insiste quand même sur cette prise *optique* (« le petit brun », « le petit blond »), tout en soulignant dès le début que l'apparence des deux déguisés est ridicule (« moustaches », etc.). Seulement optique ? Non, ces deux épouvantails pleins d'amour sont très *riches*, et ceci entraîne cela.

Nouveau duo narcissique des deux sœurs : elles s'enroulent l'une dans l'autre à l'idée d'entendre les mots « amour », « mort », « trésor », « plaisir » (*diletto*). Elles ont bien le droit de se divertir.

Puissance d'Éros, puissance de la musique. Une barque de musiciens s'approche comme par hasard, au milieu des bassons, des cors et des clarinettes. C'est le moment de chanter une sérénade de souffles favorables : « Secondez nos désirs, brises amies »... « *I miei desiri* »... La magie doit toucher les vents, mais aussi les cages thoraciques, le cœur, les poumons, les poitrines, les gorges, la respiration. Dorabella va céder, mais résiste encore un peu, histoire de faire monter l'émotion, c'est-à-dire la charge érotique (*Cosi* est un chef-d'œuvre de pornographie suggérée, ce qui lui permet de traverser légèrement toutes les surenchères organiques se croyant subversives sur ce sujet, comme, d'ailleurs, toutes les censures). « N'essayez pas de séduire un cœur fidèle. » Mais si, mais si, continuez. Guglielmo, l'amant de sa sœur, lui offre précisément un cœur pendentif qui va remplacer le portrait de Ferrando porté par Dorabella en sautoir. Une telle trahison est en même temps une transfusion, une greffe, et, comme nous sommes à Naples (souvenir enchanteur pour Mozart), la belle Dorabella ne pourra pas faire autrement que de dire qu'elle a désormais un *Vésuve* dans la poitrine. Cette fille était un volcan, et elle ne le savait pas.

Nous sommes au XVIIIe siècle et à l'opéra. Ce qui a lieu sur scène évoque clairement l'obscène. Dorabella ne dit pas (comme la Juliette de Sade) : « mon con se mouille en le trahissant », Guglielmo, de son côté, ne dit pas « je bande », mais c'est tout comme et, avec la musique, *mieux*. Voilà, le sacrilège s'opère, la profanation de l'amour sacré est consacrée, nos deux nouveaux amants rapprochés par l'aimantation physique sont en plein transfert :

C'est mon petit cœur
qui n'est plus avec moi
qui est venu se loger chez toi
et qui bat ainsi.

« *Ei batte cosi* »... Les paroles peuvent paraître niaises (il est bien qu'elles le soient), mais la musique fait battre les cœurs de désir à l'unisson (cet *unisson* intéresse beaucoup Mozart), elle envahit les veines, elle contrôle le sang, donc tous les organes, mâles et femelles. Mozart prend le pouls réel des corps. *Cosi.*

Ce qu'on reproche le plus au XVIIIe siècle, qui n'est pas un lieu ou une époque du temps mais une dimension de l'espace-temps, c'est précisément ce *Cosi.*

Comme rien n'est simple (heureusement), Fiordiligi, maintenant, a des états d'âme. La trahison possible (*tradimento*) lui fait honte et horreur.

L'air est splendide, les sentiments sincères, la forêt mouvante du cor, des clarinettes et des bassons nous l'assure. Mozart voit le mot *furor*, et c'est une couleur, comme *vergogna* et *horror*. Il les traite, mais il traite aussi leurs contraires. Cette femme désire trahir, et elle fait monter son désir par la sensation de sa faute. Le plaisir sera d'autant plus fort que la honte et l'horreur auront été plus violentes. Ce n'est plus le Vésuve, c'est l'Etna.

Ferrando, trahi et ridiculisé par Dorabella, l'aime encore (éclairage inattendu sur le masochisme masculin). Dorabella, elle, pense qu'elle a été séduite par un petit démon, un « petit serpent », un « petit voleur » (portrait classique d'Éros en enfant). Fiordiligi veut s'habiller en homme, et aller rejoindre son amant officiel sur le champ de bataille. « Alors, tue-moi », lui dit Ferrando. « Ton cœur ou la mort. » Fiordiligi faiblit. Elle demande conseil aux dieux, et on se doute de leur réponse. Ferrando : « En moi seul, tu peux trouver un époux, un amant, et plus si tu veux » (curieux comme cette formule copie celle de Mozart dans ses lettres à Constance). Fiordiligi : « Tu as gagné ! » Et hop, embrassons-nous, *diletto, sospirar,* duo. Guglielmo, trahi : « Fleur de lis ? Non, fleur du diable ! »

Vous êtes perdus ? Il le faut.

Il le faut pour comprendre à fond l'air philosophique de Don Alfonso : « Tout le monde accuse les femmes, et moi je les excuse. » En effet, si elles sont toutes potentiellement coupables, aucune ne l'est. Ainsi font-elles toutes ? Excusons-les toutes. Si vous êtes plaignant, prenez-vous-en à vous-même, et voilà.

L'amour physique, et tout ce qu'on met autour (fidélité, jalousie, etc.), serait donc sans importance ?

C'est ce que Mozart dit et se dit.

On va quand même aller jusqu'au bout, car il y a encore une autre morale.

Le mariage des deux sœurs avec leurs faux Albanais est préparé. Despina fait le notaire (souvenir désagréable pour Mozart). La fête s'annonce, couronnement parodique et subversif de la comédie (quelle comédie est plus comique qu'un mariage ?). Le chœur chante le bonheur des époux et souhaite aux *poules* de pondre beaucoup d'enfants. Trinquons, buvons (Guglielmo, à part : « Qu'elles boivent du poison »). Quatuor merveilleux, d'autant plus que les deux couples sont faux et que les deux filles « croient » à la cérémonie, et pas les deux garçons (il n'y a qu'elles qui signent le contrat de mariage, extrême finesse de ce détail). *Tocca, bevi.* Il n'est question que de « noyer la pensée » et d'oublier le passé. L'ivresse (vraie ? fausse ?) s'annonce totale.

Il ne reste plus qu'un coup de théâtre, musique militaire, retour des vrais amants (qui sont allés se changer dans la pièce à côté). « Ciel, nos vrais maris ! » Panique et dévoilement général (« *tradimento ! tradimento !* »), effondrement des deux sœurs prises la main dans le sac, c'est-à-dire dans le contrat. Conseil de Don Alfonso : « Embrassez-vous, et taisez-vous » (tonalité initiatique).

Cette épreuve était nécessaire. On vous a trompées, jeunes filles, pour détromper vos amoureux aveugles, et finalement pour vous détromper de ce que vous pensiez de vous-mêmes. Restons un instant à l'ombre des jeunes filles en pleurs. Et puis réconciliez-vous tous dans la tendresse. Là, Despina soupire : c'était donc un rêve ? Un exorcisme, disons.

Finale triomphant, tous ensemble :

Heureux celui qui voit
chaque chose du bon côté
et se laisse guider par la raison
dans les vicissitudes de la vie.
Ce qui fait normalement pleurer les autres
est pour lui une raison de rire
et il trouve la sérénité
au milieu des tempêtes de la vie.

L'italien dit plus exactement : « *bella calma troverà* ». Ce sont les derniers mots. « Il trouvera un beau calme ». Calme, en italien, est au féminin. Dorabella, bella calma.

La tempête fait rage, tout le monde gémit ou pleure, le bonheur consiste à rire de la volonté de ne voir que le mauvais côté des choses, et c'est ainsi qu'on atteint un « beau calme. »

Celui-là même que possède Mozart au milieu des pires ennuis.

« *Da ragion guidar si fa* »... De quelle *raison* Mozart nous parle-t-il ici ? Sûrement pas de celle de son temps. Quelque chose de plus héroïque, de plus tendu, annonce un nouvel amour. Il y a déjà eu un personnage célèbre, Dieu lui-même qui, en pleine tempête menaçant la barque où il se trouvait, dormait tranquillement, à la grande stupéfaction de ses disciples (« Mais enfin, réveille-toi ! tu ne sens rien ? tu n'entends rien ? on coule ! » — Et lui : « Hommes de peu de foi », etc.).

Une nouvelle raison, un nouvel amour.

« Un couple de jeunesse s'isole sur l'arche. »

Encore les *Illuminations* pour signifier la révolution de Mozart :

À UNE RAISON

« Un coup de ton doigt sur le tambour décharge tous les sons et commence la nouvelle harmonie.

« Un pas de toi, c'est la levée des nouveaux hommes et leur en-marche.

« Ta tête se détourne : le nouvel amour ! Ta tête se retourne — le nouvel amour !

« “Change nos lots, crible les fléaux, à commencer par le temps”, te chantent ces enfants. “Élève n’importe où la substance de la fortune et de nos vœux”, on t’en prie.

« Arrivée de toujours qui t’en iras partout. »

Cosi fan tutte a été écrit à la fin de 1789, en pleine Révolution française. Le grand sommeil de l'opéra, après la féerie de *La Flûte enchantée* (1791), va s'étendre sur la musique. Personne n'a mieux exprimé cette catastrophe que Tomasi di Lampedusa : « L'infection a commencé tout de suite après les guerres napoléoniennes. Et elle a progressé à pas de géant. Durant plus d'un siècle, pendant huit mois de l'année dans toutes les grandes villes, pendant quatre mois dans les petites, et pendant deux ou trois semaines dans les agglomérations encore plus petites, des milliers, des dizaines de milliers, des centaines de milliers d'Italiens sont allés à l'Opéra. Et ils ont vu des tyrans égorgés, des amants se donnant la mort, des bouffons magnanimes, des nonnes pluripares et toutes sortes d'inepties déballées devant eux dans un tourbillon de bottes en carton, de poulets rôtis en plâtre, de *prima donna* au visage enfumé et de diables qui sortaient du plancher en faisant la nique. Tout cela stylisé, sans éléments psychologiques, tout cru et tout nu, brutal et irréfutable… Le chancre absorba toutes les énergies artistiques de la nation […] L'art devait être facile, la musique chantable, un drame se composait de coups d'épée assaisonnés de trilles. Ce qui n'était pas simple, violent, à la portée du professeur d'université comme du balayeur de rue n'avait pas droit de cité. »

Mozart, au XIXe siècle, n'a donc plus droit de cité (il y a là, pourtant, un héros silencieux : l'extraordinaire Monsieur K., Köchel, l'*homme du catalogue.*) Le XXe sera celui de sa longue remontée au jour, après un aplatissement général et une nuit terrible.

Nikolaus Harnoncourt l'explique très bien : « Les fondements esthétiques d'après lesquels on fait et on écoute normalement de la musique aujourd'hui tirent leur origine du début du XIXe siècle ; plus exactement ils sont nés au Conservatoire de Paris peu avant 1800 […] Il s'agissait de simplifier la musique de manière à la rendre directement accessible *à tout être humain* sans formation préparatoire. À cet effet, il fallait abolir tout ce qui était éloquent, dialogique, complexe et compliqué en détail au profit d'une mélodie se gravant facilement dans la mémoire et s'écoulant en un ample flot, devant être accompagnée de la manière la plus simple possible [...] Ces idées nouvelles conduisirent à des méthodes d'enseignement elles aussi complètement nouvelles et à des résultats sensationnels qui impressionnèrent par exemple très profondément Richard Wagner... » (Wagner, on le sait, détestait *Cosi fan tutte.*)

Et de son côté, Cecilia Bartoli : « C'est toute une partie de notre culture qui a été négligée au profit de Verdi et de Puccini. Je ne veux pas penser qu'on ait pu oublier Vivaldi, Haydn ou Haendel. Avec d'autres jeunes artistes, nous allons essayer de toutes nos forces de les faire revivre. À la Scala, Muti a œuvré en faveur de Mozart et de Pergolèse, mais pas assez. »

La Révolution s'est donc traduite par une contre-révolution musicale. Égalisation, simplification, collectivisation de l'écoute et du chant, répression des singularités, rejet des sensations complexes, pétrification ou hystérisation des femmes, voix mise au premier plan et non plus conçue comme un instrument parmi d'autres, livrets imbéciles et bourgeois, oubli de la dynamique, du dialogue et du clair-obscur, dissociation des mots et de la musique, rigidité de la prononciation et de la diction — bref, rouleau compresseur antisexuel. Ce programme n'a d'ailleurs pas fini de produire ses effets, même s'il s'est déplacé de la musique « classique » (comme on dit bêtement) vers tous les secteurs de la marchandise audible. Que devient le corps humain et son désir dans ces conditions ? Autre chose. Autre chose que Mozart, en tout cas. Seuls quelques génies de la musique de jazz (Armstrong, Billie Holiday, Charlie Parker, Thelonious Monk) peuvent s'écouter directement après *Cosi fan tutte* sans qu'on ait l'impression d'une déperdition ou d'une frigidité physique. Des corps noirs, d'ailleurs, qui auraient sûrement, la nuit, intrigué Mozart.

Cette « militarisation » de la musique n'a pas eu que des conséquences musicales. Elle a été porteuse d'un mépris profond (et souvent inconscient) pour la complexité délicate du corps humain. Faut-il s'étonner si elle a pu ouvrir la porte à de nouveaux massacres ?

Le 26 janvier 1790, a donc lieu la création de *Cosi fan tutte* au Burgtheater de Vienne, en présence de Joseph Haydn et de Johann Michael Puchberg. Le succès est très moyen (neuf représentations). Mozart reçoit deux cents ducats (neuf cents florins).

« Trop difficile. »

Les demandes pressantes d'argent à Puchberg reprennent aussitôt.

« Vous connaissez ma situation, bref — comme je n'ai pas de véritables amis, je suis contraint à emprunter de l'argent chez des usuriers. Mais il faut du temps pour trouver, parmi cette catégorie de gens peu chrétiens, ceux qui sont malgré tout les plus chrétiens et je suis cette fois tellement démuni que je dois vous demander pour tout au monde, très cher ami, de m'assister de ce dont vous pourrez vous priver.

« Si j'avais actuellement au moins 600 fl. en main, je pourrais écrire assez calmement — car hélas il faut du calme pour cela... »

« *Bella calma troverà...* »

En plus Mozart est malade (c'est la première fois qu'il se plaint vraiment). Migraines, maux de dents. Quelques élèves (pas assez), des souscriptions qui échouent, encore un déménagement (le dernier). Il sent qu'il est oublié, ou plutôt qu'on organise l'oubli à son sujet dans la bonne société viennoise. Tout le monde est invité, sauf lui, au couronnement de Léopold II, le nouvel empereur, à Francfort. Là, c'en est trop. Il décide d'y aller quand même à ses frais. Il rêve de « réussir ses affaires », et écrit à Constance qu'ils auront alors une « vie merveilleuse » (« Je travaillerai-travaillerai- »). Mais ses espoirs retombent très vite :

« Je me réjouis comme un enfant de te retrouver. Si les gens pouvaient voir dans mon cœur, je devrais presque avoir honte. Tout me semble froid — glacé — oui, si seulement tu étais près de moi, je trouverais peut-être plus de plaisir à l'attitude des gens à mon égard — mais ainsi, tout est si vide — adieu — chérie — je suis à jamais

« Ton Mozart
« qui t'aime de toute son âme. »

Le plus grave, dans ces circonstances, est qu'il ne compose pas. Malade, écrasé de soucis, il est réduit à une sorte de mendicité humiliante, et est même obligé de vendre ses *Quatuors prussiens*

« pour une somme ridicule ». Envoyez ce que vous pouvez, dit-il à Puchberg, « tout me serait utile pour l'instant » (l'autre envoie dix florins). À Francfort, il vit très retiré : « Je ne sors pas de la matinée mais reste dans ce trou qui est ma chambre, et compose. » Compose-t-il vraiment ? L'argent semble avoir pris la place de la musique, des images de monnaie viennent recouvrir les notes, le soleil noir de la mélancolie le guette, lui toujours si gai, si ardent. S'il joue en public, c'est toujours le même succès, mais sans bénéfice. On l'admire, on ne le paye pas. « Jouez donc, Mozart ! Merci, c'était superbe. À une autre fois. »

Vers le mois d'octobre, cela va mieux. Le voyage et le grand air lui ont fait du bien. De Munich, le 4 novembre, à Constance : « Je serai heureux de te retrouver, car j'ai beaucoup de choses à te dire. J'ai l'intention de faire à la fin de l'été prochain ce *tour* avec toi, mon amour, afin que tu fréquentes d'autres eaux : le divertissement, la *motion* et le changement d'air te feront du bien tout comme cela me réussit merveilleusement, je m'en réjouis, et tout le monde partage ma joie. »

Il est très possible qu'il ait eu, dans ces régions plus proches de la France, des nouvelles du grand espoir lumineux qui y était né. Encore qu'avec les Français, il faille se méfier : ils ont une trop mauvaise *musique.* La suite l'a prouvé.

Que serait-il arrivé si Mozart avait pu répondre favorablement à l'invitation qu'il reçoit, à ce moment-là, du Théâtre italien de Londres ? Haydn, lui, va partir. Il y a un dîner d'adieu à Vienne. Les deux amis sont émus. Ils ne se reverront plus.

Pourtant, le miracle est là : Mozart, comme ressuscité, va connaître la plus grande année de création de sa vie. Là encore, mystère. Deux quintettes pour cordes (les plus beaux), un concerto pour piano, l'*Ave Verum*, deux opéras (dont son plus grand chef-d'œuvre), le concerto pour clarinette, le *Requiem* inachevé (et qui *devait* le rester). Quelle année de musique, quelle année pour mourir.

En décembre 1790, le quintette en *ré majeur* K. 593 annonce la couleur dans les cordes. Le violoncelle a l'air de se réveiller d'un long hiver, soulève une nappe de fatigue, les violons et l'alto sortent doucement avec lui à l'air libre. Et c'est reparti très vite du bon pied, courage, à l'attaque. En avril 1791 le quintette en *mi bémol majeur* K. 614 enfonce sa vrille de printemps définitif. En mars le concerto pour piano en *si bémol* n° 27 élargit le champ. C'est le dernier concerto pour piano de Mozart, sa dernière apparition en public.

Un élève : « Sous ses doigts, le piano se transformait en un autre instrument. »

C'est ce petit homme un peu pâle, là-bas, qui joue pour vous d'un instrument bien connu devenu unique.

En réalité, Mozart a tout compris dans le ressaisissement de son être. La fermeture de la bonne société viennoise ; les soucis d'argent ; Constance encore enceinte (sixième enfant, Franz Xaver Wolfgang Amadeus, un survivant, celui-là, et le choix des prénoms, ici, n'est pas innocent) ; les persécutions antimaçonniques montantes (peur de la Révolution française), tout cela est infranchissable *de face*. Il faut donc entrer dans la clandestinité.

Un très grand poète, Hölderlin, fera de même quelques années plus tard en se réfugiant, pour très longtemps, grâce à une folie apparente, dans une tour et une chambre ronde, spacieuse, au bord du Neckar.

La solution se présente, elle était à portée de la main : Schikaneder et son théâtre populaire « à effets », un opéra allemand allant directement au public périphérique, tout en étant crypté pour les vrais connaisseurs. Une féerie ésotérique, donc.

Dès le mois de mai, la décision est prise. Ce sera le travail hallucinant de l'été.

La Flûte enchantée va naître.

En juin, Constance, enceinte de sept mois, est en cure à Baden avec son fils Karl. Mozart est resté à Vienne, et il semble d'excellente humeur.

Il envoie 2 999 baisers à sa Stanzi : « Maintenant je te dis quelque chose à l'oreille — et toi à la mienne — Maintenant nous ouvrons et fermons le bec — de plus en plus — et plus — finalement nous disons c'est à cause de Plumpi-Stumpi — tu peux interpréter cela comme tu veux — c'est justement la *commodité.* »

Wolferl et Stanzerl ont des becs comme deux oiseaux, et Wolfgang Amadeus Mozart est justement en train d'écrire un opéra où apparaît un oiseleur emplumé. Mais que veut dire « Plumpi-Stumpi » ? Constance le sait sans doute, comme la petite cousine d'autrefois connaissait la signification de « spuni-cuni ». Bien entendu, Constance n'a jamais raconté comment Mozart *chuchotait.* C'est dommage.

Étonnante complicité entre ces deux-là. Elle contredit absolument la propagande romantique de l'amour impossible et douloureux, du génie tragiquement incompris par des femmes légères, etc. Méconnaître un génie est, certes, la moindre des choses pour des proches (comment pourraient-ils faire autrement ?). Mais le « petit homme » Mozart a l'air très content de sa petite femme, et pour une raison évidente : il s'aventure très loin de tous, il acquiert, de plus en plus, un sens aigu de la précarité de l'existence mortelle, la proximité devient pour lui quelque chose de sacré. Dès qu'il est seul à Vienne, il s'ennuie : « Par pur ennui, j'ai composé aujourd'hui un air pour l'opéra (il s'agit de la *Flûte*). Je me suis levé dès 4 heures et demie. Miracle, j'ai réussi à ouvrir ma montre, mais comme je n'avais pas de clé, je n'ai pas pu la remonter n'est-ce pas ? — *Schlumbla !* — Voici encore un mot pour réfléchir —. Par contre, j'ai remonté la *grande pendule* [...] Je t'embrasse 1 000 fois et dis, en pensée avec toi, la mort et le désespoir étaient son salaire. »

Schlumbla ? Pourquoi pas. On *voit* Mozart dans son appartement, avec sa montre et sa pendule. Quelle heure est-il lorsqu'on écrit une musique débarrassée de toute référence au Temps ? Mais le plus inattendu, dans la dernière phrase, est l'allusion au duo n° 11 de la *Flûte* quand les prêtres chantent le destin tragique de ceux — y compris les sages — qui se sont laissé tromper par des femmes. Ou bien Mozart parlait de ses compositions avec Constance (beaucoup plus qu'on n'a osé l'imaginer), ou bien il glisse cette référence (« la mort et le désespoir... ») comme une plaisanterie, et elle sonne bien étrangement quatre mois avant sa disparition subite.

Il imagine de près la vie quotidienne de Constance : « Fais attention à toi le matin et le soir, quand il fait frais. » Autre réflexion : « Il n'est pas bon pour moi d'être seul lorsque j'ai quelque chose en tête. » Cela parce qu'il a déjeuné seul et que, sans doute, il entend mieux sa musique, à l'intérieur de lui, quand il y a du bruit et des conversations par-dessus. « Ne va pas au casino — cette *compagnie* — tu me comprends bien. » Là, nous sommes encore dans les soucis financiers, emprunts ou transactions hasardeuses, dettes de jeu probables. Et en même temps : « Où j'ai dormi ? À la maison, bien sûr — mais les souris m'ont tenu longtemps compagnie. J'ai fort bien *discouru* avec elles. Avant 5 heures, j'étais debout. »

Mozart-Papageno est inquiet pour Stanzi-Papagena enceinte. Mais Mozart-Tamino peut, grâce à sa flûte magique, « discourir » avec les souris. Et faire bien d'autres choses encore. A-t-il d'ailleurs réellement couché à la maison, ou dans la cabane où se prépare joyeusement l'opéra ? Qui est cette jeune chanteuse du théâtre, Anna Gottlieb ? Une souris ?

Dans le film *Amadeus*, on voit un Mozart légèrement titubant rentrant chez lui au petit matin et essuyant une scène de ménage de la part de sa belle-mère. Elle pique, elle pérore, elle crie, sa voix enfle, Mozart la regarde et se met à composer immédiatement dans sa tête le grand air à vocalises furieuses de la Reine de la Nuit. Les enfants aiment beaucoup cette scène (sans parler de celles où apparaît Papageno). Quand ils entendent ensuite la musique, ils s'écrient : « Voilà la belle-mère ! » On peut le comprendre gentiment comme ça, mais les choses, on s'en doute, sont plus compliquées et profondes.

En tout cas, en juillet 1791 à Vienne, mis à part le mur de l'argent qu'il a constamment devant lui, Mozart va très bien : « Maintenant tu ne peux me faire un plus grand plaisir qu'en étant joyeuse et gaie — car si je *sais avec certitude* que *tu* ne manques de rien — tous mes efforts me semblent agréables et plaisants ; — la situation la plus *fatale* et compliquée dans laquelle je peux me trouver n'est qu'une bagatelle si je sais que tu es en *bonne santé* et *gaie* [...] Je serai toujours ton *Str* ! Knaller baller-schnip-schnap-schnur-*Schnepeperl*. Snai ! »

« Knaller baller » (petit pétard) était jusque-là une particularité de Constance. On voit donc qu'elle est aussi, pour Mozart, une caractéristique de Wolfgang.

Le lendemain, changement d'humeur : « Je ne peux t'expliquer mes sentiments, c'est un certain vide — qui me fait bien mal — une certaine langueur jamais satisfaite et qui, par suite, ne s'apaise jamais — qui perdure sans cesse et croît même de jour en jour ; — quand je pense combien nous étions gais et puérils ensemble, à Baden, — et quelles tristes et ennuyeuses heures je vis ici — même mon travail ne me charme plus, car j'étais habitué à m'arrêter de temps en temps pour échanger quelques mots avec toi, et ce plaisir est maintenant impossible — si je me mets au piano et chante quelque chose de l'opéra, je dois tout de suite m'arrêter — cela m'émeut trop. — *Basta !* »

Les dernières grandes lettres à Constance datent d'octobre, au moment de la représentation de *La Flûte enchantée.* Elle est encore à Baden, et lui s'assure de la victoire qu'il est en train de remporter. Entre-temps, il y aura eu la commande du *Requiem* et la composition rapide de *La Clémence de Titus* pour le couronnement, en roi de Bohême, du nouvel empereur Léopold II à Prague.

On doit encore insister sur l'excellente forme de Mozart en cet automne. Il joue au billard, il boit du café « en fumant une merveilleuse pipe de tabac », il instrumente l'éblouissant concerto pour clarinette, il mange ses fameuses « carbonades » (peut-être mortelles), il souhaite plus que jamais une vie tranquille pour pouvoir travailler, savoure « un délicieux morceau d'esturgeon » et un demi-chapon, dort « merveilleusement », plaisante comme d'habitude.

Le succès de la *Flûte* n'y est pas pour rien : le théâtre est plein, l'affluence est continuelle, « mais ce qui me fait le plus plaisir c'est le succès silencieux ! On sent que la cote de cet opéra ne cesse de monter ».

Malentendu positif ? Peut-être. Mozart assiste à une représentation de son opéra avec le corniste Joseph Leutgeb et se plaint de ses réactions : « Il riait de tout ; au début j'ai gardé patience et ai voulu attirer son attention sur certains dialogues, mais il riait de tout, c'en fut trop, je le traitai de *Papageno* et partis, — mais je ne crois pas que l'imbécile ait compris. »

Leutgeb rit au moment des scènes solennelles. Il ne comprend pas la portée métaphysique de l'opéra (pas plus que Papageno ne comprend la portée des épreuves initiatiques). Il n'y a d'ailleurs pas foule, et c'est normal, pour accorder à *La Flûte enchantée*, selon le mot de Gœthe, une « haute signification ».

Mozart souligne à cette occasion qu'un spectateur est particulièrement enthousiaste. On ne s'y attendait pas : c'est Salieri.

Revenons sur les cinq mois décisifs de 1791.

En juin et juillet, Mozart compose l'essentiel de *La Flûte enchantée*, sauf la marche des prêtres et l'ouverture, qu'il écrit au dernier moment.

Fin juillet, il reçoit la commande de *La Clémence de Titus* qu'il accepte immédiatement (ses besoins d'argent l'y obligent, comme pour le *Requiem* dont le comte Walsegg veut se déclarer l'auteur).

La *Clémence* est son record de vitesse, puisque l'opéra est joué le 6 septembre à Prague. L'accueil est réservé, et l'impératrice Marie-Louise d'Espagne (femme de Léopold II) trouve la musique mauvaise et parle de « cochonnerie allemande ».

Le 10 septembre, Mozart est reçu à la loge pragoise « À la vérité et à l'unité », où on joue en son honneur sa cantate *Die Maurerfreude, La Joie du Maçon.*

Le 28 septembre, retour à Vienne, et finition

de la *Flûte*. Le même jour, Mozart inscrit dans son catalogue le concerto pour clarinette en *la majeur* K. 622.

Le 30, c'est la première de la *Flûte*. Sa belle-sœur, Josepha Hofer, chante la Reine de la Nuit, et Anna Gottlieb (prénom allemand d'Amadeus) le rôle de Pamina. Elle a dix-sept ans. Succès populaire progressif.

Le même jour a lieu à Prague la dernière représentation plutôt encourageante de la *Clémence*.

On peut donc dater de la mi-octobre la brusque « maladie » de Mozart, alors qu'il s'est mis à la composition du *Requiem*.

Nissen : « Sa femme faisait souvent venir, sans le prévenir, des gens qu'il aimait. Ils devaient feindre de le surprendre, quand il était absorbé sans trêve dans son travail. Bien sûr, il s'en montrait heureux, mais il continuait à travailler. Ils bavardaient beaucoup ; lui n'entendait rien. Et, si on lui adressait la parole, il répondait brièvement sans se fâcher, et se remettait à écrire. »

Niemtschek : « Un beau jour d'automne, Constance le conduisit en voiture au Prater pour le distraire et le remonter. Ils s'assirent à l'écart et Mozart se mit à parler de la mort. Il disait qu'il composait le *Requiem* pour lui-même. Des larmes brillaient dans ses yeux en ajoutant : « Je ne sens que trop que je n'en ai plus pour longtemps.

On m'a sûrement empoisonné. Je ne peux me défaire de cette idée. » Ces paroles tombèrent comme un poids terrible sur le cœur de Constance ; elle n'était guère capable de le consoler et de lui montrer l'inanité de ces imaginations mélancoliques. Car elle était convaincue qu'une maladie était imminente, et que le *Requiem* irritait sa sensibilité nerveuse. »

La santé de Mozart décline rapidement. Le 9 novembre, il est condamné à la saisie de la moitié de son salaire de musicien de la chambre pour rembourser le prince Karl Lichnowsky (le futur protecteur de Beethoven). Il aurait mis plus de trois ans à s'acquitter de cette dette qui, après sa mort, n'a pas été réclamée à Constance.

Le 15 novembre, il trouve la force de composer et d'aller diriger lui-même sa dernière œuvre achevée, la *Petite cantate maçonnique, Éloge de l'amitié* K. 623, pour l'inauguration de la loge « À l'Espérance nouvellement couronnée ».

Le 20 novembre, il est alité, et le 3 décembre, vers 14 heures, a lieu dans sa chambre une répétition du *Requiem.*

Schack : « Comme ils arrivaient au premier verset du *Lacrimosa,* Mozart eut soudain la certitude qu'il n'achèverait pas son œuvre ; il se mit à sangloter et écarta la partition. »

Sophie Haibel (belle-sœur de Mozart) : « Süssmayer [qui achèvera le *Requiem* sur les indications de Mozart] était près de son lit. Le fameux

Requiem était sur la couverture, et Mozart expliquait comment il devrait le terminer selon ses intentions. Il dit encore : « N'avais-je pas dit que j'écrivais ce *Requiem* pour moi-même ? »

La même : « Les compresses secouèrent si fort Mozart qu'il perdit connaissance jusqu'à ce qu'il trépassât. Son dernier souffle fut comme s'il voulait, avec la bouche, imiter les timbales de son *Requiem.* Je l'entends encore. »

Deiner : « À minuit, Mozart se dressa sur son lit, les yeux fixes, puis il pencha la tête contre le mur et parut se rendormir. »

Nous sommes exactement le 5 décembre 1791 à 0 h 55. L'acte de décès porte : « fièvre miliaire aiguë ».

La mise en bière a lieu selon le rituel maçonnique (manteau noir à capuche), et le 6 décembre, un service funèbre se déroule à la chapelle du Crucifix, sur le côté nord, à l'extérieur de la cathédrale Saint-Etienne.

L'enterrement est de troisième classe (huit florins cinquante-six kreutzer), usuel pour les membres de la bourgeoisie moyenne. Corbillard de deux chevaux (supplément : trois florins) à la tombée de la nuit, cimetière Saint-Marx, « tombeau communautaire simple » (et non fosse commune). Météo : temps doux et brouillard fréquent (et non tempête de neige).

Le même jour, Hofdemel, frère de loge de Mozart, tente d'assassiner sa femme enceinte et se suicide.

Le 10 décembre : messe de requiem à l'église Saint-Michel, siège de la Congrégation de Sainte-Cécile des musiciens de la cour. Il est probable qu'on y a exécuté des extraits du *Requiem*.

L'existence terrestre de Mozart a ainsi duré trente-cinq ans, dix mois et huit jours.

La controverse sur les derniers moments de Mozart me semble dépourvue d'intérêt. D'après Sophie Haibel, des prêtres auraient refusé de venir l'assister (mauvaise réputation, maçonnerie, etc.). Religieux, pas religieux ? La question n'a pas grand sens. Religieux *autrement*, c'est certain. De toute façon, il suffit d'écouter ce qu'il a écrit du *Requiem* : personne n'a jamais fait mieux dans les siècles des siècles.

Qui pouvait enterrer de façon plus grandiose Mozart, sinon Mozart ?

Musique, donc.

Les deux derniers opéras de Mozart nous disent au plus près ce qu'il a voulu vivre et chanter. La *Clémence* est l'œuvre exotérique, la *Flûte*, l'ésotérique.

Voyons la première, écrite à toute allure, juste après la seconde.

La Clémence de Titus, La Clemenza di Tito, est un *opera seria*, comme Mozart en a écrit dans sa jeunesse (*Lucio Silla, Mitridate*), mais d'une tout autre nature. Nikolaus Harnoncourt a raison d'y voir un « langage de l'avenir », un adieu au XVIIIe siècle par concentration dramatique. Non pas l'avenir du XIXe, mais quelque chose qui nous touche aujourd'hui en plein cœur par fulguration sur fond de catastrophe. Comme si Mozart (qui vient de nous avertir, dans la *Flûte*, que le Temple de la Sagesse était toujours menacé par un complot des forces obscures) était pressé de dire : la musique doit dompter ÇA, ne pas se laisser déborder par ÇA.

ÇA, quoi ? La fragilité des sentiments, le renversement des situations, l'oscillation constante d'un extrême à l'autre. Les couleurs changent vite, on ne sait plus sur quoi s'appuyer, les trahisons pullulent, une variabilité sauvage est en cours. Au fond, il n'y a que deux passions dominantes : la haine et la vengeance d'un côté ; l'amour et le pardon de l'autre. Poison négatif, détachement positif.

Cet opéra est présenté à la cour autrichienne à Prague pour couronner la Bohême, il évoque apparemment la Rome impériale antique, mais il est de tous les temps par son côté incendiaire. L'empire craque, les trônes vacillent, New York est en flammes, les républiques elles-mêmes n'ont qu'à bien se tenir.

Vitellia, fille de Vespasien, veut tuer Titus qui est, selon elle, un usurpateur et un traître (même couleur que la Reine de la Nuit à l'égard de Sarastro). Elle manipule à cet effet Sextus (comme Donna Anna entraîne Ottavio, comme la Reine de la Nuit envoie en mission Tamino ou demande à sa fille de poignarder Sarastro). Le complot échouera, et Titus pardonnera à tout le monde. Un garde-policier : Publius. Un couple réellement amoureux : Servilia et Annius.

Harnoncourt : « Tout l'opéra traite finalement des méprises de l'amour et du sexe, car on ne peut pas nommer amour la relation entre Vitellia et Sextus. Or c'est elle qui est mise le plus en avant tout au long de l'œuvre. »

Sexualité ? Mais oui, et intense (Mozart continue son programme de désillusion par d'autres voies que *Cosi*). D'autant plus intense, que Sextus est chanté par une voix de femme. Le martèlement et les zébrures des récitatifs donnent l'impression d'aller à bride abattue en compagnie de folles furieuses. Mozart, grand spécialiste de l'hystérie, la *traite*, au lieu d'être fasciné et avalé par elle, comme le seront tant d'autres musiciens après lui.

Et voici notre grand personnage mozartien : la clarinette. Elle est déployée ici au maximum de son enchevêtrement possible avec les voix (celle de Sextus, par exemple, envoyé froidement par Vitellia au crime). Harnoncourt parle d'une « hypnose totale par la clarinette », et c'est en effet une possession mélodieuse de tous les diables, une incroyable fugue pour instrument à bouche et humanoïde associé. Prononcer ici le mot de phallus, pourtant évident, obscurcit l'effet qu'il faut non pas « voir » mais entendre. Vitellia et Sextus s'appellent Janet Baker et Yvonne Minton dans la version de Colin Davis, Lucia Popp et Ann Murray dans celle d'Harnoncourt. « Ta fureur m'enflamme », dit Sextus (comme une héroïne de Sade), et pas besoin de suivre les mots, la musique submerge tout. Une crise en tous sens ravage la scène du Pouvoir, de tous les Pouvoirs. Musique funèbre en quintette, contamination par l'air, effet de serre, vous captez de temps en temps un mot-pivot : *Vieni... Tornà... Vengo... Aspettate...* Mais il s'agit d'une flamme de crête, la nappe de feu est incessante, l'opéra ne s'arrête pas un instant (Mozart le compose sans doute, entre Vienne et Prague, en voiture). Harnoncourt a raison de souligner que, dans cet adieu non dépourvu d'ironie à l'ancien monde — le XVIIIe —, on est frappé par « la présence d'une grandiose antiquité au milieu d'une œuvre très progressiste ». Génie baroque mis à sac par son plus grand représentant : Mozart.

Titus (pourtant destructeur de Jérusalem) est faible, incertain, et finalement sublime de clémence. Autour de lui, convulsion et trahison. Le couple amoureux, pourtant, n'oublie pas de rappeler l'évangile mozartien (« Que soit banni de la vie tout ce qui n'est pas amour »). Mais le nerf du chant (ou plutôt du chantage), c'est, de la part de Vitellia, la haine, le remords, l'horreur, l'épouvante : « Cours, venge-moi, et je suis à toi. » La vengeance est la passion féminine par excellence.

Au terme d'une série de malentendus, pendant lesquels la musique a procédé par coups de fouet et compressions verticales géologiques, l'opéra est fini, et l'auditeur peut s'écrier comme

Titus ahuri : « *Ma che giorno è mai questo ?* » En termes modernes : « Mais qu'est-ce que c'est que ce foutoir ? »

Un pan de l'histoire est achevé : personne ne renoncera plus au pouvoir absolu par amour, le prince ira toujours plus loin dans ce qu'il a toujours été, la leçon de clémence est un vœu pieux, un dernier signal de sagesse avant l'orage. La haine et la vengeance ont de beaux jours devant elles. Mozart annonce la vérité du mot de Nietzsche : « Le désert croît. »

C'est son dernier grand message politique, soyez éclairés et cléments où vous périrez. Venant du Titus romain, persécuteur des Juifs, la leçon est pour le moins inattendue et rude.

L'esprit de vengeance : nous retrouvons ici cette fonction centrale de l'histoire de la métaphysique. Nietzsche, dans *Ainsi parlait Zarathoustra* (nous allons vers le Sarastro de la *Flûte*), le définit comme « le ressentiment de la volonté contre le temps et son "il était" ».

Donna Anna, Elvire, Vitellia, la Reine de la Nuit sont ses incarnations de plus en plus dévoilées.

« Vengeance, commente Heidegger dans *Qu'appelle-t-on penser ?*, venger, *wreken, urgere* veut dire : heurter, pousser, poursuivre, pourchasser. Toute pensée de l'homme tel qu'il a été jusqu'ici, sa pré-sentation, est déterminée par la vengeance, par le "pourchasser". Mais la vengeance se masque et apparaît comme "châtiment". Elle couvre sa nature haineuse en affectant de sanctionner. »

Renoncer à la vengeance serait ainsi renoncer à tout ce que l'homme a jusqu'à présent *été*. Ne plus être « homme » ? Ni « femme » ? Mais alors, quoi ?

Il était fatal que Mozart (comme Sade, mais en sens contraire) ait été appelé le « divin ». Cela permet d'éviter la vraie question : qu'est-ce que le divin pour lui ? Et où en sommes-nous avec lui ?

Ou encore : qu'est-ce qu'un Dieu qui ne serait plus l'instrument de l'esprit de vengeance ?

Comme on lit toujours trop vite, on n'a pas assez remarqué que la célèbre formule de Rimbaud dans *Une saison en enfer* : « Il faut être absolument moderne » venait juste après une renonciation explicite à la vengeance :

« Oui, l'heure nouvelle est au moins très sévère.

« Car je puis dire que la victoire m'est acquise : les grincements de dents, les sifflements de feu, les soupirs empestés se modèrent. Tous les souvenirs immondes s'effacent. Mes derniers regrets détalent, — des jalousies pour les mendiants, les brigands, les amis de la mort, les arriérés de toutes sortes. — Damnés, si je me vengeais !

« Il faut être absolument moderne. »

Renoncer à la vengeance, ce serait « être absolument moderne ». Rien à voir, bien sûr, avec la « modernité ».

Mozart est *absolument moderne.*

Le rideau se lève : les ténèbres luttent contre la lumière.

Zoroastre, Zarathoustra, Sarastro : Wolfgang Amadeus n'a pas choisi au hasard le nom de celui qui est calomnié par la cabale de la Force nocturne. De même pour la référence à Isis et Osiris : il s'agit d'instaurer le règne de la lumière en arrachant la victoire aux vieux cultes maternels qui ont duré si longtemps, grottes, figures enfouies, obscurité, peur, terreur. Le dualisme originaire doit être assumé et surmonté par une nouvelle alliance masculin/féminin que tout l'ancien monde redoute. Comme par hasard, les élus du mazdéisme (Zoroastre) habitent la « demeure des chants », et les réprouvés la « demeure du mensonge ».

La Reine de la Nuit *ment*, mais peut-elle faire autrement ? Non. Elle agit comme son pouvoir sacré l'y oblige, en voulant transmettre son pouvoir sacerdotal à sa fille (Pamina) depuis le fond des temps. Elle est en lutte avec Sarastro, qui a d'autres projets et a enlevé son enfant. « Mon fils », dit la Reine à Tamino, après l'avoir terrorisé par l'apparition d'un dragon. « Mon fils, va délivrer ma fille ! » Prise optique : le portrait de Pamina. Effet immédiat.

Voici donc la Mère, la *Mutter*, dans toute sa splendeur noire, plaintive, étoilée, sorte de Vierge à l'envers, souveraineté souterraine incomprise. Elle est d'ailleurs prête à tout pour récupérer sa progéniture de transmission (son autre elle-même), jusqu'à la vendre, plus tard, au désir de Monostatos, c'est-à-dire à un gendre qui serait soumis à sa nuit. Isis, au contraire, mère et fille d'Hermès, dieu du Verbe, est une divinité réparatrice fidèle épouse et rassembleuse du corps d'Osiris (et de son phallus). C'est la déesse « aux mille noms », une mer mêlée au soleil. Sept ans après *La Flûte enchantée*, en 1798, on peut lire dans *Les Disciples à Saïs* de Novalis : « Pour comprendre la Nature, il faut recréer en soi la Nature dans son déroulement complet. »

Il s'agit donc d'une guerre intra-divine, dans laquelle Mozart prend parti. Sarastro a subtilisé sa fille à la Reine, il la destine au mortel qui aura surmonté les épreuves de l'initiation. Tamino ne peut pas s'en sortir par ses propres forces. Il lui faut d'abord une « flûte d'or » (donnée par la Reine, qui ne se doute pas que sa machination va se retourner contre elle), puis une flûte taillée dans un « chêne millénaire » (donnée par Pamina au nom de son père). Nous sommes bien au-delà des siècles, dans l'histoire fabuleuse du Temps. C'est Pamina elle-même, une fois dégagée de sa mère, qui *guide* Tamino, joueur de flûte, à travers le feu et l'eau.

Voilà le « noble couple » inventé par Mozart. L'allemand dit mieux que « couple » : *Paar* (quelques années plus tard Joseph Haydn, prudent, aura quand même l'audace de faire chanter, dans *La Création*, Adam et Ève en pleine extase paradisiaque).

En faisant résonner ces mots : « Une femme qui ne craint ni la nuit ni la mort est digne d'être initiée », Mozart sait qu'il se livre à un coup de force contre des préjugés très ancrés (y compris en maçonnerie, puisque les prêtres, non sans raisons, rappellent à plusieurs reprises leur méfiance à l'égard des femmes et de leurs bavardages). *Une* femme, dit-il, pas *les*. De même, les hommes ne sont pas tous aptes à franchir les épreuves mortelles (« s'il peut surmonter l'angoisse de la mort, il s'élancera de la terre jusqu'au ciel »), en passant les « portes de la terreur ». Papageno, par exemple, en est incapable, et Mozart précise pourquoi : libido irrépressible, incapacité à se taire. Si vous ne pouvez pas faire autrement, faites donc gaiement des enfants, et paix sur la terre à tous les industrieux et joyeux parents.

Les trois garçons (« jeunes, beaux, gracieux et sages ») sont justement là pour intervenir dans les moments de désespoir (belle idée d'Ingmar

Bergman, dans son film à partir de la *Flûte*, de les faire se déplacer en ballon). Ils empêchent le suicide de Pamina (au poignard) et celui de Papageno (pendaison). Un suicide est une erreur. L'erreur est la légende douloureuse.

La Reine de la Nuit :

Un enfer de vengeance brûle dans mon cœur,
Mort et désespoir flamboient autour de moi.

Sarastro :

Dans ces lieux sacrés
On ne connaît pas la vengeance.

Pour une mère (pour cette mère ancestrale-là, en tout cas), une fille doit tuer l'homme ou le domestiquer. Sinon, c'est le drame. On parle beaucoup de misogynie, mais pas assez de *misandrie.* Nous y voici.

Il y a donc eu un enlèvement au sérail, mais cette fois pour passer d'une prison inapparente (le royaume de la Reine) à un temple (celui de Sarastro). Le ravisseur n'est plus mauvais, mais bon. Ce bien apparaît comme un mal dans le monde « infernal » paré de toutes les séductions magiques (flûte en or, carillon de clochettes d'argent). Or le monde de la lumière, lui, n'est pas limité à tel ou tel instrument, mais est celui de la musique tout entière, capable d'engloutir avec tonnerre et tremblement de terre le règne de la Reine de la Nuit. La Reine est un instrument, Sarastro les chœurs et l'orchestre, et Mozart, comme d'habitude, tous les personnages et les instruments à la fois.

À propos d'instrument, on remarque, au passage, que Tamino en change en cours de route, comme si le bois de sa seconde flûte « millénaire » fabriquée dans un « moment magique d'éclair, de tempête et de fracas » pouvait mieux résister au feu et à l'eau que la flûte d'or maternelle. Mieux vaut le bois que l'or et, en un sens, la clarinette que la flûte.

C'est enfin *guidé* par Pamina que Tamino avance dans le mystère.

Tous les deux : « Nous irons, par la seule force de la musique, avec joie, à travers la sombre nuit de la mort. »

La Flûte enchantée, ou plutôt *La Flûte magique*, pourrait s'appeler *Éloge de la musique*, par Wolfgang Amadeus Mozart. (Nietzsche : « Sans la musique, la vie serait une erreur. »)

Que l'amour « adoucisse toute peine » et que « chaque créature lui soit vouée » est une loi. La Reine veut la perpétuer par appropriation biologique, et Papageno par force de reproduction. Homme et femme sont cependant capables de « divinité » (*Gottheit*), ce que la Reine récuse, et que Sarastro accepte, moins désabusé sur ses pouvoirs magiques que le Prospero de *La*

Tempête de Shakespeare. Le règne du « père juste » est connaissable, il suffit d'être « ferme, patient et discret », de ne pas être conduit par « la mort et la vengeance ». Cette connaissance, finalement, est amour, c'est-à-dire musique.

Écoutons Tamino : « Nuit éternelle, quand vas-tu te dissiper ? Quand mes yeux s'ouvriront-ils à la lumière ? » La flûte d'or calme les animaux et fait danser les méchants (joie des enfants), mais elle ne va pas plus loin. Si on la possédait, elle permettrait de se débarrasser de ses ennemis (ici Mozart inquiète beaucoup de monde à Vienne). Tous ces exorcismes ont lieu en public, et on peut rêver cinq minutes sur le fait que Vienne, justement, ait été, en Europe, le lieu de la plus grande création (Mozart) et celui, après une ère de lumières (Freud), de la plus grande décomposition (Hitler). Comme quoi la Reine de la Nuit survivait dans l'ombre. Pour elle, et ses trois Dames, le temple de Sarastro est rempli de bigots qu'il faut exterminer. « Racontars de femmes inspirés par des hypocrites », répond Tamino. Et les prêtres : « Que les femmes aillent au diable ! » Les trois Dames, si gentilles au début, si malfaisantes à la fin (Macbeth ou l'*hysterica passio* évoquée dans *Le Roi Lear*) disparaissent dans les profondeurs.

On est beaucoup englouti, dans la *Flûte* : non plus Don Giovanni, mais la Reine et son monde. On communique aussi beaucoup à distance par la musique dont les effets magiques (orphiques) sont constamment soulignés. La musique passe à travers tout (y compris la mort). Les humains passent, la musique reste, du moins quand c'est Mozart qui l'écrit.

L'orgueilleuse Reine de la Nuit jette toutes ses forces dans la bataille. Elle terrorise sa fille, la menace de répudiation si elle n'assassine pas Sarastro, et déclare qu'à ce moment-là les liens de la Nature seront à jamais détruits. Elle se prend pour l'origine du monde. Écoutez, crie-t-elle, le « serment d'une mère ».

Eh bien, ces liens-là sont en effet détruits. Il y a plus haut et plus vrai que le serment menteur d'une mère. Le grand air de la Reine, et ses vocalises inouïes, jettent leurs derniers feux dans la galaxie.

C'était en tout cas le défi de Mozart. Il n'a pas été entendu, puisque la suite de l'histoire s'est distinguée par un maximum de bruit et de fureur. À quoi bon des poètes en temps de détresse ? demande bientôt Hölderlin, avant de les comparer à des prêtres de Dionysos errant dans la nuit sacrée. Il ne nous reste que le silence, l'exil et la ruse, dira bientôt James Joyce. Et Kafka, à Prague, n'a pas le moindre écho des éclatants séjours de Mozart. Massacres et mauvais goût occupent la scène. On est quand même obligé de jouer *Cosi fan tutte* ou *La Flûte enchantée* (qui passent même à travers des mises en scène idiotes).

On n'a pas écouté non plus ce que Rimbaud célébrait dans *Génie* :

« Il est l'affection et le présent puisqu'il a fait la maison ouverte à l'hiver écumeux et à la rumeur de l'été » —

« Il est l'amour, mesure parfaite et réinventée, raison merveilleuse et imprévue, et l'éternité : machine aimée des qualités fatales » —

« L'abolition de toutes souffrances dans la musique plus intense » —

Ainsi s'anéantit, pour qui sait entendre, le pouvoir de la nuit éternelle. Une autre éternité est retrouvée, plus loin que le feu et l'eau : la mer mêlée au soleil. « Mon âme éternelle, observe ton vœu, malgré la nuit seule et le jour en feu. »

Il faut le répéter. Encore, et encore.

La Flûte enchantée vous accorde aussi le droit de vous amuser. Un sacré sans humour est une imposture, un humour sans sacré une caricature.

Puissance de la musique : la force lumineuse a triomphé. Ici, chez le mystérieux Mozart, tout est Sagesse et Beauté. Ceux et celles qui ont vu son cœur s'arrêter de battre n'ont certainement pas pu imaginer une telle métamorphose.

On réécoute l'ouverture. Les trois appels solennels. L'électricité tout autour. Signification littérale et dans tous les sens.

De nouveau, ce soir d'été, on éteint les lumières et on fait silence. Donne-moi la main, toi. Les trois coups sont frappés, la féerie recommence.

Vous qui entrez, retrouvez l'espérance.

Une révolution aura lieu.

CHOIX BIBLIOGRAPHIQUE

Wolfgang Amadeus Mozart, *Correspondance*, 7 vol., Flammarion (dernier volume paru : 1999).

Jean et Brigitte Massin, *Mozart*, 1958 ; Fayard, 1990.

H.C. Robbins Landon, *Mozart connu et inconnu*, Gallimard, 1996.

Jean-Victor Hocquard, *La Pensée de Mozart*, Le Seuil, 1958.

Rémy Stricker, *Mozart et ses opéras*, Gallimard, 1980.

Alfred Einstein, *Mozart*, Desclée de Brouwer, 1954 ; Gallimard, 1996.

CHOIX DISCOGRAPHIQUE

J'ai surtout écouté :

Cecilia Bartoli, *Mozart portraits*, Decca, 1994.

Sonates pour piano, Clara Haskil, Daniel Barenboïm, Maria João Pires, Friedrich Gulda.

Sonates pour piano et violon, Clara Haskil et Arthur Grumiaux, Philips.

Grande messe en ut mineur, Ferenc Fricsay, Deutsche Grammophon.

Quatuors pour piano et cordes, Sir Georg Solti et Melos Quartett, Decca.

Quintettes pour cordes, Amadeus Quartett, Deutsche Grammophon.

Quintette avec clarinette, Gervase de Peyer et Amadeus Quartett, Deutsche Grammophon.

Concerto pour clarinette, Eric Hoeprich avec Frans Brüggen, Philips.

Concertos pour piano, Daniel Barenboïm (20 à 27, Teldec), Clara Haskil, Maurizio Pollini, Murray Perahia.

Requiem, Karl Böhm et Orchestre philharmonique de Vienne, Deutsche Grammophon.

Symphonies (39, 40, 41), Leonard Bernstein, Orchestre philharmonique de Vienne, Deutsche Grammophon.
Musique maçonnique, Wiener Akademie, Martin Haselböck, Novalis.
Idoménée, version Nikolaus Harnoncourt, Teldec.
L'enlèvement au sérail, version Ferenc Fricsay, Deutsche Grammophon.
Les Noces de Figaro, version Ferenc Fricsay, Deutsche Grammophon.
Don Giovanni, version Carlo Maria Giulini, Emi.
Cosi fan tutte, version Karajan, Emi.
La Clémence de Titus, version Colin Davis, Philips.
La Flûte enchantée, version Sir Georg Solti, Decca.

DU MÊME AUTEUR

Aux Éditions Gallimard

FEMMES, *roman* (Folio *nº 1620*).

PORTRAIT DU JOUEUR, *roman* (Folio *nº 1786*).

THÉORIE DES EXCEPTIONS (Folio Essais *nº 28*).

PARADIS II, *roman* (Folio *nº 2759*).

LE CŒUR ABSOLU, *roman* (Folio *nº 2013*).

LES FOLIES FRANÇAISES, *roman* (Folio *nº 2201*).

LE LYS D'OR, *roman* (Folio *nº 2279*).

LA FÊTE À VENISE, *roman* (Folio *nº 2463*).

IMPROVISATIONS (Folio Essais *nº 165*).

LE RIRE DE ROME, *entretiens* (« L'Infini »).

LE SECRET, *roman* (Folio *nº 2687*).

LA GUERRE DU GOÛT (Folio *nº 2880*).

SADE CONTRE L'ÊTRE SUPRÊME, *précédé de* SADE DANS LE TEMPS.

STUDIO, *roman* (Folio *nº 3168*).

PASSION FIXE, *roman* (Folio *nº 3566*).

LIBERTÉ DU XVIIIe SIÈCLE (Folio 2 € *nº 3756*).

ÉLOGE DE L'INFINI (Folio *nº 3806*).

L'ÉTOILE DES AMANTS, *roman* (Folio *nº 4120*).

POKER. ENTRETIENS AVEC LA REVUE LIGNE DE RISQUE (« L'Infini »).

UNE VIE DIVINE, *roman*.

Dans la collection « L'Art et l'Écrivain » :
« Livres d'art » et Monographies »

LE PARADIS DE CÉZANNE.

LES SURPRISES DE FRAGONARD.
RODIN, DESSINS ÉROTIQUES.
LES PASSIONS DE FRANCIS BACON.

Dans la collection « À voix haute » (CD audio)

LA PAROLE DE RIMBAUD.

Aux Éditions Grasset

VISION À NEW YORK, *entretiens* (Figures, 1981 ; Médiations/Denoël, Folio *nº 3133*).

Aux Éditions Plon

VENISE ÉTERNELLE.
CARNET DE NUIT.
LE CAVALIER DU LOUVRE : VIVANT DENON, 1747-1825 (Folio *nº 2938*).
CASANOVA L'ADMIRABLE (Folio *nº 3318*).
MYSTÉRIEUX MOZART (Folio *nº 3845*).
DICTIONNAIRE AMOUREUX DE VENISE.

Aux Éditions Desclée De Brouwer

LA DIVINE COMÉDIE (Folio *nº 3747*).

Aux Éditions Robert Laffont

ILLUMINATIONS (Folio *nº 4189*).

Aux Éditions Calmann-Lévy

VOIR ÉCRIRE. *Entretiens avec Christian de Portzamparc* (Folio *nº 4293*).

Aux Éditions du Seuil

Romans

UNE CURIEUSE SOLITUDE (Points-romans *nº 185*).

LE PARC (Points-romans *nº 28*).

DRAME (L'Imaginaire *nº 227*).

NOMBRES (L'Imaginaire *nº 425*).

LOIS (L'Imaginaire *nº 431*).

H (L'Imaginaire *nº 441*).

PARADIS (Points-romans *nº 690*).

Journal

L'ANNÉE DU TIGRE : journal de l'année 1998 (Points-romans *nº 705*).

Essais

L'INTERMÉDIAIRE.

LOGIQUES.

L'ÉCRITURE ET L'EXPÉRIENCE DES LIMITES (Points *nº 24*).

SUR LE MATÉRIALISME.

Aux Éditions de la Différence

DE KOONING, VITE.

Aux Éditions Cercle d'Art

PICASSO LE HÉROS.

Aux Éditions Mille et Une Nuits

UN AMOUR AMÉRICAIN, *nouvelle*.

Aux Éditions 1900

PHOTOS LICENCIEUSES DE LA BELLE ÉPOQUE.

Aux Éditions Stock

L'ŒIL DE PROUST. Les dessins de Marcel Proust.

Aux Éditions Verdier

LE SAINT-ÂNE.

W.

Préfaces

Paul Morand, NEW YORK, *GF Flammarion.*

Madame de Sévigné, LETTRES, *Éditions Scala.*

FEMMES MYTHOLOGIES, en collaboration avec Erich Lessing, *Imprimerie Nationale.*

D.A.F. de Sade, ANNE-PROSPÈRE DE LAUNAY: L'AMOUR DE SADE, *Gallimard.*

Mirabeau, LE RIDEAU LEVÉ OU L'ÉDUCATION DE LAURE, *Jean-Claude Gawsewitch Éditeur.*

COLLECTION FOLIO

Dernières parutions

3968. Dan Simmons	*Les Fosses d'Iverson.*
3969. Junichirô Tanizaki	*Le coupeur de roseaux.*
3970. Richard Wright	*L'homme qui vivait sous terre.*
3971. Vassilis Alexakis	*Les mots étrangers.*
3972. Antoine Audouard	*Une maison au bord du monde.*
3973. Michel Braudeau	*L'interprétation des singes.*
3974. Larry Brown	*Dur comme l'amour.*
3975. Jonathan Coe	*Une touche d'amour.*
3976. Philippe Delerm	*Les amoureux de l'Hôtel de Ville.*
3977. Hans Fallada	*Seul dans Berlin.*
3978. Franz-Olivier Giesbert	*Mort d'un berger.*
3979. Jens Christian Grøndahl	*Bruits du cœur.*
3980. Ludovic Roubaudi	*Les Baltringues.*
3981. Anne Wiazemski	*Sept garçons.*
3982. Michel Quint	*Effroyables jardins.*
3983. Joseph Conrad	*Victoire.*
3984. Émile Ajar	*Pseudo.*
3985. Olivier Bleys	*Le fantôme de la Tour Eiffel.*
3986. Alejo Carpentier	*La danse sacrale.*
3987. Milan Dargent	*Soupe à la tête de bouc.*
3988. André Dhôtel	*Le train du matin.*
3989. André Dhôtel	*Des trottoirs et des fleurs.*
3990. Philippe Labro/ Olivier Barrot	*Lettres d'Amérique. Un voyage en littérature.*
3991. Pierre Péju	*La petite Chartreuse.*
3992. Pascal Quignard	*Albucius.*
3993. Dan Simmons	*Les larmes d'Icare.*
3994. Michel Tournier	*Journal extime.*
3995. Zoé Valdés	*Miracle à Miami.*
3996. Bossuet	*Oraisons funèbres.*
3997. Anonyme	*Jin Ping Mei I.*
3998. Anonyme	*Jin Ping Mei II.*
3999. Pierre Assouline	*Grâces lui soient rendues.*

4000.	Philippe Roth	*La tache.*
4001.	Frederick Busch	*L'inspecteur de nuit.*
4002.	Christophe Dufossé	*L'heure de la sortie.*
4003.	William Faulkner	*Le domaine.*
4004.	Sylvie Germain	*La Chanson des mal-aimants.*
4005.	Joanne Harris	*Les cinq quartiers de l'orange.*
4006.	Leslie Kaplan	*Les Amants de Marie.*
4007.	Thierry Metz	*Le journal d'un manœuvre.*
4008.	Dominique Rolin	*Plaisirs.*
4009.	Jean-Marie Rouart	*Nous ne savons pas aimer.*
4010.	Samuel Butler	*Ainsi va toute chair.*
4011.	George Sand	*La petite Fadette.*
4012.	Jorge Amado	*Le Pays du Carnaval.*
4013.	Alessandro Baricco	*L'âme d'Hegel et les vaches du Wisconsin.*
4014.	La Bible	*Livre d'Isaïe.*
4015.	La Bible	*Paroles de Jérémie-Lamentations.*
4016.	La Bible	*Livre de Job.*
4017.	La Bible	*Livre d'Ezéchiel.*
4018.	Frank Conroy	*Corps et âme.*
4019.	Marc Dugain	*Heureux comme Dieu en France.*
4020.	Marie Ferranti	*La Princesse de Mantoue.*
4021.	Mario Vargas Llosa	*La fête au Bouc.*
4022.	Mario Vargas Llosa	*Histoire de Mayta.*
4023.	Daniel Evan Weiss	*Les cafards n'ont pas de roi.*
4024.	Elsa Morante	*La Storia.*
4025.	Emmanuèle Bernheim	*Stallone.*
4026.	Françoise Chandernagor	*La chambre.*
4027.	Philippe Djian	*Ça, c'est un baiser.*
4028.	Jérôme Garcin	*Théâtre intime.*
4029.	Valentine Goby	*La note sensible.*
4030.	Pierre Magnan	*L'enfant qui tuait le temps.*
4031.	Amos Oz	*Les deux morts de ma grand-mère.*
4032.	Amos Oz	*Une panthère dans la cave.*
4033.	Gisèle Pineau	*Chair Piment.*
4034.	Zeruya Shalev	*Mari et femme.*
4035.	Jules Verne	*La Chasse au météore.*
4036.	Jules Verne	*Le Phare du bout du Monde.*

4037. Gérard de Cortanze *Jorge Semprun.*
4038. Léon Tolstoï *Hadji Mourat.*
4039. Isaac Asimov *Mortelle est la nuit.*
4040. Collectif *Au bonheur de lire.*
4041. Roald Dahl *Gelée royale.*
4042. Denis Diderot *Lettre sur les Aveugles.*
4043. Yukio Mishima *Martyre.*
4044. Elsa Morante *Donna Amalia.*
4045. Ludmila Oulitskaïa *La maison de Lialia.*
4046. Rabindranath Tagore *La petite mariée.*
4047. Ivan Tourguéniev *Clara Militch.*
4048. H.G. Wells *Un rêve d'Armageddon.*
4049. Michka Assayas *Exhibition.*
4050. Richard Bausch *La saison des ténèbres.*
4051. Saul Bellow *Ravelstein.*
4052. Jerome Charyn *L'homme qui rajeunissait.*
4053. Catherine Cusset *Confession d'une radine.*
4055. Thierry Jonquet *La Vigie* (à paraître).
4056. Erika Krouse *Passe me voir un de ces jours.*
4057. Philippe Le Guillou *Les marées du Faou.*
4058. Frances Mayes *Swan.*
4059. Joyce Carol Oates *Nulle et Grande Gueule.*
4060. Edgar Allan Poe *Histoires extraordinaires.*
4061. George Sand *Lettres d'une vie.*
4062. Frédéric Beigbeder *99 francs.*
4063. Balzac *Les Chouans.*
4064. Bernardin de Saint Pierre *Paul et Virginie.*
4065. Raphaël Confiant *Nuée ardente.*
4066. Florence Delay *Dit Nerval.*
4067. Jean Rolin *La clôture.*
4068. Philippe Claudel *Les petites mécaniques.*
4069. Eduardo Barrios *L'enfant qui devint fou d'amour.*
4070. Neil Bissoondath *Un baume pour le cœur.*
4071. Jonathan Coe *Bienvenue au club.*
4072. Toni Davidson *Cicatrices.*
4073. Philippe Delerm *Le buveur de temps.*
4074. Masuji Ibuse *Pluie noire.*
4075. Camille Laurens *L'Amour, roman.*
4076. François Nourissier *Prince des berlingots.*
4077. Jean d'Ormesson *C'était bien.*

4078. Pascal Quignard	*Les Ombres errantes.*
4079. Isaac B. Singer	*De nouveau au tribunal de mon père.*
4080. Pierre Loti	*Matelot.*
4081. Edgar Allan Poe	*Histoires extraordinaires.*
4082. Lian Hearn	*Le clan des Otori, II : les Neiges de l'exil.*
4083. La Bible	*Psaumes.*
4084. La Bible	*Proverbes.*
4085. La Bible	*Évangiles.*
4086. La Bible	*Lettres de Paul.*
4087. Pierre Bergé	*Les jours s'en vont je demeure.*
4088. Benjamin Berton	*Sauvageons.*
4089. Clémence Boulouque	*Mort d'un silence.*
4090. Paule Constant	*Sucre et secret.*
4091. Nicolas Fargues	*One Man Show.*
4092. James Flint	*Habitus.*
4093. Gisèle Fournier	*Non-dits.*
4094. Iegor Gran	*O.N.G.!*
4095. J.M.G. Le Clézio	*Révolutions.*
4096. Andreï Makine	*La terre et le ciel de Jacques Dorme.*
4097. Collectif	*« Parce que c'était lui, parce que c'était moi ».*
4098. Anonyme	*Saga de Gísli Súrsson.*
4099. Truman Capote	*Monsieur Maléfique et autres nouvelles.*
4100. E. M. Cioran	*Ébauches de vertige.*
4101. Salvador Dali	*Les moustaches radar.*
4102. Chester Himes	*Le fantôme de Rufus Jones et autres nouvelles.*
4103. Pablo Neruda	*La solitude lumineuse.*
4104. Antoine de St-Exupéry	*Lettre à un otage.*
4105. Anton Tchekhov	*Une banale histoire.*
4106. Honoré de Balzac	*L'Auberge rouge.*
4107. George Sand	*Consuelo I.*
4108. George Sand	*Consuelo II.*
4109. André Malraux	*Lazare.*
4110. Cyrano de Bergerac	*L'autre monde.*
4111. Alessandro Baricco	*Sans sang.*
4112. Didier Daeninckx	*Raconteur d'histoires.*

4113. André Gide	*Le Ramier.*
4114. Richard Millet	*Le renard dans le nom.*
4115. Susan Minot	*Extase.*
4116. Nathalie Rheims	*Les fleurs du silence.*
4117. Manuel Rivas	*La langue des papillons.*
4118. Daniel Rondeau	*Istanbul.*
4119. Dominique Sigaud	*De chape et de plomb.*
4120. Philippe Sollers	*L'Étoile des amants.*
4121. Jacques Tournier	*À l'intérieur du chien.*
4122. Gabriel Sénac de Meilhan	*L'Émigré.*
4123. Honoré de Balzac	*Le Lys dans la vallée.*
4124. Lawrence Durrell	*Le Carnet noir.*
4125. Félicien Marceau	*La grande fille.*
4126. Chantal Pelletier	*La visite.*
4127. Boris Schreiber	*La douceur du sang.*
4128. Angelo Rinaldi	*Tout ce que je sais de Marie.*
4129. Pierre Assouline	*État limite.*
4130. Élisabeth Barillé	*Exaucez-nous.*
4131. Frédéric Beigbeder	*Windows on the World.*
4132. Philippe Delerm	*Un été pour mémoire.*
4133. Colette Fellous	*Avenue de France.*
4134. Christian Garcin	*Du bruit dans les arbres.*
4135. Fleur Jaeggy	*Les années bienheureuses du châtiment.*
4136. Chateaubriand	*Itinéraire de Paris à Jerusalem.*
4137. Pascal Quignard	*Sur le jadis. Dernier royaume, II.*
4138. Pascal Quignard	*Abîmes. Dernier Royaume, III.*
4139. Michel Schneider	*Morts imaginaires.*
4140. Zeruya Shalev	*Vie amoureuse.*
4141. Frédéric Vitoux	*La vie de Céline.*
4142. Fédor Dostoïevski	*Les Pauvres Gens.*
4143. Ray Bradbury	*Meurtres en douceur.*
4144. Carlos Castaneda	*Stopper-le-monde.*
4145. Confucius	*Entretiens.*
4146. Didier Daeninckx	*Ceinture rouge.*
4147. William Faulkner	*Le Caïd.*
4148. Gandhi	*La voie de la non-violence.*
4149. Guy de Maupassant	*Le Verrou et autres contes grivois.*
4150. D. A. F. de Sade	*La Philosophie dans le boudoir.*
4151. Italo Svevo	*L'assassinat de la Via Belpoggio.*
4152. Laurence Cossé	*Le 31 du mois d'août.*

4153. Benoît Duteurtre — *Service clientèle.*
4154. Christine Jordis — *Bali, Java, en rêvant.*
4155. Milan Kundera — *L'ignorance.*
4156. Jean-Marie Laclavetine — *Train de vies.*
4157. Paolo Lins — *La Cité de Dieu.*
4158. Ian McEwan — *Expiation.*
4159. Pierre Péju — *La vie courante.*
4160. Michael Turner — *Le Poème pornographe.*
4161. Mario Vargas Llosa — *Le Paradis — un peu plus loin.*
4162. Martin Amis — *Expérience.*
4163. Pierre-Autun Grenier — *Les radis bleus.*
4164. Isaac Babel — *Mes premiers honoraires.*
4165. Michel Braudeau — *Retour à Miranda.*
4166. Tracy Chevalier — *La Dame à la Licorne.*
4167. Marie Darrieussecq — *White.*
4168. Carlos Fuentes — *L'instinct d'Iñez.*
4169. Joanne Harris — *Voleurs de plage.*
4170. Régis Jauffret — *univers, univers.*
4171. Philippe Labro — *Un Américain peu tranquille.*
4172. Ludmila Oulitskaïa — *Les pauvres parents.*
4173. Daniel Pennac — *Le dictateur et le hamac.*
4174. Alice Steinbach — *Un matin je suis partie.*
4175. Jules Verne — *Vingt mille lieues sous les mers.*
4176. Jules Verne — *Aventures du capitaine Hatteras.*
4177. Emily Brontë — *Hurlevent.*
4178. Philippe Djian — *Frictions.*
4179. Éric Fottorino — *Rochelle.*
4180. Christian Giudicelli — *Fragments tunisiens.*
4181. Serge Joncour — *U.V.*
4182. Philippe Le Guillou — *Livres des guerriers d'or.*
4183. David McNeil — *Quelques pas dans les pas d'un ange.*
4184. Patrick Modiano — *Accident nocturne.*
4185. Amos Oz — *Seule la mer.*
4186. Jean-Noël Pancrazi — *Tous est passé si vite.*
4187. Danièle Sallenave — *La vie fantôme.*
4188. Danièle Sallenave — *D'amour.*
4189. Philippe Sollers — *Illuminations.*

4222. Didier Daeninckx — *Main courante* et *Autres lieux.*
4223. Caroline Lamarche — *Carnets d'une soumise de province.*
4224. Alice McDermott — *L'arbre à sucettes.*
4225. Richard Millet — *Ma vie parmi les ombres.*
4226. Laure Murat — *Passage de l'Odéon.*
4227. Pierre Pelot — *C'est ainsi que les hommes vivent.*
4228. Nathalie Rheims — *L'ange de la dernière heure.*
4229. Gilles Rozier — *Un amour sans résistance.*
4230. Jean-Claude Rufin — *Globalia.*
4231. Dai Sijie — *Le complexe de Di.*
4232. Yasmina Traboulsi — *Les enfants de la Place.*
4233. Martin Winckler — *La Maladie de Sachs.*
4234. Cees Nooteboom — *Le matelot sans lèvres.*
4235. Alexandre Dumas — *Le Chevalier de Maison-Rouge.*
4236. Hector Bianciotti — *La nostalgie de la maison de Dieu.*
4237. Daniel Boulanger — *Le tombeau d'Héraldine.*
4238. Pierre Clementi — *Quelques messages personnels.*
4239. Thomas Gunzig — *Le plus petit zoo du monde.*
4240. Marc Petit — *L'équation de Kolmogoroff.*
4241. Jean Rouaud — *L'invention de l'auteur.*
4242. Julian Barnes — *Quelque chose à déclarer.*
4243. Yves Bichet — *La part animale.*
4244. Christian Bobin — *Louise Amour.*
4245. Mark Z. Danielewski — *Les lettres de Pelafina.*
4246. Philippe Delerm — *Le miroir de ma mère.*
4247. Michel Déon — *La chambre de ton père.*
4248. David Foenkinos — *Le potentiel érotique de ma femme.*
4249. Eric Fottorino — *Caresse rouge.*
4250. J.M.G. Le Clézio — *L'Africain.*
4251. Gilles Leroy — *Grandir.*
4252. Jean d'Ormesson — *Une autre histoire de la littérature française I.*
4253. Jean d'Ormesson — *Une autre histoire de la littérature française II.*
4254. Jean d'Ormesson — *Et toi mon cœur pourquoi bats-tu.*
4255. Robert Burton — *Anatomie de la mélancolie.*

4256. Corneille — *Cinna.*
4257. Lewis Carroll — *Alice au pays des merveilles.*
4258. Antoine Audouard — *La peau à l'envers.*
4259. Collectif — *Mémoires de la mer.*
4260. Collectif — *Aventuriers du monde.*
4261. Catherine Cusset — *Amours transversales.*
4262. A. Corréard et H. Savigny — *Relation du naufrage de la frégate la* Méduse.
4263. Lian Hearn — *Le clan des Otori, III : La clarté de la lune.*
4264. Philippe Labro — *Tomber sept fois, se relever huit.*
4265. Amos Oz — *Une histoire d'amour et de ténèbres.*
4266. Michel Quint — *Et mon mal est délicieux.*
4267. Bernard Simonay — *Moïse le pharaon rebelle.*
4268. Denis Tillinac — *Incertains désirs.*
4269. Raoul Vaneigem — *Le chevalier, la dame, le diable et la mort.*
4270. Anne Wiazemsky — *Je m'appelle Élisabeth.*
4271. Martin Winckler — *Plumes d'Ange.*
4272. Collectif — *Anthologie de la littérature latine.*
4273. Miguel de Cervantes — *La petite Gitane.*
4274. Collectif — *«Dansons autour du chaudron».*
4275. Gilbert Keeith Chesterton — *Trois enquêtes du Père Brown.*
4276. Francis Scott Fitzgerald — *Une vie parfaite* suivi de *L'accordeur.*
4277. Jean Giono — *Prélude de Pan et autres nouvelles.*
4278. Katherine Mansfield — *Mariage à la mode* précédé de *La Baie.*
4279. Pierre Michon — *Vie du père Foucault — Vie de Georges Bandy.*
4280. Flannery O'Connor — *Un heureux événement* suivi de *La Personne Déplacée.*
4281. Chantal Pelletier — *Intimités et autres nouvelles.*
4282. Léonard de Vinci — *Prophéties* précédé de *Philosophie et aphorismes.*

Composition Nord Compo
Impression Novoprint
à Barcelone, le 7 décembre 2005
Dépôt légal: décembre 2005
Premier dépôt légal dans la collection: mars 2003

ISBN 2-07-042323-9 / Imprimé en Espagne.

142028